Julie Leuze

# Killesberg Kiss

D1919529

Julie Leuze

# Killesberg Kiss

Roman

Silberburg-Verlag

**Julie Leuze,** geboren 1974, studierte Geschichte und Politikwissenschaft in Konstanz und Tübingen. Die gelernte Fachjournalistin lebt und arbeitet in Stuttgart, wo sie sich auch als »Reigschmeckde« sehr wohl fühlt. Sie ist verheiratet und hat drei Kinder.

1. Auflage 2012

© 2012 by Silberburg-Verlag GmbH,
Schönbuchstraße 48, D-72074 Tübingen.
Alle Rechte vorbehalten.
Umschlaggestaltung:
Christoph Wöhler, Tübingen,
Coverfoto: © Plush Studios – istockphoto.
Druck: Gulde-Druck, Tübingen.
Printed in Germany.

ISBN 978-3-8425-1183-5

Besuchen Sie uns im Internet
und entdecken Sie die Vielfalt
unseres Verlagsprogramms:
**www.silberburg.de**

**Für Oli**

# I. Teil | *ENERGIE*

*»Frühling auf vielen Fährten,*
*aber noch nirgends ein Ziel.«*
RAINER MARIA RILKE, *»Mir zur Feier«*

## 1.

»Peng Cui, komm doch endlich heraus. Das Frauchen hat dir Besuch mitgebracht, ganz feinen Besuch! Die Luna Jacobs ist da, Peng Cui!«

Frau Singer ging mühsam vor dem hellblauen Plüschhaus in die Knie, in dem sich ihr zitternder Hund verbarg. Bereits seit einer halben Stunde versuchte sie, Peng Cui aus seiner schleifenverzierten Festung zu locken. Sie hatte es bereits mit Strenge, Hundekuchen und Spielzeug versucht, jetzt war verständnisvolles Säuseln dran.

Ich trat von einem Bein auf das andere. Langsam wurde ich unruhig, denn ich hatte für die Behandlung etwa eine Stunde eingeplant, und diese Zeit neigte sich bereits dem Ende zu. Unauffällig schielte ich auf meine Armbanduhr. Vielleicht sollte ich Harriet anrufen und sie bitten, meinen Sohn Moritz vom Kindergarten abzuholen. So wie es aussah, würde ich heute auf keinen Fall pünktlich dort sein.

Gerade keifte Frau Singer: »Peng Cui, du alter Angsthase, jetzt komm endlich raus!« Die Säuselnummer war offensichtlich beendet.

»Darf ich es vielleicht mal versuchen?«, fragte ich vorsichtig.

»Wenn Sie meinen, Sie haben mehr Glück mit dem Vieh …« Ächzend wuchtete Frau Singer sich hoch, doch da sie sehr beleibt war, dauerte das eine Weile. Als sie schließlich stand, ordnete sie mit geübtem Griff ihre Frisur und sagte würdevoll: »Das kommt alles nur von seiner Depression, darum ist er so komisch. Wenn ich gewusst hätte, dass Chinesische Schopfhunde dermaßen empfindlich sind, hätte ich mich für eine andere Rasse entschieden, Frau Jacobs. Dabei habe ich Himmel und Hölle in Bewegung gesetzt, um genau so einen Hund zu bekommen! Was meinen Sie, wie lange ich allein dafür gebraucht habe, ihm einen echt chinesischen Namen auszusuchen!« Ihre Stimme bekam einen klagenden Unterton. »Zum Dank hockt er jetzt von morgens bis abends in seinem Häuschen, und außerdem hat er ständig Husten.«

»Das kriegen wir schon hin«, tröstete ich sie. »Akupressur kann bei übersensiblen Tieren Wunder wirken.«

Ich setzte mich auf den Boden, hielt dem zitternden Würmchen in seinem Schleifenhaus meine Hand zum Beschnuppern hin, und als er sie probeweise leckte, hob ich ihn einfach heraus. Das war nicht schwer, denn Peng Cui wog trotz seiner vielen Speckröllchen nur fünf Kilo. Er war nämlich sehr klein, und außerdem fiel das Gewicht des Fells weg: Peng Cui war nackt. Nur Pfoten und Rute konnten mit einigen Härchen auftrumpfen, und den Hundekopf zierte ein struppiger, weißer Haarschopf.

Ich setzte mir den kleinen Rüden auf den Schoß und streichelte seinen unbehaarten, braunen Rücken. *Armes Tier*, fuhr es mir durch den Kopf.

»Was hat Sie an dieser Rasse eigentlich so angezogen?«, fragte ich.

»Na, das liegt doch auf der Hand: die Haarlosigkeit!« Frau Singer blickte mich an, als könne sie meine Begriffsstutzigkeit kaum fassen. »Ich habe doch eine Tierhaarallergie. Da ist es sehr erleichternd, dass Peng Cui so wenig Fell hat. Dumm ist nur, dass er so leicht Sonnenbrand kriegt, selbst jetzt schon, im Mai. Ständig muss man aufpassen, dass er eines seiner Jäckchen trägt! Deshalb gehen wir auch kaum spazieren – entweder friert Peng Cui, oder er brät in der Sonne, recht machen kann man es ihm nie. Und jetzt bewegt der kleine Faulpelz sich nur noch, um an sein Fressi zu kommen.«

Mitleid mit dem nackten, zitternden Tier auf meinem Schoß überflutete mich. Ich zog meine Aufmerksamkeit von der jammernden Frau Singer ab und konzentrierte mich voll auf meinen kleinen Patienten.

»Du hast also keine Kraft mehr, hm?«, fragte ich in dem leisen Singsang, den ich mir im Umgang mit verängstigten Tieren angewöhnt hatte. Vorsichtig strich ich über Peng Cuis Schulter und Vorderbein hinab bis zur ersten Zehe. Hier verlief der Lungenmeridian, und ich vermutete, dass er gestört war.

Ich schloss die Augen und versuchte, nur noch den Energiefluss unter meinen Händen zu fühlen.

Fast sofort kam die Antwort: Meine Fingerspitzen kribbelten und bestätigten meinen Verdacht. Punktgenau zeigten sie mir die Stelle an Peng Cuis Bein, an der die Blockade saß.

Ich begann, den Punkt leicht mit dem Daumen zu massieren.

Peng Cui hörte auf zu zittern. Er sah mich aufmerksam an, dann legte er den Kopf nieder und schloss die Augen.

»Was passiert denn jetzt?«, fragte Frau Singer misstrauisch. »Es sieht ja aus, als schliefe er ein! Ich dachte, eine Akupressur-Behandlung täte weh!«

»Manchmal schmerzen gestörte Punkte, ja«, murmelte ich, während ich konzentriert in meiner Arbeit fortfuhr. »Aber die Behandlung ist trotzdem wohltuend. Die meisten Tiere merken, dass ich ihnen helfe, und vertrauen mir.«

Langsam arbeitete ich mich auf dem Lungenmeridian voran. Peng Cui lag mucksmäuschenstill in meinem Schoß und ließ es zu, dass ich meinen Daumen immer wieder in seine braune Haut drückte.

Frau Singer zog die Augenbrauen hoch. »Das sieht mir aber eher nach Wellness-Massage aus. Dafür habe ich Sie eigentlich nicht gerufen, Frau Jacobs.«

Ich drückte den Lungen-Alarmpunkt und spürte, wie er sich wieder mit Energie füllte. Gut so.

»Sie streicheln Peng Cui ein bisschen, erzählen mir esoterische Halbwahrheiten, und das kostet mich dann 40 Euro«, meckerte Frau Singer. »40 Euro finde ich sowieso sehr viel, ob das jetzt Wellness ist oder Akupressur. Auch unsereins findet das Geld nicht auf der Straße, wissen Sie?«

Ich nickte abwesend, meine ganze Aufmerksamkeit lag bei Peng Cui. Die Behandlung war nun fast abgeschlossen, und er seufzte wohlig. Unwillkürlich lächelte ich.

Als meine Fingerspitzen mir anzeigten, dass die Energie wieder ungehindert floss, streichelte ich Peng Cui noch ein bisschen und sagte zu Frau Singer: »Er bräuchte mehr Bewegung. Er ist zu dick, und außerdem bin ich sicher, dass ihm der Kontakt zu Artgenossen fehlt.«

Frau Singer schnaufte empört. »Er hat doch mich! Vor anderen Hunden fürchtet er sich bloß, und am Ende sabbern die ihm noch sein Jäckchen voll.«

»Das ist natürlich ärgerlich«, sagte ich geduldig. »Trotzdem sollten Sie mit ihm rausgehen. Sie haben doch die Feuerbacher Heide praktisch vor der Haustür. Könnten Sie dort nicht zwei-, dreimal am Tag mit ihm laufen?«

»Als hätte ich sonst nichts zu tun«, brummte Frau Singer missmutig. An ihren Hund gewandt sagte sie: »Tja, Peng Cui, die Frau Jacobs glaubt, nur weil ich Hausfrau bin, läge ich den ganzen Tag auf der faulen Haut! Aber gut: Dann gehen wir halt ab und zu auf die Feuerbacher Heide. Am Bismarckturm kann man sich ja recht nett hinsetzen. Auch wenn ich eigentlich finde, dass das Gärtle einem Zwerg wie dir reichen sollte ...« Ihr Kinn ruckte vielsagend in Richtung Terrasse.

*Gärtle? Eher goldener Käfig*, dachte ich und warf einen Blick aus der gläsernen Terrassentür in das perfekt gepflegte und gestutzte Grün des Singer'schen Anwesens. Golfrasen wechselte sich mit Schwänen und Eichhörnchen aus Buchsbaum ab, Rosen blühten in absolut unkrautfreien Beeten. Plötzlich musste ich an Harriet denken. Die »Killesberg-Society« nannte sie spöttisch die Menschen hier oben, mit denen ich mein Geld verdiente. Na ja, eher mit ihren Haustieren.

»Wenn sein Husten durch die Spaziergänge schlimmer wird, mache ich Sie aber haftbar, Frau Jacobs!«, unterbrach Frau Singer drohend meine Gedanken.

»Der Husten wird nicht schlimmer werden«, sagte ich fest. »Er wird vergehen. Genau wie seine Depressionen und das Übergewicht.«

»Übergewicht, Übergewicht!«, rief Frau Singer beleidigt. »Warum nur sind alle um mich herum so besessen von dem Thema Übergewicht? Verbünden Sie sich doch gleich mit meinem Mann, der legt mir morgens schon immer eine Karotte auf den Teller!«

O je, da hatte ich wohl einen wunden Punkt getroffen. Ich schwieg verunsichert, setzte Peng Cui auf den Boden, stand auf und warf einen Blick auf meine Armbanduhr. Mist, in fünf Minuten schloss der Kindergarten. Ich musste unbedingt Harriet anrufen.

Als Frau Singer mich endlich durch den hallenartigen Eingangsbereich zur Haustür brachte, fühlte ich mich gleichzeitig erschöpft und erleichtert – Ersteres wegen des Frauchens, Letzteres wegen des Hundes. Ich drehte mich noch einmal nach meinem kleinen Patienten um. Peng Cui stand schwanzwedelnd in der Mitte des Wohnzimmers und schaute mir mit blanken Augen nach, von Traurigkeit keine Spur mehr.

*Und genau dafür lohnt sich das alles,* fuhr es mir durch den Kopf.

Da fühlte ich mich mit einem Mal so zufrieden, dass ich sogar vergaß, mir von Frau Singer meine 40 Euro geben zu lassen.

Ich bog mit meinem Fahrrad in den Hölzelweg ein und dachte über mein neues Leben nach. Eigentlich konnte ich es immer noch nicht recht glauben, dass mein Traum Wirklichkeit geworden war: Ich, Luna Jacobs, arbeitete als Tierheilpraktikerin!

Gut, es war nur der zweitbeste Traum. Mein absoluter Obertraum war ein Gnadenhof, auf dem ich ungeliebte, kranke und alte Tiere betreute. Doch das war natürlich völlig illusionär, und dass sich stattdessen mein zweitbester Traum erfüllt hatte, empfand ich immer noch als Geschenk des Himmels.

Früher hatte ich als Bibliothekarin gearbeitet, und das war in Ordnung gewesen.

Jetzt *liebte* ich, was ich tat.

Ich liebte es, mit meinen Fingern die Krankheiten, die Blockaden, die Schwachpunkte eines Tieres zu erspüren. Und ich liebte es, genau die richtige Heilmethode für das jeweilige Tier auszuwählen. Homöopathie, Massagen, Farblicht oder Bachblüten – jede Krankheit benötigte ihre ganz spezielle Therapie, und nicht alle Tiere sprachen auf alle Methoden gleichermaßen gut an. Es war jedes Mal von Neuem eine Herausforderung, und manchmal machte mir das Angst. Aber wenn ich die Herausforderung gemeistert hatte und das Tier gesund wurde, empfand ich eine solch tiefe Befriedigung, wie ich sie in all den Jahren zwischen staubigen Büchern niemals empfunden hatte. Mehr und mehr glaubte ich daran, dass es meine ganz persönliche Aufgabe in dieser Welt war, Tiere zu heilen und ihnen Gutes zu tun, auf welche Art auch immer. Dass diese Aufgabe finanziell nicht sooo einträglich war, tat ich mit einem Schulterzucken ab. Alles konnte man nicht haben.

Als Moritz im letzten Herbst in den Kindergarten gekommen war, war das der Startschuss für meine Selbständigkeit als Tierheilpraktikerin gewesen, und ich hatte diesen Schritt noch keine Sekunde lang bereut. Die Tierhalter waren zwar manchmal etwas schwierig, aber damit wurde ich schon fertig. Wenn bloß …

Ja, wenn da bloß nicht immer diese Selbstzweifel gewesen wären! Nach Besuchen bei misstrauischen Kundinnen wie Frau Singer kam ich regelmäßig ins Grübeln. Menschen wie sie fanden Akupressur, Schüssler-Salze und Musiktherapie zwar schick, glaubten aber nicht wirklich an ihre Heilkraft. Entsprechend zwiespältig standen sie mir und meiner Arbeit gegenüber. Und ich saugte ihre Zweifel auf wie ein Schwamm: Spürte ich wirklich, an was die Tiere litten, oder konnte ich nur gut raten? Reichte meine Ausbildung aus, oder hätte ich doch Tiermedizin studieren sollen? Waren die Tiere, denen ich hatte helfen können, wirklich aufgrund meiner Behandlung gesund geworden, oder wären sie so oder so genesen?

Fragen über Fragen.

*Aber pure Einbildung,* dachte ich nun und stieg vom Rad, *können meine Fähigkeiten doch nicht sein! Schließlich geht es schon sehr vielen Tieren besser, zu denen ich gerufen wurde. Oder ist das alles Zufall? Sitze ich selbst einem Riesen-Irrtum auf, und die Schulmedizin ist das einzig Wahre? Dann wird der ganze Schwindel irgendwann auffliegen, und ich stehe mit leeren Händen da …*

Nein, so kam ich nicht weiter, beschloss ich. Was ich jetzt brauchte, war keine Grübelei, sondern eine rückenstärkende Unterhaltung mit meiner besten Freundin. Ich brauchte Harriet!

Ich schob mein Fahrrad durch den Hofeingang, der in den begrünten Innenhof des Friedrich-Ebert-Baus am Rande der Weißenhofsiedlung führte. Hier wohnte ich mit Moritz, und hier – in einer der kleinen Wohnungen, die sich in den Gebäudeflügeln um den Hof herum gruppierten – wohnten auch meine Freunde: Harriet und ihr Mann Rudi.

Ich erblickte Harriet auf einer der Holzbänke in der Mitte des Hofes. Sie saß entspannt in der Sonne, hatte die Füße auf den klobigen Tisch gelegt und beobachtete meinen Sohn, der sich im Sandkasten vergnügte.

Harriet war meine beste Freundin und hatte immer ein offenes Ohr für mich. Das war zwar auch ihr Beruf – sie war Psychoanalytikerin –, aber wenn sie mich therapierte, dann jedenfalls so, dass ich es nicht bemerkte. Mit ihr zusammen zu sein, tat einfach gut, selbst wenn um einen herum die Welt einstürzte. Außerdem war Harriet einer der wenigen Menschen, die während meiner Schwangerschaft mit Moritz wie selbstverständlich zu mir gehalten hatten. Das hatte unsere Freundschaft auf ein ganz neues Level gehoben – hatte sie unzerstörbar gemacht. Ich war so unendlich froh darüber, dass ihr schwäbischer Ehemann sie vor einem Jahrzehnt von England weg- und in die Weißenhofsiedlung hineingelockt hatte, wo wir uns dann kennengelernt hatten, dass mich schon diese Tat allein für den wortkargen Rudi Freundschaft empfinden ließ.

»Maaamaaaaa!« Moritz hatte mich entdeckt und rannte über den Rasen auf mich zu.

Ich fing ihn auf und schloss ihn in die Arme. »Hallo, mein Schatz! Wie war's im Kindergarten?«

»Ssön«, sagte er strahlend. Das »sch« und das weiche »ch« wollten ihm noch nicht so recht über die Lippen, aber er war ja auch gerade erst vier geworden. »Die Lisa hat miss gehauen, und iss bin von der Ssaukel gefallen. Aber es gab ganz tolles Mittagessen, ganz ohne Gesundes, und iss und der Lenni durften heute Tissdienst machen.« Er lächelte verklärt.

Ich verkniff mir eine Bemerkung zum Wert von Gemüse und streichelte stattdessen Moritz' rosige Wangen. Zärtlich betrachtete ich seine weichen dunklen Locken, die schokoladenbraunen Augen und das zarte Mündchen. Wohl zum tausendsten Male dachte ich, dass die schwierige Entscheidung für dieses Kind die beste meines Lebens gewesen war.

»Jetzt muss iss aber meine Banane holen«, sagte Moritz schließlich und deutete auf ein paniertes Etwas, das im Sandkasten lag.

»Ich glaube, die ist im Mülleimer besser aufgehoben als in deinem Bauch«, wandte ich ein, doch er war schon weggelaufen. Nachsichtig schaute ich ihm hinterher, dann schlenderte ich zu Harriet.

»Endlich Feierabend«, sagte ich aufatmend und ließ mich neben sie auf die Bank plumpsen. Erst jetzt bemerkte ich, dass auf der Bank uns gegenüber Simone lag und ein Schläfchen hielt. Ihr Pailletten-Käppi war ihr vom Kopf gerutscht und funkelte in der Abendsonne, den Oberkörper zierte ein T-Shirt mit der

Aufschrift »Bier formte diesen schönen Körper«. Nun, über Geschmack ließ sich bekanntlich streiten.

Ich flüsterte: »Hat sie sich so mit dir gelangweilt, dass sie eingeschlafen ist?«

Harriet grinste. »Sie hatte einen schweren Tag, sagt sie. Hat an einer Mega-Idee gearbeitet, wie sie endlich zu Geld kommen kann. Anscheinend will sie sich selbständig machen. Womit, wollte sie mir aber erst verraten, wenn du auch da bist.«

Simone lebte erst seit Kurzem im Friedrich-Ebert-Bau. Sie war Mitte dreißig, hatte weder Mann noch Kinder, dafür aber eine abschreckende Vorliebe für Motto-T-Shirts. Man konnte nicht sagen, dass Simone mit Schönheit gesegnet war, ihre Schulbildung deckte gerade mal das gesetzlich vorgeschriebene Minimum ab, und zu allem Übel war sie seit geraumer Zeit arbeitslos. Objektiv gesehen, hatte Simone also wenig Grund, optimistisch in die Zukunft zu blicken. Aber sie gab nicht auf, zog eine Idee nach der anderen aus dem Ärmel, wie sie ihr Leben doch noch zum Besseren wenden konnte. Und dafür bewunderte ich sie.

Nett, dass sie auf mich gewartet hatte, um von ihrem neuesten Einfall zu erzählen. Und ausgerechnet heute war ich so spät dran!

»Danke übrigens, dass du Moritz vom Kindergarten abgeholt hast«, sagte ich mit schlechtem Gewissen zu Harriet. »Es ging wieder länger bei der Killesberg-Society.« Ich seufzte. »Was täte ich nur ohne dich?«

Harriet strich sich eine Strähne ihres langen, schwarzen Haares hinter die Ohren. »Schon okay«, sagte sie großzügig und spitzte ihre knallroten Lippen. Wenn sie so geschminkt war, erinnerte sie mich immer ein bisschen an Morticia Addams. »Moritz ist *so lovely*! Außerdem bin ich seine Patentante. Also wofür bedankst du dich?«

»Dafür, dass du immer einspringst, wenn ich nicht weiß, wo mir vor Patienten, Fortbildungen und mütterlichen Pflichten der Kopf steht?«, schlug ich lächelnd vor. Harriet hielt viele Sitzungen nach Feierabend ab, da die Menschen gerne nach der Arbeit zu ihr kamen. Dafür hatte sie tagsüber immer mal wieder ein paar Stunden frei. Und das war mein Glück.

»Ich mach das gerne«, winkte sie ab. »Geh du mit deinen Wünschelruten-Händen auf Krankheitssuche, ich kümmere mich währenddessen um deinen Sohn.«

»Hey, mit Wünschelruten hat das nichts zu tun! Dass ich Krankheiten erspüren kann, lässt sich ganz nüchtern erklären.«

»Ach ja? Wie denn?«, fragte Harriet interessiert.

Tja, das fragte ich mich auch ständig. Dennoch musste es eine Erklärung geben! Ich hatte sie nur noch nicht gefunden.

»Mit … energetischen Schwingungen«, sagte ich aufs Geratewohl. »Frequenzen. Elektromagnetischen Kräften.«

Harriet lachte. »Das klingt wirklich sehr nüchtern. Aber Hauptsache, die Tiere werden aufgrund deiner Diagnose und Behandlung wieder gesund. Ob du das ›Wie‹ und das ›Warum‹ erklären kannst oder nicht, ist ja eigentlich egal. Wer heilt, hat Recht!«

Ich lächelte verlegen, und meine Selbstzweifel verflogen – zumindest für den Moment.

»Hab i da was von Heilung ghört?«, erklang Simones verschlafene Stimme auf der anderen Seite des Tisches. Sie richtete sich auf, strubbelte sich mit der Hand ihre braunen Zotteln zurecht und stülpte das Pailletten-Käppi darauf.

»Hallo, Luna«, sagte sie gähnend. »Gut, dass du endlich da bisch. Ich wollt euch nämlich ebbes verzähla. Hat au was mit Heilung zom doe.«

»Ich bin schon ganz gespannt«, sagte ich. »Du willst also den Schritt in die Selbständigkeit wagen?«

Simone war jetzt vollkommen wach. »Ha ja«, sagte sie, »und i hab a sauguade Gschäftsidee.« Sie strich sich den Bier-Spruch über Busen und Bauch glatt und holte tief Luft. Dann platzte sie heraus: »Findet ihr net au, dass die arme kloine Tierla es verdiene dätet, dass mr se mit ihre Probleme ernst nemmt? Mr sollt mit dene doch über ihre Sorga sprecha könna wie mit de Menscha au, oder? Vielleicht sogar therapiera?«

Ich schwieg überrascht.

Harriet zog die Augenbrauen hoch.

»Des isch mei Idee: Psychoanalyse für Tiere«, fuhr Simone fort. »Wär des net der Knaller? Was denkat ihr? Luna? Harriet?«

»Auch wenn ich nicht verstehe«, sagte Harriet gedehnt, »was das mit deiner beruflichen Selbständigkeit zu tun hat: Nein, ich finde nicht, dass Tiere wie Menschen therapiert werden sollten. Tiere sind Tiere, Menschen sind Menschen, und – mit Verlaub, Simone – Psychoanalyse für Tiere ist vollkommener Blödsinn.«

»Des sagsch du bloß, weil du Psychoanalytikerin für Menscha bisch«, beschied Simone ihr abfällig. »Und weil die subbr Idee net von dir isch.« Sie schlug mit der Faust auf den Holztisch. »Jetzt denkat doch mal noch! Die Leut mögat ihre Tierle so gern wie ihre Verwandte. Oder sogar no meh! Dene musch doch a Möglichkeit bieta, die Probleme von ihre Tierle zu lösa. Stellet euch doch mol die Schlagzeila vor: ›Bissiger Hond vor dem Einschläfern gerettet, weil sein frühkindliches Trauma aufgelöst wurde‹ – des isch doch spitzamäßig! Luna, jetzt sag halt du au mol ebbes! Was moinsch?«

»Die Sonne scheint«, sagte ich, »und ich hatte einen ziemlich stressigen Arbeitstag. Eigentlich möchte ich mich jetzt entspannen und nicht über absurde …«

»Du soddsch des net verdränga!«, rief Simone aus. »Die Bearbeitung psychischer Probleme geht uns alle ebbes an! Mir alle, Menschen wie Tiere, traget Kummer und Sorga mit uns rom, die von alloi gwies net wegganget.«

»Worauf willst du eigentlich hinaus?«, fragte ich.

»Darauf, dass mei Arbeitslosigkeit endlich ein Ende hat. I hab mei Berufung gfonda!« Feierlich verkündete Simone: »I – werd – Tierkommunikatorin!«

»Du wirst was?«, fragte Harriet.

»Du kannst doch gar nicht mit Tieren sprechen«, sagte ich.

Simone rollte mit den Augen. »Ich mach an Wochenend-Kurs für Tierkommunikation, und da lernt mr, wie mr die Sproch von de Tiere verstoht. Des isch älles ganz oifach, steht in de Unterlage. Die hab i mir scho durchglesa. Früher, also vor ganz langer Zeit, hat jeder Mensch die Fähigkeit ghabt, aber in unserer degenerierta Zivilisatio …«

»Das meinst du nicht ernst«, unterbrach Harriet ihren Redefluss. »Du willst an einem Wochenende lernen, mit Tieren zu sprechen? An einem einzigen Wochenende? Und dann willst du sie therapieren, ohne Ausbildung?«

Beleidigt entgegnete Simone: »Des isch mei Ausbildung! Und außerdem hot Tierkommunikation was mit Intuition zum doe. Des kann mr net studiera, da muss mr die Tür zum innera Wissa aufstoßa. Und da langt ja wohl a Wochenende! Was moinsch, Luna?«

»Hm, ein bisschen gesunde Skepsis ist da meiner Meinung nach schon angebr…«

»Dabei müsstesch du des doch eigentlich verstanda!«, unterbrach Simone mich hitzig. »Du hasch doch au koi richtige Ausbildung und behandelsch jetzt Tiere mit deim Hokuspokus.«

»Moooment!«, sagte ich. »Ich habe zwei Jahre lang Fachliteratur gewälzt und Seminare an einem angesehenen Institut besucht. Das war kein Schnelldurchgang an einem Wochenende, damit das mal klar ist. Und meine Behandlungsmethoden sind allesamt seriös und wirksam, das ist erwiesen.«

So selbstsicher, wie ich das vorbrachte, fühlte ich mich allerdings keineswegs. Tatsächlich waren Simones Worte Wasser auf die Mühlen meiner Selbstzweifel. Wirkte ich etwa genauso unprofessionell und versponnen wie Simone mit ihrer Idee, Tieren eine Psychoanalyse anzubieten?

»Das Ganze ist *bullshit*, Simone«, sagte Harriet unverblümt. »Hunde können bellen, Katzen miauen – aber sprechen können sie nicht. Wer das erzählt, der ist entweder ein Betrüger oder er sollte ganz schnell eine Therapie bei mir anfangen.«

Simone lächelte mitleidig. »Ja ja, die Wissenschaft«, sagte sie. »Immer glei so aggressiv, wenn's hoißt, dass es mehr zwische Himmel und Erde gibt als nüchterne Fakta.« Sie wandte sich an mich. »Ich hätt wirklich dacht, dass du als Tierheilpraktikerin offener bisch, Luna. So an großa Unterschied zwischa deiner und meiner Behandlung kann i net erkenna, Fachliteratur hin oder her. Wünscht du mir wenigschtens Glück?"

»Natürlich wünsche ich dir Glück«, sagte ich seufzend. »Ich fürchte nur, dass du dir das Geld bei irgendwelchen obskuren Kursen aus der Tasche ziehen lässt. Mensch, Simone, es gibt so viel anderes, das du tun könntest!«

»Es gibt aber bloß oi Berufung«, sagte Simone.

Offensichtlich war es ihr wirklich ernst. Harriet und ich wechselten einen besorgten Blick.

Doch dann sagte Harriet: »Okay. Wenn du Hilfe brauchst, bin ich für dich da.«

»Ich auch«, stimmte ich zu, wenn auch mit leichtem Unbehagen.

Ein Strahlen breitete sich auf Simones Zügen aus. »Ich wusst ja, dass ihr echte Freundinnen seid! Und Luna, falls du bei einem Krankheitsfall net weiter weisch, fragsch in Zukunft oifach mi! Ein Tier zu heilen isch ja so viel einfacher, wenn es einem sage kann, was es hot.«

O je. Ich sollte sie mit zu meinen Kundinnen nehmen und mich auf Diagnosen verlassen, die Simone sich höchstwahrscheinlich selbst ausdachte? Im sicheren Glauben natürlich, sie habe eine entsprechende Botschaft meines tierischen Patienten erhalten …

»Mal sehen«, sagte ich vage. »Aber danke für das Angebot.«

»Mir zwoi«, sagte Simone zuversichtlich, »mir werdat no stinkreich. Wirscht scho seha. Gell?«

Ich schluckte. Bahnte sich hier etwa eine Zusammenarbeit wider Willen an? Da blieb nur ein Ausweg: Flucht!

»Moritz hat bestimmt Hunger, wir gehen dann mal besser hoch.« Rasch stand ich auf, warf Harriet einen entschuldigenden Blick zu und sah, wie sie grinste. Klar, sie war ja auch aus dem Schneider. Ihr wollte keiner den guten beruflichen Ruf versauen!

Wir wohnten im vierten Stock, und so hatte ich etliche Treppenstufen Zeit, mir im Stillen einzuhämmern: *Ich werde nicht mit Simone zusammenarbeiten. Ich grenze mich ab. Ich werde nicht mit Simone zusammenarbeiten. Ich grenze mich ab!*

Als wir schließlich schwer atmend vor unserer Wohnungstür standen – das heißt, ich atmete schwer, Moritz nicht, obwohl er die ganze Zeit über geplappert hatte –, war ich schon fast überzeugt davon, dass ich Simones Hilfe erfolgreich und doch höflich würde abwehren können.

Doch da irrte ich mich.

## 2.

Der nächste Tag fing wunderbar an: wolkenlos, frühsommerlich warm und mit der Aussicht auf ein Stündchen Musiktherapie bei Frau Becker und ihrem Golden Retriever Momo.

Gut gelaunt brachte ich Moritz zum Kindergarten und radelte weiter in Richtung Holbeinweg. Nach wenigen Minuten war ich da, bog in das von hübschen Häusern gesäumte Sträßlein ein und verlangsamte mein Tempo. Ein blauer Kombi überholte mich und parkte genau vor dem Haus der Beckers. Ich hatte mein Ziel fast erreicht, als ein Mann ausstieg und sich zu mir umdrehte.

Unsere Blicke trafen sich, und ich fiel vom Rad.

»Haben Sie sich weh getan?«, rief er besorgt und kam mit schnellen Schritten auf mich zu. Ich rappelte mich hoch und stellte verlegen mein Fahrrad auf. Der Mann hatte mich erreicht, musterte mein Gesicht und sagte: »Eine Schramme am Kinn. Sind Sie sonst in Ordnung?«

Ich schaute ihm in die Augen und wusste wieder, warum ich gestürzt war.

Er mochte ein paar Jahre älter sein als ich, war groß und schlank – und umwerfend attraktiv. Sein dichtes, goldbraunes Haar war ziemlich zerzaust, die ebenmäßigen Gesichtszüge wirkten männlich-markant. Doch das allein war es nicht, was mich so in seinen Bann schlug.

Es waren seine Augen.

*Husky-Augen*, fuhr es mir durch den Kopf: extrem hellblaue Iris, dazu pechschwarze Pupillen. *Pupillen sind doch immer schwarz!,* dachte ich fasziniert. *Aber seine sehen schwärzer aus. Fast schon gefährlich schwarz. Abgründig schwarz, tief und geheimnisvoll. Und dazu diese halb gesenkten Lider …*

Der Mund des Mannes verzog sich zu einem Lächeln. »Keine Angst, ich beiße nicht«, sagte er.

Schlagartig wurde mir bewusst, dass ich ihn seit geraumer Zeit schweigend anstarrte.

»Nein, ich auch nicht«, murmelte ich. Mist, saublöde Antwort. »Ich meine, ähm, ich habe nur einen Schock, deshalb habe ich Sie so angestarrt.«

»Soll ich Sie zum Arzt bringen?«, fragte er.

»Ach was, es geht schon wieder. Schocks gehen bei mir immer schnell vorbei.«

Er lachte. »Dann passiert Ihnen so was also öfter?«

*Nein,* dachte ich, *so was ist mir überhaupt noch nie passiert,* doch laut sagte ich: »Das Rad ist neu, ich muss mich erst an die Fahrweise gewöhnen. Jedes Rad lenkt sich ein wenig anders, wissen Sie? Und auch die Pedale sind verschieden. Da kann man schon mal stürzen.«

Er grinste, und ich verfluchte mich innerlich für meine Neigung, Blödsinn zu reden, wenn es darauf ankam. Da traf ich einmal im Leben einen Mann mit diesem berückend abgründigen Schlafzimmerblick, und was tat ich? Vermittelte ihm den Eindruck, nicht ganz dicht zu sein.

Ich hob das Kinn und sagte: »War nett, Sie kennengelernt zu haben, aber ich muss jetzt da rein.« Mit dem Daumen deutete ich auf das Haus der Beckers.

»Ach, Sie auch?« Er streckte mir die Hand hin. »Dann stellen wir uns am besten gleich vor: Ich bin David Herren.«

»Ilona Jacobs. Freut mich, Herr Herren. Hm, das klingt aber komisch«, rutschte es mir heraus.

Er lachte. »Stimmt, mein Nachname ist blöd. Duzen wir uns doch, das ist das Einfachste.«

»Okay. Du kannst mich Luna nennen«, murmelte ich.

Warum nur fühlte ich mich dabei, als machte ich ihm einen unsittlichen Antrag?!

Um meine Verwirrung zu überspielen, kettete ich mein Rad umständlicher als nötig am Zaun fest. Ich spürte, wie der Husky-Mann mich musterte: meine blonden Haare, die ich wie üblich zu einer schnellen Frisur zusammengezwirbelt hatte; mein herzförmiges Gesicht und die schmalen Brauen über den dunkelblauen Augen. Spontan verfluchte ich meine Entscheidung vom Morgen, abgeschnittene Jeans und Schlabber-Shirt anzuziehen statt eines hübschen Sommerkleides. War ich mit dreißig nicht langsam über das Alter hinaus, abgeschnittene Jeans zu tragen? Aber verdammt, wie hätte ich auch ahnen können, dass ich vor dem Haus der Beckers einem solchen Mann begegnen würde?! Und außerdem, fiel mir nun ein, besaß ich ja gar kein hübsches Sommerkleid.

Als ich endlich mit dem kunstvollen Abschließen meines Rades fertig war, hielt David mir das Tor auf und ließ mir, ganz Gentleman, den Vortritt. Das Haus der Beckers lag am Hang; um zur Haustür zu kommen, musste man eine gewundene Treppe durch den Garten hochgehen. David hatte also Gelegenheit genug, mich von hinten zu betrachten. Ich hoffte inständig, dass er Schlabber-Shirts viel cooler fand als spießige Sommerkleider.

Dann standen wir nebeneinander – sehr nah nebeneinander – an der Tür, und ich klingelte.

Zu meinem Erstaunen ertönte kein Bellen.

»Komisch«, sagte ich stirnrunzelnd. »Normalerweise gibt es für Momo nichts Schöneres, als aller Welt mitzuteilen, dass Besuch kommt.«

»Bist du eine Freundin der Familie?«, fragte David interessiert.

»Nein, ich bin Tierheilpraktikerin«, sagte ich. Immer noch erfüllte es mich mit Glück und Stolz, mich so vorstellen zu können. Jahrelang hatte ich gesagt, »Ich bin Bibliothekarin«, und immer hatte ich mich farblos und langweilig dabei gefühlt. Aber das war jetzt Vergangenheit. »Ich komme regelmäßig hierher, weil der Hund der Beckers ein wenig hyperaktiv ist. Ich behandle ihn mit Musiktherapie, da spricht er gut drauf an. Mozart mag er noch lieber als ...«

Der Rest meiner Erklärung blieb mir im Halse stecken, als ich Davids Gesichtsausdruck bemerkte.

»Du denkst, du kannst Tiere mit Mozart heilen?«, fragte er. »Du bist eine *Esoterikerin*?«

So wie er das Wort aussprach, klang es nicht nett. Ich zuckte verunsichert mit den Schultern. »Na ja, ich hatte schon immer einen guten Draht zu Tieren. Ich spüre, wenn es ihnen nicht gut geht, und oft spüre ich auch, wo die Krankheit lokalisiert ist. Ich spüre ... Energien, weißt du? Also habe ich während der Elternzeit eine Ausbildung zur Tierheilpraktikerin gemacht.«

David schüttelte leicht den Kopf. »Findest du es nicht fahrlässig, kranken Tieren mit einer Pseudo-Ausbildung zu Leibe zu rücken? Vielleicht sogar Medikamente und Spritzen zu geben, obwohl du das gar nicht gelernt hast?«

»Ich habe zwei Jahre lang studiert, zwar nicht an der Uni, aber an einem sehr angesehenen Privat-Institut«, entgegnete ich genervt. Gestern Simone, heute David – warum unterstellten mir eigentlich alle, ich hätte nichts gelernt? »Ich habe schon viele Tiere geheilt!«

In diesem Augenblick riss Frau Becker die Tür auf. Sie war stark geschminkt, was absolut ungewöhnlich für sie war, und sie lächelte strahlend. Allerdings galt ihr Lächeln lediglich einem von uns – nämlich David.

»Guten Tag, Herr Herren, bitte kommen Sie doch herein. Momo erwartet Sie schon.« An mich gewandt sagte sie: »Liebe Frau Jacobs, Sie kommen leider umsonst. Ich habe Sie nicht erreicht, sonst hätte ich Ihnen abgesagt. Momo ist nämlich ernstlich erkrankt.«

Ich griff besorgt nach ihrer Hand. »Aber wenn er so krank ist, dann ist es doch gut, dass ich da bin! Welche Symptome zeigt er denn? Ist es viel schlimmer als sonst? Soll ich ihn mir gleich mal ansehen?«

Doch sie schüttelte meine Hand ab und sagte herablassend: »Nein, Frau Jacobs, da braucht es schon einen richtigen Tierarzt. Mit Musiktherapie kommen wir da nicht weit. Deshalb habe ich ja Herrn Herren angerufen.« Lächelnd sagte sie zu David: »Es ist so fantastisch, dass Sie ein paar Minuten Zeit für uns gefunden haben!«

Fassungslos blickte ich von Frau Becker zu David. Er erwiderte meinen Blick unbehaglich. Nun fiel mir auch seine Arzttasche auf. Ich hatte sie für einen normalen Koffer gehalten.

»Du bist Tierarzt?«, fragte ich schwach.

»Und was für einer«, gurrte Frau Becker, griff nach Davids Arm und zog ihn ins Haus. Zu mir sagte sie: »Schicken Sie mir eine Rechnung über die Fahrtkosten. Wenn's mal wieder ein kleineres Problem gibt, rufe ich Sie an.«

Mir blieb die Spucke weg. Sie servierte mich ab, ohne mit der Wimper zu zucken, und als Trostpflaster bot sie mir an, mir die Fahrtkosten zu erstatten? Ha ha. Sie wusste schließlich, dass ich immer mit dem Fahrrad kam.

Ich beobachtete stumm, wie David sich seine Jacke auszog. Er bewegte sich so geschmeidig, als habe er die natürliche Eleganz der Tiere übernommen. Alles an ihm, gestand ich mir widerwillig ein, war von einer Schönheit, die umso anziehender war, als sie ihm gar nicht bewusst zu sein schien.

*Du hast wirklich andere Probleme als das Aussehen dieses Tierarztes*, zischte eine Stimme in meinem Kopf. *Der Typ hat dich gerade um eine Kundin gebracht!*

Okay, das war's dann wohl gewesen. Eine Ilona Jacobs wusste, wann sie verloren hatte.

Mit einem knappen Gruß wandte ich mich zum Gehen.

»Luna!«, hörte ich Davids Stimme in meinem Rücken. Schnelle Schritte holten mich ein, dann stand er neben mir.

»Tut mir leid«, sagte er leise. »Auch wenn ich nichts von Wiener Klassik für Hunde halte, war es nicht meine Absicht, dich auszubooten.«

»Aber genau das hast du getan«, sagte ich kühl. »Tschüs, David. Viel Spaß beim Spritzengeben.«

»Danke, Miss Mozart«, sagte er mit leisem Spott in der Stimme.

Und in diesem Augenblick wusste ich es: Obwohl wir uns bereits nach zwei Minuten geduzt hatten, obwohl ich in der schwarzen Tiefe seiner Husky-Augen versank und obwohl ich wegen ihm vom Rad gefallen war, würden David und ich niemals Freunde werden.

Sondern knallharte Konkurrenten.

*Natürlich hilft Wiener Klassik! Sogar Kühe geben mehr Milch, wenn sie Mozart hören. Weiß dieser Viehdoktor das denn nicht? ›Miss Mozart‹ – pah!*

Missmutig ließ ich mein Buch sinken. Es war zehn Uhr abends, Moritz schlief selig in seinem Bettchen, doch die wohlverdiente Entspannung wollte sich einfach nicht bei mir einstellen. Ich saß im Sessel, las gerade zum vierten Mal den ersten Absatz von Seite 31, und immer wieder kamen mir meine trüben Gedanken in die Quere. Ein ums andere Mal tauchte David vor meinem inneren Auge auf und flüsterte mir leise zu: »Deine Kunden werden meine sein! Bald, bald …«

Es hatte keinen Sinn. Über Seite 31 würde ich heute Abend nicht mehr hinauskommen. Ich stand auf und ging zum Schreibtisch, der mitsamt PC und Drucker in einer Ecke des Wohn-Schlaf-Arbeitszimmers stand. Brechend volle Bücherregale säumten meinen kurzen Weg. Die wenigen freien Stellen an den Wänden wurden von Fotos von Moritz gesäumt sowie von mehr oder weniger abstrakten Bildern, die er im Kindergarten gemalt hatte. Es war ein gemütlicher Raum – aber es war auch verdammt eng.

Ein Zimmer nur für mich hatte ich nicht, dafür nannte Moritz ein Kinderzimmer sein eigen, und die meiste Zeit verbrachten wir sowieso außer Haus: Ich bei der Arbeit, er im Ganztags-Kindergarten. Und nach Feierabend trafen wir unsere Freunde im Hof.

Nein, verschwenderischen Luxus konnte man uns wirklich nicht vorwerfen. Und manchmal haderte ich schon damit, dass in unsere kleine Wohnung beim besten Willen keine Haustiere passten. Ein Hund, ein Kätzchen, ein Kaninchenpaar … das hätte mir gefallen.

Und trotzdem: Ich war mit meinem Leben zufrieden. Seit ich als Tierheilpraktikerin arbeitete, fiel mein Einkommen zwar geringer aus als zu Bibliothekszeiten, aber es reichte. Gut, große Sprünge waren nicht drin, in den Urlaub fuhren wir selten bis nie, und manchmal wünschte ich mir, Moritz' Vater würde sich ein bisschen am Unterhalt seines Kindes beteiligen. Aber das war unmöglich, schließlich kannte ich ihn ja gar nicht. Und er selbst hatte keine Ahnung, dass er einen kleinen Sohn hatte …

Wenn ich an diesem Punkt meiner Überlegungen angekommen war, tröstete ich mich an guten Tagen damit, dass Moritz ein solch wundervolles Kind war, dass mein Fehltritt vor knapp fünf Jahren ganz einfach Schicksal gewesen sein musste.

An weniger guten Tagen war mir der One-Night-Stand, aus dem er entstanden war, immer noch entsetzlich, grässlich, megamäßig peinlich. Und ich haderte mit der Frage, was ich Moritz später einmal sagen sollte, wenn er mich nach seinem Vater fragen würde.

»Tja, im Moment hast du allerdings ganz andere Sorgen, meine Gute«, sagte ich grimmig zu mir selbst und schaltete den Computer ein. »Und die größte von ihnen heißt David Herren.«

Während der Computer hochfuhr, sann ich trübe über meine berufliche Selbständigkeit nach. Eigentlich hatte sie sich gut angelassen, waren Tierärzte im Stuttgarter Norden doch rar gesät. Es gab zwar welche, doch sie machten keine Hausbesuche – im Gegensatz zu mir. Ich war zwar »nur« Tierheilpraktikerin, aber dafür waren meine Methoden etwas Besonderes. Bei der erlebnishungrigen Killesberg-Society jedenfalls kamen sie gut an.

Aber das hatte sich nun geändert, meine Monopolstellung war dahin. Irgendetwas musste diesen neuen Tierarzt auszeichnen, dass Frau Becker mir so unverfroren die Treue aufgekündigt hatte. War es die Tatsache, dass auch er die Tiere zu Hause behandelte? Bei meinem unrühmlichen Abgang heute Vormittag hatte ich die Aufschrift »Mobile Tierarztpraxis« auf Davids Kombi gesehen. Oder hatte sich vielleicht herumgesprochen, wie unglaublich gut der neue Tierarzt aussah? Hm, dann hatte ich allerdings ein Problem. Denn fast alle meine Kunden waren Kundinnen, und sie waren nur so reich, weil ihre Männer 80 Stunden in der Woche arbeiteten. Außer Haus …

Ich presste die Lippen aufeinander. Entschlossen ging ich ins Internet, rief die Google-Seite auf und tippte »David Herren« ein. Mal sehen, was der Typ vorher gemacht hatte. Aus dem Nichts konnte er ja schließlich nicht kommen. Vielleicht war er bloß ein mittelmäßiger Landtierarzt, der aufgrund seiner Misserfolge nach Stuttgart hatte fliehen müssen. Viel heiße Luft und nichts dahinter. Ja, wahrscheinlich war es so. Ganz sicher war es so! Ha, das wäre doch gelacht, wenn ich es mit dem nicht aufnehmen könnte!

»… Bestseller von **David Herren**, dem bekannten … «, sprang mir vom Bildschirm entgegen. Nein, Autor war er nicht, da ging es wohl um einen anderen David Herren. Weiter. »… **David Herren**, Praxis in Berlin …«. Berlin? Nö, von so weit her war er bestimmt nicht gekommen. Außerdem hatte er keinen Berliner Dialekt. Weiter. »… **David Herren**, ›Rat vom Promi-Tierarzt‹, 19.90 € …« Hm. Weiter. »… Seminar von **David Herren** ist leider ausgebucht …« – Hm. Hm. Hm. »… exklusive Homestory: So wohnt Tierarzt **David Herren,** der attraktive …« – »… wieder einmal bewiesen, dass **David Herren** unsere tierischen Gefährten zu heilen versteht wie kein anderer …« – »… sagte **David Herren** auf dem Presseball, dem gesellschaftlichen Top-Event der Hauptstadt …« –»… endlich auch im Fernsehen zu bewundern! Der charismatische **David Herren** im rbb, Ihrem Sender für die Region Berlin-Brandenburg …«

Erschlagen starrte ich auf den Monitor. *Das* war David Herren? All das? Oder war er vielleicht nur einer von den ganzen

David Herrens? *Ja, so muss es sein*, sprach ich mir rasch Mut zu. *Er ist nur Buchautor! Oder nur Promi-Tierarzt. Seminarleiter. Lokaler Fernsehstar.*

Hektisch klickte ich mich weiter durch die Informationen, las mich durch Zeitungsartikel und schwärmerische Beiträge in Tierhalter-Foren. Bis ich die Homepage von Davids Fanclub fand.

Der Mann hatte einen Fanclub?!

Ich öffnete die Seite. Seine Husky-Augen leuchteten mir entgegen, und es gab nicht den geringsten Zweifel: Er war es. Alles.

Er war *der* David Herren. Der berühmte Tierarzt mit der florierenden Praxis in Berlin. Mit dem Kundenstamm, der alles umfasste, was in der Hauptstadt Rang und Namen hatte. Mit der Liste von Buchveröffentlichungen, die alle zu Bestsellern geworden waren. Mit der beeindruckenden Präsenz in sämtlichen Berliner Medien. Und mit diesen erstaunlichen Heilungserfolgen, die ihn von allen anderen Tierärzten abhoben.

Und *der* sollte nun mein Konkurrent werden.

Panisch klickte ich weitere Seiten an. Überall derselbe Tenor: David Herren war der Star der Berliner Tierhalter-Szene. Seine Bemühungen waren stets von Erfolg gekrönt, seine Ratschläge Gold wert, seine Medienauftritte ein Erlebnis. Und als er beschlossen hatte, »aus persönlichen Gründen« von Berlin nach Stuttgart zu ziehen, trauerten ihm seine Fans – tierische wie menschliche – untröstlich nach. Das jedenfalls wusste eine große Berliner Zeitung zu berichten, und nach allem, was ich bisher über David gelesen hatte, schien es auch die einzig logische Reaktion zu sein.

Wie im Traum schaltete ich den Computer aus. Ich blieb unbeweglich davor sitzen und starrte auf den schwarzen Bildschirm.

Die letzten Monate zogen wie ein Film an mir vorbei: Tiere, die ich heilen konnte, mal mit Globuli, mal mit Edelsteinen, mal mit farbiger Bestrahlung. Andere Tiere, bei denen ich unsicher war und die schließlich immer kränker wurden, so dass ich sie an einen Tierarzt überweisen musste. Tja, so war das Leben – Erfolg und Misserfolg, Selbstvertrauen (selten) und Selbstzweifel (oft) wechselten sich miteinander ab. Ich kannte meine Grenzen, und ich hatte immer geglaubt, auch Fehlschläge seien normal.

Bis gerade.

Denn im Lichte der überwältigenden Leistungen dieses Tierarztes erschien mir meine gesamte Arbeit als null und nichtig. Was war ich, Luna Jacobs, verglichen mit einem Dr. David Herren?

*Ich bin eine alleinerziehende Mutter, die depressive Nackthunde aufmuntert und dann ihr Honorar vergisst*, fuhr es mir durch den Kopf. *Eine Spinnerin, die auf den Wert eines zweifelhaften Lehrgangs pocht. Die stolz ist auf ein Zertifikat, das aussieht, als habe es die Ausbildungsleiterin selbst gemalt. Ich bin ein blindes Huhn, das manchmal ein Korn findet und manchmal eben nicht. Das war's. Kein Hochschul-Studium, keine Buchveröffentlichung, keine Promi-Kunden, keine Fernsehberichte. Und eine Zeitung hat auch noch nie über mich geschrieben.*

Ich schloss die Augen und ließ den Kopf vornüber auf die Tastatur fallen. Einige Minuten lang gab ich mich stumm der Hoffnungslosigkeit hin, dann stand ich langsam auf und schlurfte in Richtung Badezimmer.

Aus dem Spiegel starrte mich eine Frau mit ziemlich verzweifeltem Gesichtsausdruck an. Kein Wunder: Ich hatte eine seltsame Frisur, trug ein altes Schlabber-Shirt, und David, der Star unter den Tierärzten, verachtete mich. Er würde mir alle Kunden abspenstig machen, und es würde ihn nicht mehr als ein Lächeln kosten, meine Existenz zu zerstören. Ich wäre gezwungen, wieder als Bibliothekarin zu arbeiten, und mein Lebenstraum wäre geplatzt. Klar, ich hätte wieder einen normalen Beruf. Aber was hatte Simone gestern gesagt?

»Es gibt nur eine Berufung.«

In meinem Hals bildete sich ein dicker Kloß, und ich wusste, ich würde ihn nicht hinunterschlucken können.

Zeit, ins Bett zu gehen.

# 3.

Im hellen Tageslicht sah alles nicht mehr ganz so vernichtend aus wie am Abend. Nur noch schlimm.

Ziemlich schlimm.

So schlimm, dass ich beschloss, meine Mutter anzurufen, nachdem ich Moritz in den Kindergarten gebracht hatte. Mein erster Behandlungstermin an diesem Tag war erst in zwei Stunden; mehr als genug Zeit, um mich davor ein bisschen trösten zu lassen.

Bescheuerte Idee, wir mir umgehend klar wurde, als ich die Stimme meiner Mutter hörte.

»Jacobs«, meckerte sie in den Hörer.

Schlechte-Laune-Tag. Okay. Tief durchatmen.

»Hallo, Mutti, ich bin's«, sagte ich.

»Ilona? Na, das wird aber auch Zeit, dass du dich mal wieder meldest. Seit du an den Viechern rumdokterst, hören wir ja überhaupt nix mehr von dir!«

»Ich habe halt viel zu tun.« Sofort schaltete ich in den Verteidigungsmodus. »Meine Arbeit, Moritz …«

»Tja, wer immer nur sein Vergnügen sucht, anstatt zu heiraten und einen anständigen Beruf auszuüben, braucht sich nicht zu wundern, wenn ihm irgendwann alles über den Kopf wächst!«, schimpfte meine Mutter.

»Tut es doch gar nicht, Mutti.«

»Und warum rufst du dann nie an?«

»Mache ich doch gerade!«

»Ja, aber das letzte Mal ist zwei Wochen her, und …«

»Mutti«, unterbrach ich sie, »lass uns nicht ständig streiten. Ich wollte einfach mal nett mit dir plaudern, okay?«

Missmutiges Räuspern am anderen Ende der Leitung.

Dann Schweigen.

»Mutti, bist du noch dran?«

»Natürlich, wo sollte ich sonst sein? Und?«

»Was und?«

»Du wolltest doch plaudern!«, bellte sie in den Hörer.

»Hab's mir anders überlegt«, sagte ich müde und legte auf.

Enttäuscht ging ich in die Küche und kochte mir einen Kaffee. Mit der Tasse in der Hand trat ich ans Fenster, starrte blicklos in den grünen Innenhof, der jetzt am Morgen menschenleer war, und dachte über meine Eltern nach.

Es waren keine angenehmen Gedanken.

Seit sie vorzeitig in Rente gegangen waren, wohnten meine Mutter und mein Vater am Bodensee, davor hatten sie beide ihr Leben lang Vollzeit bei einer Versicherung gearbeitet. Sie hatten mich ziemlich spät bekommen, und ich hatte eigentlich überhaupt nicht in ihr Leben gepasst. Meine Mutter machte mir nichts vor: Ich war ein Unfall gewesen, und nur den dringenden Bitten meines Vaters war es zu verdanken, dass ich überhaupt das Licht der Welt erblickt hatte. Ein Unfall aber war und blieb ich.

Natürlich hatte ich keine Geschwister, und ich war schon in der Grundschule ein Schlüsselkind, aber zumindest Letzteres bedauerte ich kaum. Wenn meine Mutter daheim war, wusste ich sowieso nie, wie ich mich verhalten sollte. Es war so schwierig, sie einzuschätzen: Hatte sie einen Gute-Laune-Tag, kam es vor, dass sie mit mir durch die Wohnung tanzte, Kuchen backte oder, höchstes aller Glücksgefühle, Mikado spielte. Hatte sie jedoch einen Schlechte-Laune-Tag, nervte es sie schon, wenn ich fragte, ob ich einen Apfel haben könnte. Aber wehe, ich fragte *nicht,* bevor ich mir einen nahm! Dann war sie nicht nur genervt, sondern auch noch sauer über meine Eigenmächtigkeit.

Alles in allem war ich ganz froh, dass ich meistens allein war.

Während der Grundschulzeit begann ich mir meine langen, einsamen Nachmittage damit zu vertreiben, sämtliche Hunde der Nachbarschaft auszuführen. Mit Hunden kam ich zurecht, selbst wenn sie ihre Besitzer bissen oder notorische Streuner waren; bei mir blieben sie, mir gehorchten sie, und ich verspürte nie auch nur einen Funken Angst. Warum auch? Sie waren die freundlichsten, verlässlichsten Wesen, die ich kannte. Sie bedeuteten nicht Gefahr, sondern Rettung.

Und mein Vater? Tja, mein Vater. Er war praktisch unsichtbar: unsichtbar, wenn er morgens das Haus verließ, bevor ich überhaupt aufgestanden war, unsichtbar, wenn er spätabends zurückkam. Am Wochenende unsichtbar hinter seiner Zeitung oder unsichtbar vor dem Fernseher. Unsichtbar immer und überall.

Aber zumindest war er nicht sauer auf mich. Schon dafür – und weil ich ihm mein Leben verdankte – betete ich ihn an. Bis ich in die Pubertät kam; da dämmerte mir, dass es bessere Strategien für einen Vater geben musste als die, sich um jeden Preis aus allem rauszuhalten.

Trotzdem bemühte ich mich, das zu sein, was man »eine gute Tochter« nennt. Ich machte mein Abitur, begann eine Ausbildung als Bibliothekarin, schloss sie ab, obwohl ich bereits gemerkt hatte, dass dieser Beruf eigentlich nichts für mich war, und fand ziemlich schnell einen Job. Ich zog aus, in die kleine Wohnung im Friedrich-Ebert-Bau, in der ich jetzt immer noch lebte, und ich bedauerte es nicht, als meine Eltern Stuttgart verließen, um an den Bodensee zu ziehen. Wir sahen uns nur noch selten, telefonierten etwas öfter, und ich dachte nicht allzu viel über sie nach. Es wäre zu deprimierend gewesen.

Und dann bekam ich Moritz, und alles änderte sich.

In meinem ersten Jahr mit Kind, allein und meistens zu Hause, hatte ich viel Zeit zum Nachdenken. Mir wurde klar, dass ich nicht in meinen Beruf als Bibliothekarin zurückkehren wollte, wenn Moritz in den Kindergarten käme. Ja, meine Eltern hatten sich immer einen anständigen Beruf für mich gewünscht, und ich hatte es versucht. Ich hatte es wirklich versucht. Aber weder hatte das meine Eltern zufrieden gemacht noch mich glücklich. Und jetzt war ich selbst Mutter.

War es nicht an der Zeit, an mein Kind und mich zu denken statt an meine Eltern?

Ich fing an, von einem Gnadenhof zu träumen: ein Gehöft im Nirgendwo, auf dem ich misshandelten, kranken oder alten Tieren ein besseres Leben bieten wollte. Die Tiere hatten mich in meiner Kindheit aufrecht gehalten, als ich niemanden sonst gehabt hatte; jetzt wollte ich es ihnen vergelten. Ich sah alles lebhaft vor meinem inneren Auge: Ich würde Geschöpfen, denen die Menschen übel mitgespielt hatten, Heilung und Liebe schenken. Ich würde ihnen einen Platz geben, an dem sie bleiben konnten, ohne dass ihnen je wieder Böses widerfuhr. Ich würde es diesen Tieren ermöglichen, das Vertrauen in unsere Spezies wiederzufinden, und ich würde für sie da sein, wann immer sie mich brauchten. Ich würde die Welt ein kleines Stückchen besser machen.

Ein wunderschöner Traum.

Und natürlich völlig illusionär. Denn wer sollte so etwas finanzieren? Die Tiere selbst konnten mir kein Honorar bezahlen, und ohne Geld würden mein Baby und ich nicht leben können. Und doch …

Die Idee ging mir nicht mehr aus dem Kopf, und so kam ich auf die verwegene Idee, meiner Mutter davon zu erzählen.

An einem Schlechte-Laune-Tag.

Böser, böser Fehler.

Was schmerzte mehr – ihr verächtliches Lachen? Oder ihre Bemerkung über »Tagträumerinnen, die ihr armes uneheliches Kind auf einen dreckigen Bauernhof verschleppen, weil sie ihr Leben nicht auf die Reihe kriegen«?

Ich konnte mich nicht entscheiden, also heulte ich einfach. Heulte, mit dem Baby auf dem Arm, eine Stunde lang, und dann ging ich zu Harriet und kotzte mich über meine Scheiß-Eltern aus. Danach ging es mir besser, und ich wagte es mit dem Mut der Verzweiflung, einem zweiten Menschen von meinem Gnadenhof zu erzählen.

Harriet fand die Idee klasse, was aber nichts daran änderte, dass sie unrealistisch war. Nach nächtelangen Diskussionen in meiner Küche (Moritz wachte alle halbe Stunde auf, und Harriet war so lieb, mir ab und zu beim Wachbleiben Gesellschaft zu leisten) kamen sie und ich zu dem Schluss, dass der Gnadenhof ein Projekt für später war. Für später, wenn ich reich und berühmt wäre und es mir leisten könnte, einen Teil meiner Aktien zu verkaufen, um sie in einen alten Bauernhof und kranke Tiere zu stecken.

Meine Freundin bestärkte mich darin, nach Alternativen zu suchen. Die Schlagworte, an denen wir uns entlanghangelten, waren: Tiere, Gutes tun, helfen, heilen. Irgendwann stießen wir auf den Lehrgang zur Tierheilpraktikerin. Er klang einigermaßen seriös, deckte viele verschiedene Therapieformen ab, beinhaltete Phasen des Eigenstudiums ebenso wie Seminare mit Präsenzpflicht, und ich war so angetan, dass ich mich anmeldete, ohne lange zu zögern.

Ich lernte in jeder freien Minute. Lernte mit Moritz auf dem Schoß und dem entnervend fröhlichen Rolf Zuckowski im Hintergrund, der mit seiner Kinderschar »… ich mag Papis mit viel Zeit …« trällerte. Ich lernte mit extrastarkem Kaffee spätabends, wenn Moritz schlief. Und ich lernte an den Wochenenden, wenn Harriet mir Moritz abnahm und den Kinderwagen durch die Weißenhofsiedlung schob.

Als ich dann auf einem der Seminare den Hund einer anderen Teilnehmerin untersuchte, entdeckte ich es: Ich war die Einzige von uns, deren Finger kribbelten, wenn ich mich auf die Lebensenergie eines Tieres konzentrierte. War das möglich? Konnte ich tatsächlich fühlen, wo und wie stark die Energie eines Tieres stockte? Ich misstraute meiner Wahrnehmung, spürte erneut nach, versuchte es an einem anderen Tier.

Doch es gab keinen Zweifel: Ich konnte es.

Die anderen Teilnehmer waren begeistert, und ich musste meine seltsame Gabe ein ums andere Mal unter Beweis stellen. Ich traf jedes Mal ins Schwarze. Da wusste ich endgültig, dass ich auf dem richtigen Weg war.

Tja, und jetzt kam so ein blöder, gutaussehender Berliner Promi-Tierarzt daher und machte mir alles kaputt.

Ich holte tief Luft und stieß sie heftig wieder aus. Nein, ich würde nicht aufgeben! Noch war nichts verloren. Vielleicht machte ich mir einfach zu viele Gedanken. Vielleicht war ich bloß nervös, weil ich zu viel Kaffee trank. Vielleicht würde alles wieder gut.

Und wenn nicht, so war ich zumindest entschlossen, nicht kampflos unterzugehen.

## 4.

Francesco hörte den eingesperrten Köter jaulen, als er Valeria Zumsteinen durch die Villa in Richtung Schlafzimmer vorausging. Er wusste, dass Valeria, der er seit einigen Wochen Meditationsunterricht gab, ihm auf den Hintern starrte. Das tat sie gerne, er hatte sie schon oft genug dabei ertappt.

Francesco grinste.

Er fühlte sich großartig. Seit er spiritueller Berater war, fühlte er sich eigentlich immer großartig. Aber das lag nicht an der Spiritualität. Eher an der Bewunderung der Frauen, und an dem, was er »kosmische Liebe« nannte. Den meisten seiner Kundinnen erklärte er die kosmische Liebe nur. Den hübschesten unter ihnen brachte er sie bei.

Er fuhr sich lässig durch die schwarzbraunen Locken, die er jetzt länger trug als zu seiner Zeit als Bankangestellter. *Noch ein Vorteil,* dachte er, *wenn man selbständig ist. Man kann sich stylen, wie man will. Und wie's den Frauen gefällt.*

Was den Frauen gefiel, wusste er mittlerweile sehr gut, und Francesco hatte keinerlei Probleme damit, die weiblichen Ansprüche zu erfüllen. Wenn er ehrlich war, machte es ihm sogar Spaß: Er trainierte gewissenhaft seine Oberarme. Er sorgte dafür, dass kein Gramm Fett seinen Waschbrettbauch gefährdete. Und er übte immer mal wieder vor dem Spiegel den glühenden Blick aus schokoladenbraunen Augen, der bisher noch jede zum Schmelzen gebracht hatte.

Ja, irgendwann waren sie alle Wachs in seinen Händen, und das tat seinem Geldbeutel gut: Sie bestellten ihn wieder und wieder zu sich in ihre Villen, buchten Einzelsitzungen oder gleich das ganze Programm, ließen sich auf Mystik, Qigong, Yoga und Astrologie ein. Und das alles nur, um Francesco zu sehen.

So wie Valeria Zumsteinen, die – so vermutete Francesco – den Meditationsunterricht nicht umsonst stets im Schlafzimmer absolvieren wollte. Heute, beschloss er, als er die Tür zu dem Raum aufstieß, würde er sich ihrer erbarmen. Sie sah sehr gut aus, und er hatte sie lange genug zappeln lassen.

Lächelnd drehte er sich zu ihr um und sagte: »Schön geübt die letzte Woche? Jeden Tag eine Stunde, wie wir es abgemacht hatten?«

Sie nickte und strich sich mit perfekt manikürten Fingern eine Strähne ihres rot gefärbten Haars aus dem Gesicht. *Sie ist wirklich schön*, dachte er flüchtig. *Wenn auch alles an ihr ein bisschen … künstlich ist.*

Aber besser künstlich als hässlich. Er betrachtete sie – die schicke Kurzhaarfrisur, den beeindruckend großen Busen, den sportlich-knackigen Körper – und fing an, sich auf das, was jetzt kommen würde, zu freuen.

Valeria unterbrach seine Gedanken mit den klagenden Worten: »Ja, ich habe geübt, aber das mit der inneren Ruhe … ach, Francesco, das ist schon sehr schwer! Können wir uns nicht ein Ziel setzen, das ein bisschen leichter zu erreichen ist? So für den Anfang? Vielleicht – straffere Oberschenkel?«

Er zog eine Augenbraue hoch. »Dann wäre es allerdings kein Meditationsunterricht mehr. Und ich nicht der richtige Lehrer.«

»Aber du hast doch noch anderes im Angebot als die blöde Meditation, oder? Haben mir meine Freundinnen jedenfalls erzählt.« Valeria trat sehr nah an ihn heran und legte ihm die Hände auf die Brust. »Wir könnten es mit Yoga versuchen. Ist doch auch sehr spirituell. Und gut für Seele *und* Körper!«

An welche Yoga-Stellungen sie wohl dachte? Er legte ihr eine Hand auf den Rücken und strich langsam ihre Wirbelsäule entlang. Sie erschauerte unter seiner Berührung.

»Yoga ist okay. Aber es gibt noch viele andere Dinge«, sagte er langsam, »die gut für Seele und Körper sind. Berauschendere Dinge. Göttlichere Dinge.«

Sie sah ihn mit großen Augen an.

»Die kosmische Liebe zum Beispiel«, sagte er. »Wenn du es ihr gestattest, dich zu durchdringen, bist du mit allem eins – mit dem Universum, mit der Sonne, mit den Sternen, mit jedem Grashalm. *Das* ist es, was ich unter ganzheitlicher Spiritualität verstehe: allumfassende Liebe. Man kann lernen, sie zuzulassen, weißt du?«

»Bring es mir bei«, flüsterte Valeria und presste sich an ihn.

»Bist du dir auch ganz sicher?« Francesco vergewisserte sich immer bei den Frauen, ob sie es wirklich wollten. Das war Teil seines persönlichen Arbeitsethos, auf das er ziemlich stolz war.

»Ich bin mir absolut sicher«, hauchte sie.

»Du willst es jetzt sofort?«

»Ja«, hauchte sie.

»Wo ist dein Mann?«

»An der Börse«, hauchte sie.

Damit war der Weg frei für den Teil seiner Arbeit, den er am meisten genoss.

Francesco weigerte sich zwar, es in Valerias Ehebett zu tun – auch dies war Teil seines Arbeitsethos –, aber die Zumsteinen'sche Villa bot genügend andere Plätze, die sich hervorragend für eine Einführung in die kosmische Liebe eigneten.

Er lernte sie alle kennen.

Und als er drei Stunden später die vornehme Anzengruberstraße verließ und nach Hause fuhr, war Francesco mehr denn je mit sich und seinem beruflichen Werdegang im Reinen.

Nach dem Telefonat mit meiner Mutter konnte der Tag nur besser werden. Hatte ich gedacht. War aber nicht so: Denn auch heute kam der verfluchte Star-Tierarzt mir wieder in die Quere.

Mit zusammengebissenen Zähnen ging ich an Davids Kombi vorbei und klingelte bei meiner Kundin. Ob Frau Zumsteinen mir ebenfalls die Erstattung der Fahrkosten in Aussicht stellen würde, wenn ich nur schnell genug wieder verschwände?

Sie öffnete mir die Tür. Lächelnd sagte sie: »Ah, Frau Jacobs, meine kleine Michelle wartet schon sehnsüchtig auf Sie!«

Das klang nun nicht so, als wolle sie mich gleich wieder heimschicken. Ich entspannte mich ein wenig und nahm Frau Zumsteinen dankend das Glas Champagner ab, das sie mir hinhielt.

Es war schon fast ein Ritual geworden: Wir tranken ein Glas zusammen, ich untersuchte ihr Hündchen und verordnete Globuli, und währenddessen jammerte Frau Zumsteinen über ihre schlechte Ehe. Sie schien unsere Treffen fast mehr zu brauchen als der Hund, und ich hatte mich mehr als einmal bei dem Gedanken ertappt, dass Michelle eigentlich gar nichts fehlte. Frau Zumsteinen hingegen fehlte eindeutig etwas: ihr Mann.

Heute jedoch wirkte sie gelöster und fröhlicher als sonst. Und der Grund für die gute Laune der Hausherrin, so vermutete ich jedenfalls, trat in diesem Moment hinter sie: David.

Natürlich.

»Dich kriegt man jetzt wohl in jedem Haus zu sehen«, begrüßte ich ihn angriffslustig.

Er grinste, die Hände lässig in den Hosentaschen. »Du scheinst dich nicht sehr über unser Wiedersehen zu freuen.«

Ich verzichtete auf eine Replik. Er konnte sich ja wohl denken, dass ich über eine existenzgefährdende Konkurrenz nicht glücklich war. Ich beschloss, David mit Nichtachtung zu strafen, und wandte mich an Frau Zumsteinen.

»Möchten Sie, dass Michelle in Zukunft lieber von Herrn Herrn, äh, Herren«, über diesen bescheuerten Namen konnte man ja nur stolpern, »behandelt wird? Dann wäre es mir lieb, wenn Sie es mir gleich sagen würden.«

Frau Zumsteinen riss die Augen auf. »Aber nein, wo denken Sie hin, Frau Jacobs! Ich will Sie beide! Schulmedizin und alternative Heilmethoden ergänzen sich doch ganz wunderbar!« Sie legte mir eine Hand auf den Arm. »Ich bin sicher, wir bekommen Michelles Hyperaktivität in den Griff, wenn wir nur dranbleiben. Mit Globuli und … äh, Ritalin?« Bei dem letzten Wort wandte sie sich fragend zu David um.

Er schien sich ein Lachen zu verkneifen, fasste sich jedoch schnell und sagte: »Lassen Sie mich doch erst mal einen Blick auf Michelle werfen. Es wäre unprofessionell, schon jetzt eine Diagnose zu stellen, ganz zu schweigen davon, eine Therapie vorzuschlagen.« Suchend sah er sich um. »Wo ist der Hund überhaupt?«

»Ich habe Michelle in ihr Zimmer eingesperrt.«

David brauchte einen Moment, um zu antworten. »Sie hat ein eigenes Zimmer?«

»Nun, mein Mann und ich haben keine Kinder, aber viel Platz«, sagte Frau Zumsteinen würdevoll.

»Und warum haben Sie Michelle eingesperrt?«

»Ich hatte gerade Meditationsunterricht.« Zu meiner Überraschung wurde Frau Zumsteinen so rot wie ihre Haare. »Michelle hat es auf meinen spirituellen Berater abgesehen, sie hat ihn sogar schon mal gebissen. Deshalb muss sie jetzt immer in ihrem Zimmer bleiben, wenn er … kommt.« Sie trank schnell einen Schluck Champagner.

»Kommt er denn oft?«, fragte David.

»In Zukunft bestimmt«, sagte Frau Zumsteinen und kicherte. Ich hatte den Eindruck, dass es nicht ihr erstes Glas Champagner an diesem Tag war.

»Prost«, murmelte ich und trank ebenfalls.

David runzelte leicht die Stirn. »Dann würde ich Michelle jetzt gerne sehen.«

Als wir der Hausherrin durch die langen Gänge folgten, sagte er leise zu mir: »Trinkst du immer während der Arbeit?«

Jetzt war es an mir, rot zu werden. »Nie«, sagte ich schnell. »Nur hier. Eigentlich vertrage ich Alkohol nämlich gar nicht.«

Der Blick, den er mir unter halb gesenkten Lidern zuwarf, schoss mir wie Feuer durch die Adern. Einmal, weil dieser Blick wirklich sehr sexy war. Und dann leider auch, weil er unmissverständlich ausdrückte, dass David sich seinen Teil zu meiner Aussage dachte.

Na toll. Jetzt war ich für ihn nicht nur eine Kurpfuscherin, sondern auch noch so verantwortungslos, mir während der Behandlungen einen hinter die Binde zu gießen.

Aber warum machte ich mir darüber eigentlich Sorgen? Sollte dieser aufreizende Promi-Tierarzt doch von mir denken, was er wollte. Das juckte mich überhaupt nicht.

Kein bisschen.

»Und dann hat er mich ständig so angeschaut, als könnte ich im nächsten Moment besoffen über Michelle zusammenbrechen«, beschwerte ich mich bei Harriet, Rudi und Simone.

Wir lagen im Gras unter der hohen Birke im Hof. Simone trug wieder eines ihrer geliebten Motto-T-Shirts, heute mit der Aufschrift »Lieber klug als sexy«.

Was mich sofort bei meiner Heimkehr daran erinnert hatte, für wie doof David mich nun hielt. (Ob er mich zumindest sexy fand? In diesem Fall hatte er es sehr, sehr gut verborgen. Aber das war mir ja sowieso gleichgültig.)

Simone wälzte sich auf die Seite und musterte mich. »So ein schöner Tag und du bisch derartig schlecht druff«, sagte sie mit mildem Tadel. »Dieser David Herren bringt di echt aus em Konzept, oder?«

»Überhaupt nicht!«, widersprach ich heftig. »Es ist nur … es ist … er stellt meine Qualifikation in Frage, und das ärgert mich.«

»Verständlich«, sagte Rudi ruhig. Er nickte dreimal zur Bekräftigung, wobei seine langen, angegrauten Haare im Takt wippten. Dann versank er wieder in Schweigen und Bewegungslosigkeit. Rudi war kein Mann großer Worte oder dramatischer Gesten. Wahrscheinlich hatte Harriet sich genau deshalb in ihn verliebt: Er hob sich so angenehm von ihren hysterischen Patienten ab.

»Außerdem klaut David dir deine Kunden«, stellte Harriet nun fest.

»Kund*innen*«, verbesserte ich sie. »Das ist ja das Schlimme: Wahrscheinlich ist der Typ auch nicht fähiger als andere Tierärzte, und er hat diesen wahnsinnigen Erfolg nur, weil er so fantastisch aussieht. Ihr solltet seine Augen sehen! Und er geht so sanft mit den Tieren um, wirkt so überlegen in allem, was er tut. Auf eine ganz lässige, unaufdringliche Art.« Ich merkte, dass ich unversehens ins Schwärmen geraten war, und biss mir auf die Zunge.

»Soso«, sagte Rudi und warf mir einen forschenden Blick zu.

Harriet zog die Augenbrauen hoch.

Simone grinste frech.

»Hey, um eins mal klarzustellen«, sagte ich und setzte mich auf, »dieser David interessiert mich nicht die Bohne! Ich möchte, dass er ganz schnell wieder dahin verschwindet, wo er hergekommen ist, und mich in Ruhe meine berufliche Existenz aufbauen lässt.«

»Sieht aber nicht so aus, als hätte er das vor«, sagte Harriet trocken.

»Nein«, bestätigte ich. »Und deshalb werde ich es irgendwie schaffen müssen, mit ihm klarzukommen. *Nur* aus diesem Grund mache ich mir Gedanken über ihn.«

Harriet schlug vor: »Du solltest ihn von deiner Kompetenz überzeugen. Zusammenarbeit statt Konkurrenz, verstehst du?«

»Achtung statt Verachtung«, sagte Rudi bedächtig.

Ich seufzte. »Klingt hübsch, ist aber ziemlich unrealistisch.«

»Wieso?«, mischte Simone sich ein. »Ich könnt dir helfa, dann klappt's bestimmt.«

Mir schwante Böses.

»I mach jetzt Nägel mit Köpf«, erklärte Simone fröhlich, »und meld mi zu diesem Tierkommunikations-Seminar Anfang Juli an. Und dann machet mir deine Hausbesuch zsamma. Wenn du spürsch, was denne Tierle fehlt, und sie mir telepathisch mitteilat, ob dei Diagnose stemmt, kann doch nix meh schiefganga, oder? Dann muss dr David anerkenna, was du drauf hasch. Was mir draufhen.«

Eifrig sprang sie auf, klopfte sich ein paar Grashalme von der Pluderhose und machte sich im Laufschritt davon, noch ehe ich ein Wort gegen ihre Pläne sagen konnte.

»Zom Glück gibt's Internet!«, rief sie uns über die Schulter hinweg zu. »Online-Anmeldunga machet 's Leba so oifach!« Und schon war sie im Hauseingang verschwunden.

»O je«, brummte Rudi.

»Vielleicht ist ihre Idee gar nicht so schlecht«, sagte Harriet halbherzig.

»Glaubst du wirklich?«

Harriet war rücksichtsvoll genug, auf eine Antwort zu verzichten.

Ich ließ mich zurück ins Gras sinken, verschränkte die Arme unter dem Hinterkopf und starrte in den blauen Himmel. *Noch eine Sorge mehr,* dachte ich verzagt und schloss die Augen.

Da spürte ich plötzlich klebrige Finger an meinen Wangen und einen nassen Mund auf meinen Lippen. »Mama, ssläfst du?«

Ich machte die Augen wieder auf, schlang die Arme um meinen kleinen Sohn und drückte meine Nase in seine Locken. Er duftete wunderbar, wie immer – nach Gummibärchen, Hitze und ihm selbst. Augenblicklich ging es mir besser.

»Sspielst du mit mir verstecken?«, fragte Moritz. »Und Tante Harriet auch? Und Rudi?«

Wir nickten alle drei. Moritz strahlte. Und als ich auf der Suche nach einem Versteck durch den Innenhof stromerte, war David Herren schon fast aus meinen Gedanken verschwunden. Für eine glückliche Viertelstunde vergaß ich ihn, und alles war wieder so wie vor seinem Auftauchen: unbeschwert, hoffnungsvoll, fröhlich.

Erst als Moritz und ich in unsere Wohnung traten und mir der Anrufbeantworter entgegenblinkte, hatte mich die neue Realität meines Daseins wieder: Frau Koch, Katzenbesitzerin aus der Parlerstraße, sagte mir ab.

Wegen David Herren.

## 5.

Auf dem Weg zu der alten Frau Wenninger, deren Wohnung in einem charmant-vernachlässigten Haus am Kriegsbergturm lag, dachte ich einige Tage später über mein Liebesleben nach.

Wie ich auf dieses Thema kam, das mir plötzlich sehr dringlich erschien, wusste ich selbst nicht so genau. Vielleicht waren die Träume der letzten Nächte daran schuld. Ich hatte von ihm geträumt, von David, den ich tagsüber dorthin wünschte, wo der Pfeffer wuchs.

Aber nachts …

Nachts sprachen meine Träume eine ganz andere Sprache. Mir wurde heiß, als ich daran dachte: Immer fing es damit an, dass David mir einen dieser abgründigen Blicke unter halb gesenkten Lidern zuwarf, und immer endete es damit, dass wir uns schweißnass in den Laken wälzten. Lediglich die Art, *wie* wir uns dort wälzten, variierte von Nacht zu Nacht.

Mein Gott, ich hatte wohl wirklich zu lange abstinent gelebt.

Ich schüttelte so heftig den Kopf, dass mein Rad bedenklich schwankte. Ungünstig auf der Birkenwaldstraße, auf der die Autos deutlich schneller fuhren als die erlaubten fünfzig Stundenkilometer. Ich bemühte mich krampfhaft, das Gleichgewicht wiederzufinden, und ärgerte mich. Warum musste David mich ständig in Gefahr bringen, vom Rad zu fallen?

Vielleicht bekam es mir nicht gut, überlegte ich, dass ich schon so lange keinen Sex mehr gehabt hatte. Genauer gesagt seit fast fünf Jahren – seit jener folgenschweren Nacht im Höhenpark Killesberg. Wenn man es recht bedachte, konnte man mein Liebesleben sauber in »davor« und »danach« trennen: Davor hatte ich einige unbedeutende Beziehungen gehabt und Schluss gemacht, wenn es so eng wurde, dass die Möglichkeit bestand, verletzt zu werden. Danach hatte ich überhaupt keinen Mann mehr an mich rangelassen, weder seelisch noch körperlich.

Ich war also mit fünfundzwanzig Jahren zur Nonne mutiert – na ja, zur schwangeren Nonne. Und dann zur Nonne mit Kind. Ich brauchte all meine Kraft dafür, alles unter einen Hut zu bringen: meinen Job als Bibliothekarin, die Mutterrolle und später meine Ausbildung zur Tierheilpraktikerin. Flirten, zarte Annäherungen, Dates? Keine Zeit.

Und keine Lust, irgendeinem Mann zu erklären, dass ich von Moritz' Vater nichts wusste als den Vornamen: Franz.

Es war schwierig genug gewesen, diesen Umstand meinen Eltern und Freunden begreiflich zu machen. In den ersten Wochen der Schwangerschaft, zwischen Übelkeitsanfällen und komaartigem Schlaf, hatte ich mit dem Gedanken gespielt, das ungewollte Leben in mir klammheimlich wieder loszuwerden. Ich würde niemandem etwas davon erzählen, wäre einfach ein paar Tage im Urlaub = Krankenhaus, und danach wäre alles wie zuvor.

Nur dass ich mit dieser Entscheidung nicht würde leben können.

Als mir das klar geworden war, wurde ich leicht panisch. Ich überlegte mir, alles auf eine künstliche Befruchtung im Ausland zu schieben oder auf eine Vergewaltigung unter Narkose. Aber das erschien mir dann doch zu dramatisch. Also tat ich, ohne mit Details herauszurücken, zähneknirschend das Einzige, was mir übrig blieb: Ich gestand die unrühmliche Wahrheit und hoffte darauf, dass mir nicht alle meine Freunde den Rücken kehren würden.

Alle meine Freunde kehrten mir den Rücken. Alle außer Harriet. Harriet und ihr Rudi hielten unverbrüchlich zu mir, und seitdem mochte ich sie nicht nur, sondern ich liebte sie.

Meine Eltern hätten mir auch gerne den Rücken gekehrt, doch eine Tochter wurde man nicht so einfach los wie eine Freundin, und so verlegten sie sich darauf, mir die Schwangerschaft mit nicht enden wollenden Vorwürfen zu versüßen. Seitdem war unser Verhältnis noch angespannter, als es ohnehin schon gewesen war.

*So viel zum Spruch »Blut ist dicker als Wasser«*, dachte ich sarkastisch, als ich in die Helfferichstraße einbog.

Im Vorüberradeln warf ich einen sehnsüchtigen Blick auf das italienische Feinkostgeschäft, vor dem Männer in Anzügen ihren kleinen, feinen Mittagssnack genossen. Es roch herrlich. Tja, bis ich mir etwas aus diesem Geschäft würde leisten können, würde noch viel Wasser den Neckar hinunterfließen.

Aber war das wichtig? Eigentlich nicht. Ich wollte leben, ohne mir Sorgen darüber machen zu müssen, ob ich meinem Sohn am nächsten Tag etwas Anständiges in die Vesperdose packen konnte. Aber Luxus musste nicht sein. Ich war nicht versessen darauf, reich und berühmt zu werden. Diesen Part überließ ich gerne David Herren.

David, David, David. Hätte er nicht in Berlin bleiben können? Warum war er überhaupt nach Stuttgart gezogen?

Grübelnd radelte ich die letzten Meter bis zu Frau Wenningers Haus unterhalb des Kriegsbergturms. Dort angekommen, hielt ich furchtsam nach Davids blauem Kombi Ausschau. Doch er war nirgends zu sehen. Ich atmete auf, gleichzeitig war ich irgendwie enttäuscht.

Kopfschüttelnd klingelte ich, wartete auf das Summen des Türöffners, drückte die Haustür auf, ging die Treppe hoch, begrüßte die nette, ältliche Frau Wenninger – und erstarrte mitten im Händeschütteln.

Denn dort stand *er*.

Ich starrte ihn an.

Er starrte mich an.

»Franz«, sagte ich schwach.

»Hallo, Luna«, sagte er mit belegter Stimme.

Halb verwehte Bilder schossen ihm durch den Kopf.

Eine Sommernacht vor …, wie lange war es her? Fast fünf Jahre. Er war noch nicht Francesco gewesen, der spirituelle Berater und Liebling aller Frauen, sondern Franz Schackelbert, Kundenberater bei einer Großbank in der Kronprinzstraße. Franz hatte seinen Job gehasst und seinen Frust darüber jedes Wochenende mit ausschweifenden Partys und wechselnden Liebschaften betäubt. In jener Nacht war er in der Diskothek »Perkins Park« an der Stresemannstraße unterwegs gewesen, und die hübsche Blonde war ihm aufgefallen, weil sie so verloren in der Ecke gestanden hatte, so, als gehöre sie überall hin, nur nicht in diese Disco.

Er hatte sie angesprochen und so getan, als gefiele es ihm auch nicht inmitten der wummernden Bässe und leicht bekleideten Mädchen, und sie hatte ihn dankbar angelächelt und ihm nuschelnd gestanden, dass sie zum ersten – und wohl auch zum letzten – Mal hier sei. Eine Freundin habe sie mitgenommen, aber sie bereue es bereits, mitgekommen zu sein. Auch die vielen Drinks bereue sie, die ihre Freundin mit ihr getrunken hatte. Sie sei Alkohol nicht gewöhnt, und sie fühle sich, das müsse sie schon sagen, ziemlich seltsam. Außerdem sei ihre Freundin mit einem Kerl verschwunden, seit einer Stunde habe sie sie schon nicht mehr zu Gesicht bekommen, und sie überlege, ob sie nicht einfach heimgehen solle.

Sie war unglaublich süß, ein bisschen hilflos und angetrunken und trotzdem so unschuldig, als passe diese ganze Situation, dieser Ort, dieses Partymachen, kein bisschen zu ihr. Sie war so *anders.*

Sie war unwiderstehlich.

Francesco hatte sie hinausgeführt, und da die Disco direkt am Höhenpark Killesberg lag, waren sie in der warmen Sommernacht spazieren gegangen. Immer weiter hatten sie sich von der lauten Musik entfernt, immer tiefer waren die Schatten zwischen den hohen Bäumen geworden, immer lockender und geheimnisvoller hatte die Dunkelheit sie umfangen. Sie hatten geredet. Geflirtet. Er hatte sie geküsst. Und dann hatte er etwas getan, wofür er – der so viel Wert darauf legte, dass die Frauen sich ihm ganz bewusst hingaben –, sich lange geschämt hatte: Er hatte ihre

Verunsicherung, die vielen Drinks, zu denen ihre Freundin sie genötigt hatte, und die romantische Stimmung ausgenutzt.

In einem versteckten Winkel hinter dem Tal der Rosen hatte er sie verführt.

Es war schön, heftig und kurz gewesen, und sie waren beide ziemlich schnell gekommen. Danach hatte er sich für einige glückliche, herzklopfende Augenblicke der Hoffnung hingegeben, es könne trotz der überstürzten Verführung etwas zwischen ihnen entstehen – eine Beziehung, vielleicht sogar Liebe.

Doch da hatte sie ihn angesehen, verwirrt und entsetzt, als begreife sie erst jetzt, was sie da eigentlich getan hatte. Sie hatte sich aufgerappelt und hastig wieder angezogen, und dann war sie gegangen.

Hatte ihn stehen-, nein, liegengelassen, einfach so.

Er hatte ihr nachgeschaut und war sich sicher gewesen, dass sie noch einmal umkehren würde. Doch die Dunkelheit hatte sie verschluckt, er war allein zurückgeblieben, und er hatte sie nie wiedergesehen. Bis heute wusste er nicht einmal ihren Nachnamen.

Ihren Vornamen allerdings hatte er all die Jahre über nicht vergessen. Wie auch? Er hatte so gut zu ihr gepasst und zur Romantik jener Sommernacht …

Und jetzt stand sie vor ihm, hier, bei dieser netten alten Dame, der er Qigong beibrachte (*nur* Qigong natürlich), und starrte ihn an wie vom Donner gerührt.

»Franz«, sagte sie schwach.

Erstaunt registrierte er, dass seine Handflächen vor Aufregung feucht wurden. Das war ihm schon ewig nicht mehr passiert.

»Hallo, Luna«, sagte er mit belegter Stimme.

Er wartete auf sie. Eine halbe Stunde lang stand Francesco einfach nur da, gegen das Geländer am Rande des Trottoirs gelehnt, während die jungen Blätter über ihm im Spätfrühlingswind rauschten. Er hätte einen weiten Blick gehabt, hätte auf ein Häusermeer, auf Kräne, Gleisanlagen, Bankgebäude und, weiter hinten, auf bewaldete Hügel blicken können.

Nichts davon nahm er wahr.

Seine Gedanken kreisten einzig und allein um Luna, die nur wenige Meter von ihm entfernt Frau Wenningers Perserkatze behandelte. Würde sie nachher, wenn sie herauskam und ihn sah, auf seinen Vorschlag eingehen und einen Kaffee mit ihm trinken? Vorhin war sie viel zu überrascht gewesen, um abzulehnen, als er gesagt hatte, er würde auf sie warten. Aber inzwischen hatte sie natürlich Zeit gehabt, sich zu fassen. Ob sie es ihm übelnahm, dass er sie damals verführt hatte? Oder ob sie ihm eine Chance gab, dass sie beide sich doch noch richtig kennenlernten – wenn auch fünf Jahre zu spät?

Francesco strich sich nachdenklich durch die Haare. Was hatte diese Frau bloß an sich, dass sie imstande war, ihm den Kopf zu verdrehen, sobald er sie nur ansah? Damals wie heute …

Er hörte Schritte.

»Da bin ich«, sagte sie.

Luna trug Jeans, Chucks und ein einfaches weißes Top, und obwohl sie sich damit auffällig von seinen schicken Killesberger Kundinnen unterschied, hatte er keine Frau je so anziehend gefunden wie sie. Ihre Figur war genau so zart und vollkommen, wie er sie in Erinnerung hatte, die blonden Haare hatte sie zu einer seltsamen Frisur hochgesteckt, ihre dunkelblauen Augen blickten wachsam. Francesco schluckte trocken. Er ertappte sich dabei, wie er an ihren nackten Körper im nachtschwarzen Gras dachte.

»Hättest du Lust auf einen Latte macchiato im 1/1?«, fragte er so lässig wie möglich. »Das ist ein kleines Café nicht weit von hier, an der Kunstakademie, und …«

»Ich weiß, wo das 1/1 ist«, unterbrach sie ihn. »Ich wohne ganz in der Nähe.«

Er starrte sie an. Sie wohnte hier, in dieser Gegend, wo er seit Jahren arbeitete, und sie waren sich nie über den Weg gelaufen?

*Wie auch?*, fuhr es ihm durch den Kopf. *Ich sehe das alles ja sonst nur vom Auto aus. Aus dem Auto in irgendeine Villa, aus der Villa zurück ins Auto, und ab nach Stuttgart-West. Wäre ich mal lieber öfter mit dem Bus gefahren.*

Aber jetzt war sie ja da. Und sie hatte noch nicht nein gesagt.

Er sah sie fragend an, wartete auf eine Antwort. Sie zögerte. Francesco besann sich auf seine optischen Qualitäten, richtete sich zu seiner vollen Größe auf und reckte und streckte sich, als sei er nach dem langen Lehnen an dem Geländer etwas eingerostet. Das T-Shirt rutschte aus seiner Hose und gab den Blick auf ein Stück seines braunen, muskulösen Bauches frei, und er sah, wie sie einen schnellen Blick riskierte. Gut so.

Er trat näher an sie heran. Leise, begleitet von seinem glühendsten Blick, sagte er: »Bitte, Luna. Nur für eine halbe Stunde.«

Sie schaute ihm in die Augen, und dann sagte sie zögernd: »Na gut.« Etwas fester setzte sie hinzu: »Aber kein Latte macchiato. Den trinken in Italien nur die Kinder und die Schwangeren. Du als Italiener müsstest das doch eigentlich wissen. *Francesco.*«

Er räusperte sich. Frau Wenninger hatte ihn mit seinem neuen Namen verabschiedet, und Luna hatte die Augenbrauen hochgezogen, als sie es gehört hatte. Er würde ihr erklären müssen, dass Francesco sich für einen spirituellen Berater einfach besser eignete als Franz Schackelbert. Aber eins nach dem anderen. Erst wollte er alles über sie wissen: wer sie war, was sie machte, wofür sie sich interessierte, und ob sie einen Freund hatte.

Das vor allem.

»Du hast Recht«, sagte er. »Trinken wir lieber einen Cappuccino.« Er hätte auch Tee mit ihr getrunken, Karottensaft oder Eselsmilch.

Hauptsache, Luna rannte nicht gleich wieder fort.

Die leuchtend rote Fassade des 1/1 war der perfekte Spiegel meiner Gefühlslage: aufgewühlt.

Wir betraten das winzige Café und setzten uns an den letzten freien Tisch. Der Barista sah mich mit unverhohlener Neugierde an, schließlich war ich oft hier, aber nie mit Mann. Sein Blick machte mich verlegen. Ich starrte konsequent auf die Tischplatte und überließ es Francesco, an der Bar unsere Cappuccinos zu bestellen.

»Das Wichtigste zuerst«, sagte Francesco, als er die Tassen vor uns abgestellt und sich mir gegenüber hingesetzt hatte. »Dein Nachname, bitte!«

»Jacobs«, sagte ich überrascht. »Warum fragst du?«

Er lehnte sich zurück. »Weil ich fünf Jahre Zeit hatte, mich darüber zu ärgern, dass ich dich in jener Nacht *nicht* danach gefragt habe.«

Ich schluckte. »Hätte das denn etwas geändert?«

»Natürlich. Dann hätte ich dich nämlich wiedergefunden, nachdem du einfach so weggelaufen warst. Zur Not übers Internet.«

Ohne nachzudenken sagte ich: »Ach Quatsch. Kein Mann will eine Frau wiederfinden, die schon zwei Stunden nach dem Kennenlernen … ähm …«

»… mit ihm schläft«, beendete Francesco meinen Satz leise. »Wolltest du das sagen? Dann lass mich dir antworten, dass du dich irrst, Luna. Zumindest in unserem Fall.«

»Du hättest mich gesucht?« Es sollte gleichgültig klingen, doch meine Stimme gehorchte mir nicht mehr.

»Zweifelst du daran?«, fragte er.

Ich lachte unsicher und strich mir eine Haarsträhne hinters Ohr. »Ich kenne dich doch kaum«, sagte ich. Gleichzeitig schoss mir durch den Kopf: *Da sitzt er mir nun gegenüber und versucht, mit mir zu flirten. Ist das nicht absurd? Schließlich haben wir schon ein Kind zusammen …*

»Dann wird es höchste Zeit, dass du mich kennenlernst. Aber richtig«, sagte Francesco mit samtweicher Stimme.

Plötzlich stieg Wut in mir hoch. Was wollte der Kerl eigentlich von mir? Eine Neuauflage unseres Quickies?

*Tut mir leid, Junge,* dachte ich, *du bist seit vier Jahren Vater und ich Mutter. Da macht man so etwas nicht mehr.*

Und das alles hatte sowieso keinen Sinn.

»Ich muss gehen«, sagte ich und griff nach meinem Rucksack.

Er reagierte schnell, beugte sich über den Tisch und legte seine Hand auf meinen Arm. »Eine halbe Stunde«, sagte er. »Das hast du mir vorhin versprochen.«

Seine Hand fühlte sich angenehm auf meiner Haut an, warm und auf seltsame Weise vertraut. Konnte es sein, dass mein Körper sich erinnerte – an ein paar Umarmungen in einer längst vergangenen Sommernacht?

Und wenn er mich nach jener Nacht wirklich gesucht hätte? Wenn er eigentlich gar nicht so einer war, der in der Disco die Frauen aufriss, sie benutzte und danach vergaß? So wie ich selbst eigentlich gar nicht so eine war, die sich in der Disco aufreißen, benutzen und danach vergessen ließ?

*Jetzt hättest du die Chance, das herauszufinden,* wisperte es in meinem Kopf.

Ich zögerte. Francescos Blick war bittend, seine schokoladenbraunen Augen erinnerten mich an jemanden. An wen nur? Die Augen, die dunklen Locken …

*Bist du blöd!,* wisperte es verächtlich in meinem Kopf. *Wessen Vater ist er denn, hm?*

Ich stellte den Rucksack wieder ab. Francesco ließ meinen Arm los und lächelte. Zaghaft lächelte ich zurück.

## 6.

Wir hatten es getan: Wir hatten uns verabredet. Wir hatten ein richtiges, offizielles Date am nächsten Wochenende.

Ich fühlte prickelnde Vorfreude, als ich daran dachte. Der Juni war ins Schwabenländle gezogen, und mit den ersten Rosen war auch meine Lust auf die Liebe erblüht.

»Very romantic«, kommentierte Harriet trocken, als ich diesen schönen Rosen-Liebes-Satz im letzten Abendlicht fallen ließ. Moritz schlief oben in unserer Wohnung, Harriet und ich genossen den hellen Frühsommerabend im einsamen Innenhof, flankiert vom Babyphone.

Ich warf meiner Freundin einen Blick von der Seite zu und hatte das Gefühl, dass sie mich nicht recht ernst nahm.

»Es ist in der Tat romantisch«, sagte ich. »Überleg doch mal: Da denke ich jahrelang, ich werde Moritz' Vater niemals wiedersehen, werde meinem Sohn nie von ihm erzählen können, werde mich winden müssen wie ein Aal, wenn er mich nach ihm fragen wird … und dann steht er plötzlich vor mir!«

»Hm«, machte Harriet bloß. Die Sommerromantik schien bei ihr noch nicht so ganz angekommen zu sein.

»Und nicht nur das«, beharrte ich. »Er nimmt es mir auch nicht übel, dass ich mich damals benommen habe wie eine Schl…«

»Nicht schon wieder Selbstvorwürfe!«, unterbrach Harriet mich streng. Und sie hatte ja Recht: Ich hatte mich – und sie – in den letzten Jahren wirklich genug damit gequält.

»Na gut. Also, er scheint mich jedenfalls nicht für … so eine zu halten. Er will mich besser kennenlernen. Er glaubt, es könne kein Zufall sein, dass wir uns ein zweites Mal getroffen haben. Das Universum kennt keine Zufälle, hat er gesagt.«

Harriet zog eine Augenbraue hoch. »Ach ja? Und woher weiß er das?«

»Er ist spiritueller Berater«, erklärte ich im gleichen stolzen Tonfall, in dem ich mich selbst als Tierheilpraktikerin vorzustellen pflegte. »Das Wissen um die Gesetzmäßigkeiten des Universums gehört sozusagen zu seinen Basics.«

»Von diesem Beruf habe ich noch nie gehört«, sagte Harriet skeptisch. »Was macht er denn konkret?«

Ich wiederholte Francescos Worte aus dem 1/1: »Er verhilft unzufriedenen Frauen zur Wiederentdeckung ihrer Spiritualität.«

»Und wie stellt er das an?«

»Mithilfe der kosmischen Liebe, die alles durchdringt«, erzählte ich. »Wenn man erst mal den Anschluss an diese Liebe gefunden hat, ist man mit allem verbunden und kann das Göttliche in seiner Seele spüren.«

»O no«, stöhnte Harriet. »Von seiner kosmischen Liebe hast du damals im Park doch genug abgekriegt, oder?«

Das war ja nun eindeutig unter der Gürtellinie! Warum war sie bloß so negativ eingestellt? Sie kannte Francesco doch gar nicht! Beleidigt entgegnete ich: »Ja, das habe ich, und es ist das Allerbeste dabei herausgekommen, was nur möglich war: mein Kind.«

Harriets Blick wurde sofort weich. Sie liebte Moritz fast so sehr wie ich, und die Tatsache, dass er ohne Francesco definitiv nicht auf der Welt wäre, stimmte sie offensichtlich milder. »Also gut. Da du meinen Rat sowieso nicht annehmen willst – er würde lauten, lass die Finger von Franz-Francesco Schackelbert –, beschränke ich mich auf eine kleine Warnung bezüglich eures Dates.«

»Die da lautet?«

»Vergiss diesmal die Kondome nicht«, sagte sie und grinste, als es mir vor Empörung die Sprache verschlug.

Die Zeit bis zu meinem Date galt es mit Arbeit auszufüllen.

Das war nötig, hatte David Herren mir doch bereits mehr als eine Kundin ausgespannt, und die Damen, die mir noch blieben, wollte ich hundertprozentig zufriedenstellen. Frau Singer mit ihrem Peng Cui zum Beispiel.

Am heutigen Freitag war wieder seine Akupressur-Behandlung dran. Seit Frau Singer regelmäßig mit ihm auf der Feuerbacher Heide spazieren ging, hatte seine Depression sich wesentlich gebessert, und auch die Fettpolster begannen zu schmelzen. Dennoch brauchte das nackte Hündchen immer noch die regelmäßige Energiezufuhr durch meine Hände. Ich spürte es, sobald meine Finger seine braune Haut berührten: Die Lebenskraft in seinem Körper stockte, wenn auch nicht mehr so stark.

*Ob das an seinem Umfeld liegt?*, fragte ich mich, als ich zu Fuß zu Frau Singers Haus ging. Alles hier am Bismarckturm – die nahen Wiesen und der Wald in Laufnähe; die gepflegten Villen, an deren Klingelschildern zum Teil nicht einmal Namen standen, so illuster waren ihre Bewohner; die hohen Bäume; das absolute Fehlen von Durchgangsverkehr – alles wirkte schön, ruhig und erstrebenswert. Wo konnte ein Stadthund sich gut fühlen, wenn nicht hier?

Es lag wohl schlicht und ergreifend am Frauchen, dass Peng Cui fortwährend gesundheitliche Beschwerden hatte. Der verängstigte Chinesische Schopfhund war für die herrische, an eine Dampfwalze erinnernde Frau Singer einfach nicht geschaffen.

Hinter mir zerriss ein kurzes Hupen die vornehme Stille. Ich drehte mich um und sah Davids blauen Kombi auf mich zufahren.

»Hey, Luna«, rief er durch das heruntergekurbelte Fenster. »Auch unterwegs zu Frau Singer?«

Ich knirschte mit den Zähnen. »Sag jetzt nicht, dass sie dich zu Peng Cuis Leibarzt ernannt hat!«

»Doch«, sagte er gut gelaunt, der Kombi hielt genau neben mir. »Soll ich dich die letzten Meter mitnehmen?«

»Nicht nötig«, sagte ich spitz. »Laufen ist gesund.«

»Dein Fahrrad ist wohl bei der Reparatur?«, fragte er. »Mal wieder gestürzt?«

»Keineswegs. Ich habe mein Rad einer Freundin geliehen«, giftete ich.

Er grinste, und ich warf ihm einen vernichtenden Blick zu. Er erwiderte ihn völlig gelassen. Sah mir direkt in die Augen. Und ich ihm.

Das hätte ich nicht tun sollen.

Diese schwärzesten aller Pupillen … das herausfordernde Lächeln, das um seine Lippen spielte … und seine zerzausten Haare, die wieder einmal aussahen, als sei er gerade erst aufgestanden … Verdammt, warum sah das bei ihm nicht schlampig aus, sondern zum Niederknien erotisch?

Ich gestand mir ein, was leider nicht zu leugnen war: Noch nie hatte ich einen Mann getroffen, der mich so sehr angezogen hatte wie David Herren. In diesem Moment verstand ich sogar die reichen Frauen, die ihre Tiere nur deshalb von ihm behandeln ließen, um für ein paar Minuten mit ihm im selben Zimmer sein zu dürfen. All meine Träume fielen mir wieder ein, vom ersten Blick bis zum Wälzen in den Laken, inklusive aller unanständigen Varianten. Mir wurde ganz schwach zumute.

»Willst du nicht doch mitfahren?«, fragte er. »Wenn wir noch länger hier herumstehen, kommen wir zu spät zu Frau Singer.«

Da meine Beine sich jetzt ziemlich wackelig anfühlten, ging ich stumm um sein Auto herum und stieg ein. Er musste mich sowieso schon für bekloppt halten; wenn er mich nun auch noch für wankelmütig hielt, machte das den Kohl auch nicht mehr fett.

»Kerngesund«, sagte David und richtete sich auf. Er hatte Peng Cui untersucht, während ich mit schmalen Augen in der Wohnzimmertür stehen geblieben war.

Frau Singer winkte mich heran. Jetzt, da der Star-Tierarzt fertig war, kam ich an die Reihe. Frustrierend. Warum hatte sie mich überhaupt dazu gebeten? Wenn ich zu einer anderen Diagnose als David käme, würde sie sowieso nicht auf mich hören.

Ich kniete mich neben Peng Cui nieder und legte meine Hände auf seine nackte Haut. Der kleine Rüde schaute mich aus blanken Augen an und wedelte mit dem Schwanz. Ich spürte die Energie unter meinen Händen fließen und betastete langsam Peng Cuis ganzen Körper.

Nirgends kribbelten meine Fingerspitzen auf diese eindeutige Art; keine Blockade. Ich lächelte. Wie es aussah, war der kleine Hund durch die Akupressur-Behandlungen der letzten Wochen wieder ganz gesund geworden. Frau Singers unselige Dampfwalzen-Macht über ihn schien doch ihre Grenzen zu haben.

»Alles in Ordnung«, sagte ich zufrieden. »Sieht so aus, als brauchte der Kleine mich nicht mehr.« Ich streichelte Peng Cui über den spärlichen Haarschopf und hob meinen Blick zu Frau Singer. Sie stand neben David, und ich merkte, dass er aufmerksam beobachtet hatte, was ich tat.

Frau Singer schnaufte. »Sie irren sich, Peng Cui ist immer noch sehr krank!«, sagte sie aufgebracht zu mir, und zu David, wesentlich milder: »Es ist ja nicht nur der Husten, Herr Herren. Mein Kleiner hat auch Depressionen. Und die, das weiß ich aus eigener Erfahrung, müssen behandelt werden!«

Peng Cui sprang auf, wedelte mit dem Schwanz und bellte.

»Da sehen Sie's«, sagte Frau Singer. »Er hat verstanden, was ich gesagt habe, und stimmt mir zu!«

»Für mich wirkt Peng Cui eher, als wolle er spazieren gehen«, sagte David.

Frau Singer wollte widersprechen, doch als sie in Davids Augen schaute, schmolz ihr Widerstand wie Schnee in der Sonne. Ihr Blick wurde verklärt, und es stand ihr auf der Stirn geschrieben, woran sie dachte.

»Vielleicht haben sie Recht«, sagte sie ungewohnt gefügig zu David, ihr Busen bebte.

Ich verdrehte die Augen. Merkte sie nicht, wie lächerlich sie sich machte, indem sie David ansah wie ein leckeres Törtchen? Das musste ihm doch auffallen! Gott, war die peinlich.

*Ungefähr so peinlich wie ich selbst vorhin,* durchzuckte es mich. Aber bevor ich diesem unangenehmen Gedanken weiter nachhängen konnte, fragte David: »Woraus schließen Sie denn, dass er Depressionen hat, Frau Singer?«

»Angstbeißen«, flötete Frau Singer, immer noch diesen verzückten Ausdruck im Gesicht.

»Peng Cui beißt andere Hunde?«, mischte ich mich ungläubig ein.

Erst jetzt schien ihr wieder einzufallen, dass ich auch noch da war. Unwillig wandte sie sich mir zu. »Er *will* andere Hunde beißen«, verbesserte sie mich. »Ich weiß das natürlich zu verhindern, indem ich ihn rechtzeitig auf den Arm nehme, wenn sich ein Hund nähert. Aber er ist wirklich ein kleiner Verrückter. Gebärdet sich auf meinem Arm wie ein Raubtier!«

David und ich wechselten einen Blick, und ich sah ihm an, dass er das Gleiche dachte wie ich: Frau Singer interpretierte so ziemlich alles falsch, was man bei einem Hund falsch interpretieren konnte.

»Frau Singer, Peng Cui braucht keinen Tierarzt«, sagte David ruhig, »sondern eine artgerechte Haltung.«

»Ach was!«, sagte Frau Singer und lächelte David neckisch zu. »*Dualistische Behandlung*. Das ist das Einzige, was bei einem Hasenfuß wie Peng Cui auf Dauer fruchten wird.«

David zog fragend die Augenbrauen hoch.

»Ich habe mit den anderen Frauchen aus der Gegend gesprochen, als wir zusammen auf der Bank am Turm saßen«, erklärte Frau Singer, »und sie alle sind der Meinung, dualistische Behandlung wirke Wunder. Schulmedizin und alternative Medizin sollten Hand in Hand gehen, finden wir. Wir alle haben einen Hausarzt *und* einen Heilpraktiker; warum sollten wir unseren haarigen Lieblingen nicht das Gleiche gönnen?«

»Haariger« Liebling traf es in Peng Cuis Fall zwar nicht ganz, dennoch hellte sich meine Miene bei Frau Singers Worten auf. Auch wenn dualistische Behandlung ein Ausdruck war, den die Damen sich selbst ausgedacht haben mussten, sollte ich ihn, fand ich, schnellstens in meinen Wortschatz aufnehmen. Denn wenn sich die Idee der dualistischen Behandlung auf dem Killesberg durchsetzen würde, dann hieße das:

Meine Kundinnen würden mir nicht mehr reihenweise die Treue aufkündigen.

Ich würde nicht arbeitslos werden.

Ich müsste nicht in meinen alten Beruf als Bibliothekarin zurückkehren.

Ich könnte weiterhin Tieren helfen, ihnen Gutes tun, sie aufbauen, trösten und heilen.

Und ich würde David verdammt oft zu sehen bekommen.

Dieser letzte Gedanke sorgte für eine Hitzewelle in meinem Körper, und unwillkürlich suchte ich Davids Blick. Doch als ich ihn gefunden hatte, zuckte ich zurück. Denn er war ablehnender denn je.

David schien von dualistischer Behandlung eher wenig zu halten.

Eine halbe Stunde später stapften wir schweigend mit Peng Cui durch den Kräherwald. Frau Singer hatte uns hinaus geschickt, damit wir uns selbst ein Bild von der Depression ihres Hundes machen konnten. In der Zwischenzeit, hatte sie strahlend erklärt, wolle sie die Bücher von David heraussuchen, die sie sich kürzlich gekauft habe. Bei unserer Rückkehr solle er sie bitte signieren. David hatte tief eingeatmet, die Hände in den Hosentaschen vergraben und dann genickt.

Wir waren in den Wald gegangen, weil Peng Cuis Haut hier besser vor der Sonne geschützt war. Schön war es hier, fand ich. Nur sehr still – denn David sagte absolut nichts. Und ich selbst wagte es nicht, ein Gespräch anzufangen, denn er schien tief in Gedanken versunken und nicht in der richtigen Stimmung für lockere Konversation zu sein.

Schade eigentlich. Jetzt, wo er mit etwas Glück doch nicht zum Sargnagel meiner beruflichen Existenz werden würde, hätte ich ihn gerne besser kennengelernt.

*Tja, ein Promi-Tierarzt mit eigenem Fanclub,* sinnierte ich trübe, *hat es eben nicht nötig, mit mir zu plaudern. Mit mir, einer Tierheilpraktikerin, die sich nicht einmal einen anständigen Friseur leisten kann.*

Ich seufzte und beobachtete Peng Cui, der ein Eichhörnchen, kaum kleiner als er selbst, einen Baum hochjagte. Schwanzwedelnd blieb Peng Cui unten stehen und kläffte dem Eichhörnchen nach, das raschelnd in den Blättern verschwand. Wenigstens der Hund war glücklich.

»Der ist nicht depressiv, egal was sein Frauchen meint«, brach David überraschend das Schweigen.

Langsam sagte ich: »Nein, das glaube ich auch nicht. Aber Frau Singer scheint es sehr wichtig zu sein, die dualistische Behandlung aufzunehmen. Selbst wenn Peng Cui gar nicht krank ist.«

»Aber warum?«, grübelte David.

»Weil du berühmt bist und sie es mag, wenn du zu ihr kommst?«, schlug ich vor.

»Vielleicht«, sagte David. »Aber sie will uns beide, und du bist ja nicht berühmt.«

Obwohl das natürlich stimmte, fand ich seine nüchterne Logik wenig schmeichelhaft. Bissig sagte ich: »Vielleicht ist sie einfach von meiner Kompetenz überzeugt.«

Er sah mich flüchtig von der Seite an. »Und worin genau besteht die? Du spielst Hunden Wiener Klassik vor, okay. Aber das, was du da vorhin mit deinen Händen gemacht hast – was war das?«

Ich ließ mir mit der Antwort Zeit, pfiff Peng Cui zu uns her, streichelte ihn und warf ihm ein Stöckchen. Ich war mir sicher, dass David nach dieser Verzögerung schon vergessen haben würde, was er mich gefragt hatte. Es interessierte ihn schließlich nicht wirklich.

Doch als ich ihm nach drei Minuten einen prüfenden Blick zuwarf, legte er den Kopf schief und fragte: »Handelt es sich um ein Berufsgeheimnis, oder warum antwortest du mir nicht?«

»Beim letzten Mal, als wir über meine Arbeit gesprochen haben, hast du mich ›Miss Mozart‹ genannt«, sagte ich spitz. »Seitdem kriege ich das Gefühl nicht los, dass du über meine Methoden lachst. Das macht es mir schwer, mit dir darüber zu reden.«

Zu meiner Überraschung wirkte er verlegen. Er strich sich eine Strähne aus der Stirn und sagte: »Tut mir leid. Aber du musst mich verstehen. In meiner Anfangszeit als Tierarzt habe ich viel zu viele Tiere behandelt, die halbtot in meine Praxis geschleppt worden sind, weil irgendein Scharlatan sie mit magischem Wasser oder ähnlichem Humbug zu heilen versucht hatte. Für etliche dieser Tiere war es zu spät, als ich sie endlich zu Gesicht bekommen habe. Seitdem bin ich der alternativen Medizin gegenüber nicht mehr ganz so aufgeschlossen.«

Ich schwieg betroffen.

»Andererseits habe ich dich vorhin beobachtet«, fuhr David nachdenklich fort. »Es sah aus, als wüsstest du genau, was du tust. Und Peng Cui vertraut dir, auch das ist ein gutes Zeichen. Deshalb würde ich einfach gerne wissen, was du mit ihm gemacht hast.“

Nach dem, was David mir gerade erzählt hatte, fiel es mir doppelt schwer, ihm von meinen Fähigkeiten zu berichten. Waren Hände, die Krankheiten aufspüren, Energie fühlen und Heilkraft übermitteln konnten, wirklich etwas anderes als »magisches Wasser oder ähnlicher Humbug«? In Davids Augen wohl nicht.

»David«, sagte ich unbehaglich, »zunächst einmal musst du mir glauben, dass ich um meine Grenzen weiß. Ich würde niemals warten, bis ein Tier halbtot ist, bevor ich es zum Tierarzt schicke. Ganz sicher nicht.«

Er lächelte mich an. »Das hätte ich von dir auch nicht erwartet. Nicht, nachdem ich dich vorhin bei der Arbeit gesehen habe.«

War das ein Kompliment gewesen? Jedenfalls war es freundlich genug, um mir Mut für die nächsten Worte zu machen. Ich leckte mir nervös über die Lippen.

Und dann begann ich zu erzählen.

Von den Hunden, die mich in meiner Kindheit und Jugend vor der allgegenwärtigen Einsamkeit gerettet hatten. Von meinem Traum, Tiere zu heilen, um ihnen auf diese Weise ein bisschen was zurückgeben zu können. Von dem beglückenden Gefühl, das ich jedes Mal hatte, wenn es mir gelang. Ich erzählte davon, dass ich Blockaden bei Tieren so stark und eindeutig fühlen konnte, dass in solchen Momenten alle Zweifel schwiegen. Aber ich erzählte auch davon, dass meine Zweifel in anderen Momenten ziemlich massiv sein konnten. Und dass es meine Freundin Harriet war, die mich immer wieder darin bestärkte, meiner seltsamen Begabung zu vertrauen.

Als ich geendet hatte, war ich erschöpft. Und mit einem Mal überkam mich die Furcht, dass ich ihm zu viel von mir offenbart hatte – und dass er mein Vertrauen möglicherweise gar nicht verdiente.

David sagte nichts.

»Gibst du mir eine Chance?«, fragte ich schließlich ohne viel Hoffnung. »Können wir das mit der dualistischen Behandlung zumindest ausprobieren, bis du dir eine abschließende Meinung über mich gebildet hast?«

Peng Cui rammte mir von hinten einen Stock in die Waden. Ich verzog das Gesicht vor Schmerz und drehte mich nach ihm um. Erwartungsvoll wedelte er mit dem Schwanz. Ich warf ihm gehorsam das Stöckchen und beobachtete, wie er hinterherfetzte, als handele es sich um einen bösartigen Hasen, den er unbedingt zur Strecke bringen musste.

Und die ganze Zeit über wartete ich voller Anspannung auf Davids Antwort.

»Den hat das Jagdfieber gepackt, was?«, sagte David ausweichend.

Ich nickte bloß.

Schweigen im Walde.

Doch dann holte David tief Luft, wandte sich mir zu und hielt mir die Hand hin. »Also gut. Versuchen wir es. Waffenstillstand?«

»Waffenstillstand«, sagte ich erleichtert und schlug ein. Wir lächelten uns an, und in seinen Augen stand etwas, das ich nicht recht einordnen konnte. Nachdenklichkeit? Verständnis? Freundschaftliche Zuneigung? Was es auch war, ich bemühte mich tapfer darum, seinen Blick so zu erwidern, wie sich das für zukünftige Kollegen auf Zeit gehörte.

Es gelang mir nicht.

Statt Tierarzt Dr. Herren sah ich *the sexiest man alive*, der mir auf einem einsamen Waldweg gegenüberstand, mich unter halb gesenkten Lidern fixierte und meine Hand ein paar Sekunden länger festhielt als nötig. Himmel, mir wurde schon wieder ganz schwummerig. Gut, dass ich nicht auf dem Fahrrad saß!

»Lass uns zurückgehen«, sagte er ruhig.

Ich riss mich zusammen und nickte. Gleichzeitig ärgerte ich mich über mich selbst. Diese Schwächeanfälle in Davids Gegenwart mussten unbedingt aufhören!

Ich nahm mir vor, in Zukunft einfach nicht mehr in seine Augen zu schauen – jedenfalls nicht länger als ein, zwei Sekunden. Wenn ich diesen alles versprechenden Schlafzimmerblick nicht mehr sah, würde es schon gehen. Wir würden dualistisch die Killesberger Haustiere behandeln, uns immer mal wieder nett unterhalten, und das war's.

Oder gab es vielleicht doch eine winzige Chance, dass er und ich …?

In diesem Moment fiel mir Francesco wieder ein, und mein schlechtes Gewissen zog mir eine Keule über den Schädel. Na toll. Da hatte ich morgen das erste offizielle Date mit dem Vater meines Sohnes, und statt mich darauf zu freuen, schmachtete ich einen Mann an, der in einer völlig anderen Welt zu Hause war als ich.

Man konnte sich das Liebesleben auch schwer machen. Dafür hatte ich offensichtlich eine echte Begabung.

# II. Teil | *GLUT*

*»Wer seinen Verstand kennt,*
*kennt nicht immer sein Herz.«*
LA ROCHEFOUCAULD, »*Maximen und Reflexionen*«

## 7.

Am späten Abend saßen Harriet und ich in meinem kleinen Wohn-Schlaf-Arbeits-Zimmer, und ich suchte, wie so oft, ihren Rat. Ich wollte an Francesco denken, nicht an David! Ich wollte dem Vater meines Sohnes eine ehrliche Chance geben. Morgen würde ich ihn treffen, und ich hatte keine Lust, ihm gegenüberzusitzen und ständig an kristallblauschwarze Husky-Augen zu denken.

»Was kann ich denn dafür?«, sagte ich verdrossen zu Harriet. »Wenn David auch so aussieht, als wäre er gerade noch nackt gewesen … das muss eine Frau ja auf unanständige Gedanken bringen!«

Harriet griff in die Schale mit den Salzmandeln. »Wie, bitte schön, kann ein korrekt angezogener Mann aussehen, als sei er gerade noch nackt gewesen?«

»Es sind seine Haare«, erklärte ich. »Sie sehen aus, als … na ja, als ob sie noch vor Kurzem von einer Frau zerzaust worden wären. Beim … du weißt schon.« Die Hitze stieg mir ins Gesicht.

Harriet schwieg, ihr Gesichtsausdruck war unmöglich zu deuten. Schließlich sagte sie: »Du meinst also, wenn er sich einfach öfter kämmen würde, wäre alles in Butter?«

Ich wiegte zweifelnd den Kopf. »Es wäre zumindest ein Anfang. Aber dann wäre da ja immer noch sein Blick. Gegen den kann er nichts unternehmen, den hat er halt von Natur aus.

Wahrscheinlich selbst dann, wenn er an die Steuererklärung denkt.«

Sie grinste. »Was hast du an seinem Blick auszusetzen? Wirkt der etwa auch so, als käme er gerade vom ›Du-Weißt-Schon‹?«

Ich sah, dass sie kurz davor war, in hemmungsloses Gelächter auszubrechen. Das ärgerte mich. Es war doch nicht meine Schuld, dass David so erotisch wirkte!

»Nein«, sagte ich steif. »Sein Blick hat etwas, das mich an ›Du-Weißt-Schon‹ denken lässt. Ob mir das nun gefällt oder nicht.«

Jetzt lachte Harriet tatsächlich, ihre Augen sprühten Funken.

»Was«, fragte ich missmutig, »ist daran so lustig?«

Sie hörte auf zu lachen, konnte ein breites Grinsen jedoch nicht unterdrücken. »Ach, Luna, man braucht wirklich nicht Psychologie studiert zu haben, um das zu begreifen – du bist absolut scharf auf diesen Mann!«

»Also hör mal!«, sagte ich empört. »Wofür hältst du mich?«

»Für eine verliebte Frau«, sagte Harriet. »Du bist *in love* bis über beide Ohren.«

»Quatsch«, sagte ich heftig. »Ich doch nicht!«

Sie lehnte sich in ihrem Stuhl zurück. »Wieso? Hast du der Liebe abgeschworen?“

»Nein. Aber ...« Tja, aber was? Ich zuckte hilflos mit den Schultern. »Die Liebe hat doch in den letzten Jahren überhaupt keine Rolle in meinem Leben gespielt! Jetzt treffe ich endlich den Vater meines Sohnes wieder, worauf ich die ganze Zeit über gehofft habe, und genau zu diesem Zeitpunkt sollte ich mich in einen anderen Mann verlieben?! Das wäre wirklich nicht sinnvoll, Harriet.«

»Leg dich auf die Couch«, sagte sie.

»Wie bitte?«

»Wer so über die Liebe spricht – *sinnvoll,* oh mein Gott! –, der gehört in therapeutische Behandlung«, sagte Harriet. »Hast du ein Glück, dass deine beste Freundin Psychoanalytikerin ist!«

Ärgerlich warf ich eine Salzmandel nach ihr. »Ich bin nicht gestört, vielen Dank. Ich versuche nur, dem Problem mit Logik und Sachlichkeit beizukommen.«

»Liebe und Lust sind nicht logisch. Und David wäre eine bessere Wahl als dein Pseudo-Italiener.«

»Wie willst du das wissen? Du kennst doch weder den einen noch den anderen!«

»Intuition«, sagte Harriet knapp.

»Aber ich hätte sowieso keine Chancen bei David«, sagte ich störrisch. »Er ist zu schön, zu reich und zu berühmt für eine wie mich. Francesco hingegen *interessiert* sich für mich. Und er ist Moritz' Vater! Wir könnten eine kleine Familie sein.« Sinnend schob ich mir ein paar Mandeln in den Mund und fügte kauend hinzu: »Aber vielleicht will Francesco mich ja auch nicht mehr, wenn er die Wahrheit erfährt. Vielleicht nimmt er gleich Reißaus, wenn ich ihn mit der Tatsache konfrontiere, dass er einen Sohn hat.«

»Er soll sich gefälligst glücklich schätzen«, sagte Harriet mit der Miene einer Löwenpatentante, »der Papa unseres kleinen Moritz' zu sein!«

»Was ist mit meinem Papa?«, fragte Moritz.

Unsere Köpfe fuhren herum. Wir starrten Moritz an, der im Schlafanzug in der geöffneten Tür zum Kinderzimmer stand. »Iss hab so sslesst geträumt, da wollte iss zu dir, Mama. Und dann hab iss gehört, dass ihr von Papa redet. Wo ist mein Papa? Darf iss ihn sehen?«

Ich schluckte trocken, Harriet neben mir stöhnte unterdrückt. Ich breitete meine Arme aus, Moritz tapste zu mir und kuschelte sich auf meinen Schoß.

»Darf iss Papa sehen?«, wiederholte er schläfrig.

Ich schwieg.

»Mama? Darf iss Papa sehen?«

»Ich bemühe mich«, sagte ich und streichelte ihm über die weichen Locken. »Mehr kann ich dir nicht versprechen, mein Schatz.«

Er lächelte, und im nächsten Augenblick war er eingeschlafen. Vorsichtig stand ich auf und trug ihn zurück in sein Bettchen. Als ich zurückkam, schaute Harriet mir mit einem Ausdruck der Resignation entgegen.

»Damit wäre das also entschieden«, sagte sie.

Langsam nickte ich.

## 8.

Francesco wartete im »Divan« auf sie. Das türkische Restaurant in der Hölderlinstraße gehörte zu seinen Stammlokalen, und normalerweise brachte er seine Freundinnen nicht hierher. Normalerweise hatte er ja auch gar keine Freundin – die spirituelle Arbeit reichte aus, um seine Bedürfnisse nach körperlicher und seelischer Nähe zu befriedigen. Wozu sich den Stress einer festen Beziehung antun – mit Besitzansprüchen, Eifersucht und fliegenden Tellern –, wenn er auch völlig unverbindlich in die warmen Betten seiner Kundinnen hüpfen konnte? Eine Freundin zu haben war anstrengend. Später vielleicht, wenn er älter wäre. Wenn ihn der Wechsel nicht mehr so reizen würde. Aber jetzt? Nein.

So hatte er zumindest gedacht, bis er Luna wiedergesehen hatte. Die ganze Woche über war sie ihm nicht aus dem Kopf gegangen. Ob das ein Zeichen war? Fühlte sich so Verliebtheit an?

Er hatte nicht gezögert, sich mit ihr im »Divan« zu verabreden, als sie diesen Treffpunkt vorgeschlagen hatte. Stattdessen hatte er gedacht, dass dies vielleicht ein Wink des Schicksals war. Sie selbst hatte sein Stammlokal vorgeschlagen! War Luna dazu bestimmt, seine Freundin zu werden? War er dazu bestimmt, sich von ihr an die Leine legen zu lassen?

Fragen über Fragen; und auch das war für Francesco neu. Francesco war spiritueller Berater – er fragte nicht, er gab Antworten. Aber mit Luna war es anders, ungewohnt, aufregend, und er war sich keineswegs sicher, wo das alles enden würde. Das reizte ihn. *Sie* reizte ihn.

Als sie ins Restaurant trat und sich suchend umblickte, sprang er auf, winkte ihr und rückte ihr den Stuhl zurecht. Er sah ihr entgegen, als sie auf ihn zukam. Wie hübsch sie war! Die Haare trug sie heute Abend offen, glänzend umrahmten sie ihr Gesicht. Der Juni-Abend war lau, und sie trug nichts als ein ärmelloses Top über einem Leinenrock. Schlicht und perfekt. Er spürte, wie sein Herz bei ihrem Anblick schneller klopfte.

In den nächsten zwei Stunden bot Francesco all seinen Charme auf. Er bemühte sich, sie zum Lachen zu bringen, er erzählte witzig und unterhaltsam von seinen Beratungen (die pikanten Details verschwieg er ihr natürlich), und er zeigte ehrliches Interesse an dem, was sie von sich preisgab. Das war nicht schwer, denn Lunas Beruf fand er fast genauso spannend wie seinen eigenen. Dass sie Tierheilpraktikerin war und Krankheiten nicht nur ertasten, sondern auch heilen konnte, faszinierte ihn. Sie hatte gezögert, bevor sie es ihm erzählt hatte, doch seine begeisterte Reaktion schien ihr zu gefallen. Luna wurde lockerer, gab einen Teil ihrer Zurückhaltung auf und erzählte von ihrem Arbeitsalltag.

Dabei kam heraus, dass sie und Francesco etliche Kundinnen gemeinsam hatten. Von Frau Wenninger hatte er das ja schon gewusst, aber auch die eine oder andere Dame, die er in der Vergangenheit intensiver beglückt hatte, gehörte zu Lunas Kundenstamm.

Das war Francesco unangenehm. Zwar stand kaum zu befürchten, dass die Damen ausgerechnet mit ihrer Tierheilpraktikerin über ihr Intimleben plauderten – und ihn somit verraten könnten. Aber er fühlte sich Luna gegenüber auf seltsame Weise schuldig. Schuldig! Er hing diesem absurden Gedanken kurz nach. War auch sein Schuldgefühl ein Zeichen?

*Ich glaube, ich bin verliebt,* dachte er erstaunt.

Beim Dessert wurde Luna plötzlich auffallend still. Immer wieder warf sie ihm nachdenkliche, prüfende Blicke zu, und er begann sich zu fragen, ob er etwas falsch gemacht hatte. Verunsichert versuchte er, die heitere Vertrautheit der letzten Stunde wiederherzustellen, doch Lunas Stimmung schien sich grundlegend gewandelt zu haben.

Irgendetwas ging ihr durch den Kopf, und er hätte zu gerne gewusst, was es war.

Als der Kellner die Teller abgeräumt hatte, Luna um die Rechnung gebeten hatte – sie weigerte sich, sich von ihm einladen zu lassen – und ihr Zusammensein sich unweigerlich dem Ende zuneigte, fasste Francesco sich ein Herz.

Er wagte es, nach ihrer Hand zu greifen, und fragte leise: »Habe ich dich verärgert? Dann sag mir bitte, womit. Ich will es wieder gutmachen.« Und nach einer Pause: »Ich will dich nach diesem Abend wiedersehen, Luna.«

Sie sah ihn schweigend an, so, als fechte sie gerade einen schweren inneren Kampf aus. Ihre großen, dunkelblauen Augen schienen durch ihn hindurch zu schauen. Woran zum Teufel dachte sie? Immerhin entzog sie ihm ihre Hand nicht.

»Francesco«, begann sie zögernd, dann räusperte sie sich. »Francesco, ich muss dir etwas sagen. Es … es wird dich wahrscheinlich umhauen. Dir nicht gefallen. Oder … oder vielleicht doch. Nein, eher nicht.«

Er lächelte. »Du machst es aber spannend.«

»Es ist … damals. Nach unserer Nacht im Park.«

*Sie hadert immer noch damit*, dachte er. Ihre Unschuld rührte ihn.

»Mein Verhalten damals«, sagte er eindringlich, »war nicht richtig. Es tut mir unendlich leid, Luna. Ich weiß auch nicht, was da in mich gefahren ist, das heißt, ich weiß es schon. Ich konnte dir nicht widerstehen, auch wenn das keine Entschuldigung ist. Aber vielleicht sind unsere Begegnungen vom Universum gewollt, und ich habe einfach von Anfang an gespürt, dass uns beide etwas Besonderes verbindet.«

War das romantisch genug? Gespannt wartete er auf ihre Reaktion. Dabei erdreistete er sich, sanft ihren Handrücken zu streicheln.

Doch sie schien seine Zärtlichkeit gar nicht zu bemerken. »Darum geht es doch gar nicht«, sagte sie müde.

»Nein?« Überrascht hielt er inne. »Worum geht es dann?«

Sie sah ihm in die Augen. »Die Nacht im Park hatte Folgen«, sagte sie fest.

Für einige Sekunden hörte sein Gehirn auf zu arbeiten. Er starrte Luna nur an, seine Finger streichelten mechanisch über ihre Hand.

»Wir haben einen Sohn«, sagte Luna. »Er heißt Moritz, und er ist im April vier Jahre alt geworden.«

Knirschend nahm sein Gehirn die Arbeit wieder auf, und Francesco begriff.

Ich wusste, dass ich nicht gerade sensibel vorgegangen war. Ich hätte ihn langsam darauf vorbereiten müssen, hätte das Gespräch behutsam auf die Themen Familie, Verantwortung und Freuden des Elternseins lenken sollen. Aber ich hatte den ganzen Abend über gefürchtet, dass Francesco das missverstehen würde. Hätte er nicht geglaubt, ich sehe ihn als potenziellen Heiratskandidaten, den ich auf Herz und Nieren prüfen wollte? Und hätte das nicht jeden Mann gründlich verschreckt? Nein, so ging es nicht.

Aber ich konnte den Abend auch nicht beenden, ohne das Wichtigste angesprochen zu haben.

Also war ich mit der Tür ins Haus gefallen, bevor es zu spät war. Besser, ich bekam seine vernichtende Reaktion – Gebrüll? Eisiges Schweigen? Unverzügliche Flucht? – gleich beim ersten Date zu spüren. Bevor Francesco anfangen konnte, mir wichtig zu werden.

Und dann reagierte er völlig anders als erwartet.

»Vater«, flüsterte er ergriffen. »Ich bin wirklich Vater? Ich habe einen Sohn?«

»Äh … ja«, stotterte ich. »Ein süßer Kerl, äh, fröhlich und intelligent und … äh …« Ich verstummte. Himmel, ich pries meinen Sohn an, als wollte ich ihn meistbietend verkaufen!

»Jetzt besteht kein Zweifel mehr«, sagte Francesco leise.

»Woran?«, fragte ich und hob nervös das Glas an die Lippen.

»Daran«, sagte er und legte nun auch seine zweite Hand auf meine freien Finger, »dass unser Wiedersehen Schicksal ist, Luna. Ich wusste es ja gleich.«

Ich verschluckte mich an meinem Mineralwasser.

»Wann darf ich ihn sehen?«, fragte er, seine feuchten Augen leuchteten.

So weit hatte ich noch gar nicht gedacht. »Bald?«, schlug ich vage vor.

»Morgen?«, lautete sein Gegenvorschlag.

»Morgen?«, wiederholte ich lahm. Ich gebe zu, ich fühlte mich überrollt, überfordert von seiner Reaktion – über die ich mich doch hätte freuen sollen wie ein Schnitzel.

Francesco lächelte mich erwartungsvoll an.

*Morgen? Warum schon morgen?*, rotierte es in meinem Kopf. *Ist das nicht zu früh? Muss ich Moritz nicht darauf vorbereiten? Will ich das alles eigentlich? Und warum fallen mir meine Zweifel so verdammt spät ein?!*

»Also, wenn du nichts dagegen hast«, sagte Francesco, dem mein hilfloses Schweigen wohl zu lang wurde, »dann komme ich morgen zu euch und lerne meinen Sohn kennen. Luna, ach Luna …«, er drückte meine Hand so fest, dass ich unterdrückt aufschrie, »… du machst mich so glücklich!«

»Freut mich«, sagte ich schwach.

Ich entzog ihm meine Hand und rieb mir die schmerzenden Finger. *Tja, aus der Nummer kommst du jetzt nicht mehr raus, liebe Luna,* dachte ich mit einem Anflug von Panik.

## 9.

Am frühen Sonntagmorgen – Moritz schlief noch – saß ich in meiner Küche und zog Bilanz. Sie fiel eindeutig zu Francescos Gunsten aus: Der Abend war nett gewesen, unterhaltsam und anregend. Wir hatten uns gut verstanden, und wir lagen auf einer

Wellenlänge, was unsere Berufe betraf. Francesco würde nie auf die Idee kommen, mich »Miss Mozart« zu nennen. Und er hatte so begeistert auf die Nachricht von seiner Vaterschaft reagiert, dass schon das allein ein Grund gewesen wäre, mich in ihn zu verlieben. Logisch und sachlich gesehen.

Warum, verdammt nochmal, hüpfte ich dann nicht jubelnd durch die Wohnung, sondern klammerte mich nervös an meine Kaffeetasse und hätte Francescos Besuch am liebsten abgesagt?

»Du bist halt aufgeregt«, versuchte ich mich halblaut zu beruhigen. »Es ist ein wichtiges Ereignis. Da ist das nicht anders zu erwarten.«

»Mit wem redest du, Mama?«, fragte Moritz.

Ich zuckte zusammen. Herrgott, das Kind konnte einen aber auch erschrecken!

»Mit mir selbst«, sagte ich ehrlich.

Er kam an den Küchentisch getappt und setzte sich auf seinen Kinderstuhl. »Wenn mein Papa erst mal hier wohnt, brauchst du niss mehr mit dir selbst zu reden«, tröstete er mich.

Ich starrte ihn an. »Du lernst Papa heute kennen«, sagte ich tonlos.

»Esst?«, schrie Moritz, auf einen Schlag hellwach.

»Echt«, sagte ich mit so viel Enthusiasmus in der Stimme, wie ich aufbringen konnte. Es war nicht viel.

»Iss freu miss so, Mama!«, schrie Moritz. Seine Augen leuchteten, und er erinnerte mich fatal an Francesco gestern Abend.

»Ich freu mich auch, mein Schatz«, schwindelte ich.

Statt meiner hüpfte nun Moritz jubelnd durch die Wohnung. Und mich beschlich die bange Ahnung, dass nicht ich es war, die entscheiden würde, ob wir drei eine kleine Familie werden würden.

Harriet und Rudi, Simone, Moritz und ich tummelten uns mit ungefähr zwanzig weiteren Bewohnern des Friedrich-Ebert-Baus im sonnigen Innenhof, als Francesco eine ganze Stunde zu früh eintraf.

Ich sprang auf. Was sollte das denn jetzt? Ich sah noch genauso aus, wie man an einem Sonntagmorgen halt so aussieht, hatte die Jeans mit dem Loch am Knie an, das gemütliche T-Shirt mit dem viel zu weiten Ausschnitt, und meine Haare fielen mir ungebändigt bis zur Taille. (Ob er sah, dass die Haarspitzen total kaputt waren?) Außerdem, und das war noch viel wichtiger, hatte ich ihn *allein* begrüßen wollen, oben in unserer Wohnung. Ich fand, das gehörte sich so für eine anständige Familienzusammenführung. Gerade hatte ich mit Harriet, Rudi und Simone darüber beraten, wie ich das Ganze so gestalten könnte, dass es für Moritz möglichst wenig traumatisch wäre – und in Anbetracht der kurzen Zeit, die uns noch blieb, war die Beantwortung dieser Frage keine leichte Aufgabe. Von einer Lösung jedenfalls waren wir noch meilenweit entfernt.

Francesco war leider nicht mehr meilenweit entfernt.

»Hallo«, sagte er lächelnd in die große Runde, die bei seinem Erscheinen verstummt war. Alle – Männer, Frauen und Kinder – starrten ihn neugierig an. Außer Harriet, Rudi und Simone wusste niemand etwas Genaues, aber ich sah, dass es in allen Gehirnen arbeitete. Niemanden ließ es kalt, wenn ein attraktiver fremder Mann in unserer Gemeinschaft auftauchte. Und wenn ihnen dann noch die Ähnlichkeit meines Sohnes mit diesem Fremden auffallen würde … Ich stöhnte leise. Wir würden *das* Gesprächsthema des Tages sein.

»Hallo«, murmelte es allenthalben.

Ich ging so lässig wie möglich zu ihm und sagte: »Schön, dass du da bist. Ich hatte dich allerdings erst um elf erwartet. Oben.«

»Isch doch egal. Einen schönen Mann begrüßt mr gern au mol a Stunde früher«, sagte Simone und stellte sich ungebeten neben mich. Sie strahlte Francesco an. »I bin die Simone. Simone Schäfer.«

Francesco machte eine kleine, charmante Verbeugung. »Francesco. Sie sind eine Freundin von Luna?«

»Freundin und Kollegin«, sagte Simone selbstbewusst. »Ich schaff als Tierkommunikatorin.«

»Hmpf«, machte ich.

»Wow«, rief Francesco und lächelte. »Sie können die Gedanken der Tiere lesen?«

»Ha ja. Obwohl 's mir manchmal noch lieber wär, wenn i die Gedanka von Menscha lesa könnt. Ihre zum Beispiel.« Sie zwinkerte Francesco zu.

Hey, versuchte die etwa, mit dem Vater meines Sohnes zu flirten? Kurz bevor die beiden sich kennenlernen sollten? Und tat sie das wirklich, indem sie Francesco schamlos belog? Denn das Seminar, das ihr den Zugang zur Gedankenwelt der Tiere eröffnen sollte, fand erst in ein paar Wochen statt!

»Komm«, sagte ich zu Francesco und schoss einen vernichtenden Blick in Simones Richtung. »Moritz ist so gespannt auf dich, wir sollten ihn nicht länger warten lassen.«

»Lustiges T-Shirt«, sagte Francesco noch freundlich zu Simone, bevor er sich von mir zu der Gruppe der Kinder ziehen ließ, in der ich Moritz vermutete.

*Lustig?*, dachte ich flüchtig. *Was ist lustig daran, »Ich bin nicht schizophren« auf dem T-Shirt stehen zu haben? Aber vielleicht beruhigt es ihn ja, das zu lesen. Als spiritueller Berater bekommt er sicher viel Schlimmes zu sehen.*

Meine Gedanken über Francesco, Simone und ihr T-Shirt kamen zu einem jähen Ende, als mein Blick Moritz gefunden hatte. Er schaute uns mit großen, ernsten Augen entgegen. Nein, nicht uns: nur ihm.

Seinem Vater.

Ich brauchte nichts zu sagen. Sie erkannten sich auch ohne meine Hilfe. Francesco blieb abrupt stehen, dann ging er langsam in die Hocke.

»Hallo«, sagte er mit belegter Stimme. »Du bist Moritz, stimmt's?«

Moritz nickte und trat aus der Gruppe der Kinder hervor. Ganz nah ging er an Francesco heran. »Hallo, Papa«, sagte er einfach und legte ihm die Ärmchen um den Hals.

Francesco zog Moritz an sich. Zweimal schokoladenbraune Augen. Zweimal weiche dunkle Locken.

»Gott, wie süß«, raunte es irgendwo. Eine ältere Frau schniefte gerührt.

Ich selbst stand völlig erstarrt daneben. Ich schaute auf sie hinunter: auf Moritz und den Mann, der von nun an zu unserem Leben gehören würde, ob ich es wollte oder nicht. War das nun Schicksal, wie Francesco glaubte, oder nur ein Zufall? Und wenn es ein Zufall war – war er dann glücklich oder fatal?

»Gehen wir doch hoch in die Wohnung«, sagte ich. Meine Stimme klang rau.

Moritz und Francesco schauten zu mir hoch, einer strahlender als der andere. »Iss zeig dem Papa gleiss mein Zimmer«, sagte Moritz eifrig.

Von Traumatisierung keine Spur.

Francesco lächelte mich an, als wir unserem Sohn durch den Hof folgten. Beifällige Blicke und freundliches Gemurmel begleiteten uns auf unserem Weg. Ich fühlte mich, als sehe uns die gesamte Nachbarschaft bereits auf dem Weg zum Altar. Und das machte mich noch nervöser, als ich es sowieso schon war.

Beruhigend sagte ich mir, dass es für mein Unbehagen keinerlei Grund gab. Im Gegenteil: Jetzt würde endlich alles gut werden – wenn ich es denn zuließ. Wenn ich Francesco mein Herz öffnete.

Doch als ich ihm den Kopf zuwandte und sein Lächeln erwiderte, fühlte ich kein Prickeln, keine Aufregung, keine Schmetterlinge im Bauch. Nichts, was gemeinhin zur ersten Phase der Verliebtheit gehörte.

Nur Bedauern darüber, dass es nicht Davids Husky-Augen waren, in die ich blickte.

Moritz zeigte Francesco sein Kinderzimmer. Francesco überreichte Moritz selbst gebackene Kekse in Autoform, was Moritz total cool fand. Moritz schleppte Bilderbücher an, Francesco las ihm vor. Francesco fragte Moritz, ob er wohl gerne mal mit ihm in die Wilhelma, den Stuttgarter Zoo, gehen würde. Moritz sagte ja und fragte Francesco, warum er erst jetzt, wo er schon so lange den Kindergarten besuchte, zum ersten Mal mit seinem Papa in den Zoo gehen durfte. Francesco erklärte ihm, dass das Universum manchmal ganz eigene Vorstellungen davon habe, auf welch verschlungenen Wegen die Menschen die Liebe und das Glück finden sollten.

An diesem Punkt wurde es mir endgültig zu viel, und ich erklärte den Besuch für beendet.

»Du hasch ihn nausgschmissa? Spennsch du jetzt komplett?«, fragte Simone ungläubig, als sie, Harriet und ich wenig später wieder zusammen auf den Bänken im Innenhof saßen und Moritz sich im Sandkasten vergnügte.

»Ich habe es höflich getan«, verteidigte ich mich. »Aber das Ganze ist mir zu schnell zu vertraut geworden. Ich … ich finde, das ist nicht gut für Moritz.«

Harriet sagte nichts, doch sie lächelte hintergründig.

Sofort hatte ich den Impuls, Francesco zu verteidigen. Nicht, dass Harriet wieder damit anfangen würde, mir zu unterstellen, ich sei in David verliebt.

»Francesco hat alles richtig gemacht«, sagte ich hastig. »Besser hätte es gar nicht laufen können. Aber wir haben ja noch so viel Zeit vor uns. Da muss es nicht gleich beim ersten Mal dazu kommen, dass er bei uns einzieht, oder?«

»Will der des überhaupt?«, fragte Simone atemlos.

Ich verdrehte die Augen. »Klar. Und einen Heiratsantrag hat er mir auch schon gemacht.«

»Ich finde es richtig, dass du zurückhaltend bleibst«, mischte Harriet sich ein. »Lass die Dinge sich entwickeln. Wie sagt ihr hier in Baden-Württemberg – no net hoodle?«

Simone und ich mussten kichern. Mit Harriets englischem Akzent klang das schwäbische No net hudla wie ein Internet-Fachbegriff. Trotzdem hatte sie in der Sache natürlich Recht, fand ich.

Simone fand das nicht. Sie wurde sofort wieder ernst. »Luna isch dreißig und alleinerziehend«, sagte sie verächtlich.

»Sie kann es sich gar net leischda, dass die Dinge sich entwicklat. Du musch zugreifa, Luna! Dein tolla Viehdoktor kriegsch sowieso net.«

»Will ich ja auch gar nicht«, sagte ich beleidigt. »Ich bin bisher wunderbar ohne Mann zurechtgekommen, weißt du?«

»Ja ja, aber kaum hasch du den David gseha, tanzet deine Hormone Pogo …«, hob Simone an, doch ich wechselte rasch das Thema und unterbrach sie mit strengen Worten: »Und überhaupt, Simone, warum hast du Francesco angelogen? Du kannst die Gedanken der Tiere nicht lesen! Du hast noch nicht mal den Tierkommunikations-Anfängerkurs besucht! Geschweige denn eine ordentliche Ausbildung hinter dich gebracht.«

»Ha jetzt komm«, sagte Simone unbekümmert, »Zeit isch relativ. I bin beim Kurs angmeldet, in a paar Wocha schaff i offiziell als Tierkommunikatorin, und nur des zählt.« Sie grinste voller Vorfreude. »Dann sind mir Gschäftspartnerinna, Luna. Du solltesch mein Kurs net abwerta.«

Harriet seufzte. »Luna hat gerade andere Probleme als deine Spinnereien, Simone. Wenn sie sich dafür entscheidet, eine Beziehung mit Francesco einzugehen, dann ist das eine sehr ernste Sache. Man kann einem Kind nicht den Vater schenken und dann gleich wieder wegnehmen.«

Die letzten Worte hatten nicht mehr Simone gegolten, sondern mir. Harriet schaute mich nicht an, aber die Warnung war unmissverständlich:

Ganz oder gar nicht.

## 10.

Am Montag besuchte Francesco eine passable Kundin. Am Dienstag eine hübsche. Am Mittwoch eine sehr hübsche. Und am Donnerstag Valeria Zumsteinen.

Sie alle fragten ihn nach Einzelheiten des Konzepts der kosmischen Liebe, und vor allem Valeria legte es unmissverständlich darauf an, der Theorie wieder Taten folgen zu lassen.

Doch Francesco blieb standhaft. Er hatte jetzt einen Sohn, und die Frau, die ihm diesen Sohn geschenkt hatte, war schön und rein wie ein Engel. Sie war sogar in löcherigen Jeans und altem T-Shirt atemberaubend. Sie war es wert, dass er seine Triebe unter Kontrolle behielt. Am Wochenende würde er sie wiedersehen, und vielleicht würde es ja gar nicht so quälend lange dauern, bis sie ihn in ihr Bett ließ. Der bloße Gedanke daran ließ Francesco unterdrückt stöhnen.

Es war eindeutig. Das Universum hatte entschieden. Und Francesco würde nicht versuchen, sich gegen diese Entscheidung aufzulehnen.

Den ganzen Juni über trafen sie sich jeden Sonntag. Francesco bestand darauf. Jetzt, wo er seinen Sohn endlich kennengelernt hatte, wollte er so viel Zeit wie möglich mit ihm verbringen. Und natürlich mit Luna.

Beim ersten Mal gingen sie in eine Modelleisenbahn-Ausstellung, was Moritz spitze Schreie des Entzückens entlockte. Beim zweiten Mal schlug Francesco einen Besuch bei den Dinos im Museum am Löwentor vor. Und beim dritten Mal schlenderten sie durch die Wilhelma, wie Francesco es seinem Sohn bei ihrem allerersten Treffen versprochen hatte.

Während Moritz und Luna sich an den Eisbären erfreuten, die in der Sommersonne schmorten, betrachtete Francesco Mutter und Kind durch seine dunkle Sonnenbrille. *Meine Familie*, dachte er, und es fühlte sich immer noch seltsam an.

Ihm fehlten vier ganze Jahre im Leben der beiden, vier Jahre, die sie zu dritt hätten verbringen sollen, plus die Schwangerschaft. Obwohl – darüber, dass er die verpasst hatte, war er eigentlich nicht traurig. Eine launische, ständig dicker werdende Luna hätte er sicher weniger attraktiv gefunden als das engelhafte Wesen, als das er sie jetzt wahrnahm.

*Vielleicht ist auch dieser Punkt vom Schicksal gewollt,* dachte er und strich Moritz gedankenverloren über das Köpfchen. *Wer weiß, ob ich Luna nicht betrogen hätte, wenn wir zusammengeblieben wären und sie sich in der Schwangerschaft als unausstehlich herausgestellt hätte. So aber bekomme ich nur das Beste: die Zeugung – und die fertige Frucht. Samt einer Mutter, die wieder hübsch und ausgeglichen ist.*

Der Gedanke gefiel ihm, und er lächelte. Ja, bestimmt hatte alles genau so kommen müssen. Er hatte schon seit einigen Jahren das starke Gefühl, bevorzugt zu werden, von wem auch immer – vom Schicksal, von den Göttern oder den Göttinnen. Letzteren wahrscheinlich. Und auch wenn Luna noch sehr zurückhaltend war, ihn nur zögernd in ihr Leben ließ, war Francesco doch zuversichtlich, dass sich das in den nächsten Wochen ändern würde. Sie brauchte Zeit, das war alles. Dass sie für seinen Charme deutlich weniger anfällig war als seine Kundinnen, gefiel ihm sogar. Sie machte es ihm schwerer, sie zu erobern.

Umso reizvoller würde es sein, den Sieg zu schmecken.

»Papa, iss will zu den Giraffen«, sagte Moritz, und Francesco registrierte, wie Luna bei der vertrauensvollen Anrede zusammenzuckte.

»Wenn deine Mutter einverstanden ist?«, sagte er höflich und wartete ab, bis Luna mit einem Nicken grünes Licht gab.

Er nahm Moritz an die Hand und sie gingen in Richtung Giraffengehege, nicht ohne einen Abstecher zum Eisstand zu machen. Moritz plapperte unentwegt, sogar als sein Mund voller süßer Eiscreme war; Luna war ziemlich einsilbig. Francesco sah ihr an, wie komisch es ihr vorkam, nach Jahren als Alleinerziehende plötzlich einen klassischen Familienausflug zu unternehmen – Vater, Mutter, Kind.

Nun, sie würde sich daran gewöhnen. Erst daran und dann an die Tatsache, dass Vater und Mutter immer auch Mann und Frau waren. Was gewisse Dinge zwingend einschloss.

Francesco beobachtete sie, wie sie gedankenverloren an ihrem Eis leckte. Ihre Zungenspitze war zartrosa, ihre Lippen voll, weich und sinnlich.

O ja, es würde sich lohnen, auf sie zu warten.

Im Laufe des Junis sprach sich die Idee der dualistischen Behandlung auf dem Killesberg herum. Und mit jeder Kundin, von der David und ich gleichzeitig gerufen wurden, verringerte sich meine Sorge, bald wieder als Bibliothekarin arbeiten zu müssen.

Mein Herzklopfen in Davids Gegenwart verringerte sich nicht.

Manchmal fragte ich mich, ob er es denn überhaupt nicht spürte, dieses Vibrieren in der Luft zwischen uns, die Anziehungskraft, die zwischen uns herrschte; ob er die wilden Gedanken nicht ahnte, die mir durch den Kopf schossen, wenn er mich länger als zwei Sekunden ansah. Denn natürlich schaffte ich es nicht, meinen Blick von seinen Augen, seinem Gesicht, seinem Körper fernzuhalten. Ich wollte es, aber mein Verstand schien wenig zu sagen zu haben, wenn David in der Nähe war.

Ich hatte keine Chance.

Es war nicht nur seine erotische Ausstrahlung, auf die ich weiterhin so stark reagierte, als hätte ich bis zu Davids Auftauchen noch nicht einmal geahnt, was es bedeutete, Lust auf einen Mann zu haben. Es war auch nicht bloß der freundschaftliche Respekt, die stillschweigende Achtung, mit der wir uns begegneten, seit unser Waffenstillstand herrschte. Es war nicht allein sein Lächeln, das mir durch und durch ging und das sich anfühlte wie kleine Stromstöße in Herz, Bauch und … äh, nun ja, *dort*. Und es waren nicht bloß seine Augen, in deren abgründiger Schwärze ich immer öfter den empfindsamen David statt des souveränen Dr. Herren zu erkennen glaubte.

All dem hätte ich vielleicht, vielleicht widerstehen können. Nicht aber seiner absolut einmaligen, faszinierenden Art, mit kranken Geschöpfen umzugehen.

Ich sah, wie sanft er verängstigte Hunde beruhigte. Wie gelassen er Katzen Spritzen gab oder fies schmeckende Medikamente verabreichte, und wie geduldig sich das selbst die widerspenstigsten Tiere von ihm gefallen ließen – weil er etwas an sich hatte, das sie Vertrauen zu ihm fassen ließ. Ich beobachtete ihn, wie er mit absolut konzentrierter Miene Wunden aufschnitt, Drainagen legte und Wundsekret abfließen ließ. Ich registrierte, wie der blendend schöne Dr. Herren sich unbekümmert die Hände schmutzig machte, weder vor Eiter und Blut noch vor Kot oder Urin zurückschreckte. Und auch nicht davor, den Frauchen der Tiere deutliche Anweisungen zu geben, wenn sie falsch mit Hase, Meerschweinchen oder Wellensittich umgingen, selbst auf die Gefahr hin, dass er es sich mit ihnen verscherzte. (Was natürlich nie passierte, dafür gefiel David den Frauen viel zu gut.)

Wenn er fertig war und ich an die Reihe kam, legte ich stets zuerst meine Hände auf die Brust des Tieres. Und jedes Mal war ich von Neuem erstaunt, wie ruhig das Herz des tierischen Patienten klopfte – was nach einer schulmedizinischen Behandlung mehr als ungewöhnlich war. Mir blieb in der Regel nichts zu tun, als letzte Blockaden im Energiefluss zu lösen, die neu gewonnene Gesundheit der Tiere mit meinen Globuli zu stabilisieren oder mit Farblicht, Musik, Akupressur oder Massagen die Heilung zu unterstützen, die David so erfolgreich angestoßen hatte. Denn Davids Maßnahmen waren so gut wie immer effektiv. Seine Heilungsquote lag derart hoch, dass ich fast anfing, wieder an die Schulmedizin zu glauben.

Ich zerbrach mir den Kopf über seinen tierärztlichen Erfolg. Wie konnte es sein, dass Medikamente, von denen man längst wusste, dass sie niemandem nützten als der Pharmaindustrie, in Davids Händen zu Wundermitteln wurden?

Je öfter ich ihn bei der Behandlung beobachten durfte, desto näher kam ich der Antwort. Ich spürte sie mehr, als dass ich sie hätte in Worte fassen können: David strahlte leidenschaftliche Hingabe und tiefe Zuneigung allen Tieren gegenüber aus, und die Tiere gaben ihm diese Hingabe und Zuneigung wie selbstverständlich zurück.

Sie belohnten ihn damit, dass sie gesund wurden.

Als diese Erklärung den Sprung in mein Bewusstsein geschafft hatte, war ich peinlich berührt. Sie klang arg weit hergeholt, selbst für meinen an Esoterik gewöhnten Tierheilpraktiker-Verstand. Aber, dachte ich dann, wenn ich es mir selbst zutraute, stockende Energie mit meinen Fingerspitzen zum Fließen bringen zu können – musste ich es David dann nicht zugestehen, dass seine wundervolle Persönlichkeit die Selbstheilungskräfte der Tiere aktivierte? Wo war da der Unterschied?

Über all diesen Grübeleien verpasste ich das Entscheidende.

Meine Bewunderung für David, meine Lust auf ihn und mein Drang, so viel Zeit mit ihm zu verbringen wie irgend möglich, verbanden sich still und heimlich zu etwas Größerem – etwas unfassbar Großem. Hätte ich es gemerkt, so hätte ich bestimmt die Notbremse gezogen und die Zusammenarbeit mit ihm ohne zu zögern beendet. Doch als der Juni einem heißen Juli wich und ich endlich erkannte, was sich in den letzten Wochen in meinem Herzen zusammengebraut hatte, war es bereits zu spät. Denn ich war nicht nur interessiert, entflammt, betört.

Ich liebte ihn.

Miss Mozart liebte den Star unter den Tierärzten, den begnadeten Dr. David Herren.

David, den ewig Unerreichbaren.

## 11.

Simone schwitzte. Der kleine Raum, in dem sie zusammen mit acht weiteren Frauen hockte, die sich zur Tierkommunikatorin ausbilden lassen wollten, war heiß und stickig. Außerdem stank er. Aber das lag weniger am Schweiß, der den unrasierten Achseln der Teilnehmerinnen entströmte, als an ihren Hunden, die hechelnd auf dem Teppich lagen und mit ihrem Mundgeruch die Luft verpesteten.

Alle Frauen hatten ihre Hunde mitgebracht – alle außer Waltraud und Simone. Waltraud, die Lehrerin, wollte sich ganz auf die Tiere ihrer Schülerinnen konzentrieren, und Simone hatte keinen Hund.

Diese Tatsache trug ihr bei der Vorstellungsrunde – die Frauen bildeten auf harten Stühlen den inneren Kreis, die Hunde auf speckigen Decken den äußeren – befremdete Blicke ein.

»Kein Tier?«, fragte Waltraud erstaunt. »Warum möchtest du dann Tierkommunikatorin werden?«

»Ha, was isch denn des für a Frog? Om Geld zu verdiena«, antwortete Simone augenzwinkernd.

Die Strafe bestand in konsterniertem Schweigen.

Gut, Humor schien hier keine zu besitzen. Auch über ihr T-Shirt hatte bisher noch niemand gelacht. Unter der Zeichnung eines Hundes mit gefletschten Zähnen stand »Der will nur spielen«. Haha.

»Jetzt aber mal im Ernst«, sagte Waltraud tadelnd. »Warum möchtest du Tierkommunikatorin werden, Simone?«

Des *war* mei Ernst, hätte Simone am liebsten gesagt, doch sie entschied sich für: »Weil ich die Tierle so gern hab. Isch doch klar.«

Hundert Punkte. Waltraud lächelte gütig. »Ja, das tun wir alle. Unsere Tierfreunde können unser Leben so sehr bereichern!«

Na also, dachte Simone, Waltraud sprach ebenfalls von Bereicherung. Wenn auch in einem anderen Sinn. Aber spielte es eine Rolle, ob man sich seelisch oder finanziell bereicherte? Bei Licht betrachtet war das eine nicht besser als das andere, fand Simone.

Eine der Teilnehmerinnen, eine magere Grauhaarige, beugte sich auf ihrem Stuhl vor. »Hast du wenigstens ein Kleintier? Eine Ratte oder so was? Oder wirklich … gar nichts?!«

Acht Augenpaare starrten Simone vorwurfsvoll an. Nur Waltraud lächelte weiterhin gütig und mitfühlend.

»I … hab … a Terrarium«, stotterte Simone. Das würden die anderen wohl kaum nachprüfen, oder? Schließlich konnten sie nicht verlangen, dass Simone ihr Terrarium mit den öffentlichen Verkehrsmitteln durch die ganze Stadt schleppte.

»Gott sei Dank«, sagte die Grauhaarige erleichtert. »Ich *dachte* schon!« Was sie gedacht hatte, blieb ihr Geheimnis.

»Was für ein Tier hältst du denn in deinem Terrarium?«, fragte Waltraud.

Ja, was für eins? Was die aber auch alles wissen wollten! Simone lief der Schweiß nun in Strömen den Körper hinab – von der Stirn über die Schläfen, zwischen den Brüsten den Bauch hinab, von den Achseln über die Speckröllchen, die einmal ihre Taille gewesen waren. Also, welche Tiere hielt man in Terrarien? Geckos? Frösche? Schlangen?

Aufs Geratewohl sagte sie: »A Viper.« Sie fand, das klang gefährlich und schön exotisch.

»Respekt!«, sagte Waltraud und musterte sie mit einer ganz neuen Hochachtung. Auch die anderen Teilnehmerinnen schauten nun nicht mehr vorwurfsvoll, sondern eher beschämt. Klar, die konnten ja alle auch nur gewöhnliche Köter vorweisen.

Simone lächelte und fing an, sich zu entspannen. Eine kleine Lüge, eingestreut im richtigen Moment, konnte das Leben doch sehr vereinfachen.

Drei Stunden später fand Simone nichts mehr einfach. Und das, obwohl Waltraud zu Beginn des ersten Theorieblocks gesagt hatte: »Es ist ganz, ganz leicht. Jeder Mensch kann es. Tief in uns allen steckt das Wissen, wie es geht. Wir haben nur verlernt, auf dieses Wissen zu hören!«

Simone hatte es *gründlich* verlernt, wie ihr nun während des Praxisteils aufging.

Jede Frau sollte versuchen, eine kurze Unterhaltung mit ihrem Haustier zu führen.

»Du kannst dich ruhig an deine Viper wenden. Es macht nichts, dass sie nicht hier ist«, sagte Waltraud zu Simone. »Telepathie ist nicht an die physische Präsenz gebunden.«

Mangels real existierendem Haustier stellte Simone sich irgendeine Viper vor und hoffte, dass das auch in Ordnung war. (Wie sahen Vipern eigentlich aus? Egal. Die Vipern dieser Welt würden schon wissen, dass sie gemeint waren.)

Wenn Simone ehrlich war, fand sie die Übungen, die sie auf die erste Unterhaltung zwischen Mensch und Tier vorbereiten sollten, ziemlich beknackt. Doch ebenso wie die anderen Teilnehmerinnen bemühte sie sich brav darum, alles genau so zu machen, wie Waltraud es ihnen erklärt hatte:

Sie ließ emotionale Blockaden los und öffnete Herz und Geist. (Klang gut, bestand aber hauptsächlich darin, tief zu atmen. Das hätte sie ja nun auch zu Hause tun können, fand sie.)

Sie wiegte sich mit ausgebreiteten Armen hin und her und flüsterte wie der Wind, um eine Antwort der Elemente zu erhalten. (»Erst die Elemente, dann die Tiere«, hatte Waltraud gesagt, die nach eigenem Bekunden mit Luft, Wasser, Feuer und Erde auf Du und Du war.)

Sie tanzte zu entspannender Musik mit Walgesang und drückte dabei das Wesen des Tieres aus, mit dem sie in Kontakt treten wollte. (Wer war eigentlich auf die bescheuerte Idee gekommen, dieses Unterwasser-Gejaule »Gesang« zu nennen?)

Sie wurde selbst zu ihrem Tier, indem sie in tiefer Meditation seine Essenz erspürte. (Sie sollte sich in eine Viper verwandeln?! Vielen Dank. Jetzt fragte sich Simone ja doch, wo sie hier hingeraten war.)

Und obwohl sie sich überwand und alles, alles mitmachte, nützte es ihr – nichts.

Als die Teilnehmerinnen nach diesen Übungen aufgefordert wurden, dem eigenen Haustier nun ein gedankliches »Hallo!« zu senden, wusste Simone, dass keine Kreatur der Welt ihren Gruß vernehmen würde. Telepathisch hörte Simone überhaupt nichts, weder den Wind noch ein Tier noch sonst etwas. Nichts als das tiefe Atmen der Frauen und das Hecheln der Hunde, und das hörte sie mit ihren ganz normalen Ohren.

*Guat, dann lüg i halt wieder,* dachte sie eine weitere halbe Stunde später missmutig, als Waltraud die Teilnehmerinnen erneut im Stuhlkreis versammelte und nach den Antworten fragte, die die Tiere ihnen gegeben hatten. Was blieb Simone anderes übrig?

Sollte sie als Einzige sagen: »Mir hot koins Antwort gäba, weil da koins isch, des Antwort gäba könnt.« Wo doch die anderen Frauen ganz begeistert die Köpfe ihrer Hunde tätschelten und sich gurrend bei ihnen für das nette Gespräch bedankten?

Sie war noch dabei, sich etwas Beeindruckendes auszudenken, als Waltraud schon sagte: »So, Simone, erzähl mal. Was wollte deine Viper dir mitteilen?«

Waltraud klang aufrichtig interessiert. Sie hoffte wohl auf eine Abwechslung von den übrigen Botschaften, die in »Ich will Gassi gehen«, »Ich will ein neues Halsband« und »Ich mag dich sooo arg gern, liebes Frauchen« bestanden hatten. Letztere Aussage war, wollte man ihr Glauben schenken, vom Hund der mageren Grauhaarigen gekommen.

Warum hatten alle sich mit ihren Tieren unterhalten können, nur Simone nicht? Warum schafften es die anderen Frauen, mühelos an das verschüttete, uralte Wissen in ihrem Inneren heranzukommen, während es Simone einfach nicht gelingen wollte?

*Mei Viper,* schoss es ihr durch den Kopf. *Vielleicht hab i bloß nix ghört, weil es die Viper gar net gibt? Vielleicht darf i mi net an a ganze Tierart wenda, sondern muss wirklich a ganz bestimmtes Tier ansprecha? Mensch, Simone, du kannsch des doch! Freilich kannsch du des.*

Einer plötzlichen Eingebung folgend, blitzte sie der Promenadenmischung der Grauhaarigen stumm zu: »Hey, hasch du dei Fraule echt so gern?«

»Willst du mich beleidigen?«, blitzte die Promenadenmischung zurück. »Die ernährt mich vegetarisch! Da muss man als Hund doch einen Vogel kriegen, oder?«

Simone lachte, und der Hund lachte mit.

Waltraud und die anderen Frauen starrten sie stumm an.

»I glaub, i hab's kapiert«, sagte Simone fröhlich und stand auf, um nach Hause zu gehen.

## 12.

Es war nun gute sieben Wochen her, seit Francesco und Luna sich bei der alten Frau Wenninger wiedergesehen hatten, und sie hatten sich noch immer nicht geküsst. Kein Händchenhalten, kein sanftes Streicheln über sommerbraune Haut, keine Zungenspiele. Und mehr schon gar nicht.

Nicht, dass Francesco ungeduldig wurde. Aber er war doch der Meinung, dass er langsam das eine oder andere Zugeständnis von Luna erwarten durfte. Jede weibliche Zurückhaltung sollte schließlich ihre natürliche Grenze haben. Ebenso wie die männliche Fähigkeit, auf eine bestimmte Frau zu warten, ihre natürliche Grenze hatte.

Er spürte, dass er diese Grenze beinahe erreicht hatte.

Der Regen lief ihm über den Nacken, unter das T-Shirt und den Rücken hinunter, als er auf den Klingelknopf drückte und mit eingezogenen Schultern darauf wartete, dass das Summen des Türöffners ertönte. Missgelaunt hob er den Blick zum Himmel. So sonnig und heiß der Juli begonnen hatte, so regnerisch und trübe hatte er sich entwickelt.

Nicht nur das Wetter, sondern auch Lunas Stimmung hatte sich verändert. Seit zwei Wochen schon hatte sie diesen absolut verunsicherten Blick, von dem er nicht wusste, wer oder was ihn ausgelöst hatte. Offensichtlich haderte sie mit irgendetwas, doch als er sie einmal vorsichtig darauf angesprochen hatte, hatte sie eine falsch-fröhliche Miene aufgesetzt und ihm erklärt, dass alles in bester Ordnung sei.

Sie konnte so schlecht lügen.

Immerhin hatte sie ihn heute zu ihrem Sommerfest eingeladen. Das hätte eigentlich im Hof stattfinden sollen, war aufgrund des Regens jedoch nach drinnen verlegt worden. Francesco fragte sich, wie man wohl in der winzigen Wohnung dort oben ein Sommerfest feiern konnte; bei mehr als zwei Gästen wäre die Bude hoffnungslos überfüllt. Na ja, nicht sein Problem.

»Hallo?«, ertönte Moritz' helle Stimme durch die Sprechanlage.

»Ich bin's, Fra... dein Papa«, sagte Francesco.

»Papa! Komm ssnell hoch!«, jubelte Moritz, und der Türöffner summte. Francesco verzog den Mund zu einem schiefen Grinsen. Zumindest einer hier freute sich über seinen Besuch.

Er stieg die gefühlten eintausendundfünfhundert Stufen bis zu ihrer Wohnung hoch. Oben angekommen, wurde er von Moritz und Simone begrüßt, die sich gleichermaßen begeistert auf ihn stürzten.

»Papa, du musst Piratensaft mit mir trinken!«, schrie Moritz und zog Francesco an der Hand in die wogende Menge, die Lunas Wohnung ausfüllte.

Simone hängte sich an seinen freien Arm und rief über den Lärm aus Musik und Stimmen hinweg: »He, Luna, hier kommt spirituelle Unterstützung!« Sie wandte ihren Kopf mit den braunen Zotteln zu Francesco. »Unterstützung kann Luna nämlich braucha, net bloß spiritueller Art. Die isch grad ziemlich überfordert.« Simone lachte, als habe sie einen guten Witz gemacht.

Francesco ließ sich in Richtung Küche ziehen, in der ein kleines Buffet aufgebaut war. Er konnte Luna verstehen. Auch ihn hätte es überfordert, wenn seine Wohnung aus allen Nähten geplatzt wäre. Die Leute traten sich fröhlich auf den Zehen herum, krümelten mit Fingerfood (für die Erwachsenen) und Muffins (für die unzähligen, überall herumwuselnden Kinder) herum und stellten ihre Biergläser vorzugsweise auf Bücherstapeln und den wenigen elektronischen Geräten ab. Klar, dort konnten sie wenigstens richtigen Schaden anrichten, wenn sie umfielen. Francesco schüttelte leicht den Kopf. Gerade tauchte Moritz wieder aus der Küche auf und reichte ihm ein Glas mit Piratensaft. Ein anderes Kind rannte an Moritz vorbei, rammte ihn dabei, und der Saft landete auf dem Teppichboden. Tiefrot sickerte er in die Fasern. Keiner kümmerte sich darum.

Francesco stand ohne Getränk da, Moritz rannte dem kleinen Rowdy hinterher und Simone sagte: »Luna hat uns scheints net ghört. Na ja, sagsch ihr halt später hallo.«

»Ich dachte, ich sollte sie unterstützen?«, fragte Francesco. Er sehnte sich nach einem Bier.

»Hab's mir anders überlegt«, sagte Simone, als habe sie auf diesem Fest die alleinige Verfügungsgewalt über Francesco. »Tanz lieber mit mir. I krieg net oft so an schöna Mann in die Finger.«

Er begann sich über sie zu ärgern und streifte sie mit einem missmutigen Blick. Sie trug ein grellrotes T-Shirt mit der Aufschrift »Hier kommt die Feierwehr«, dazu braune Pumphosen und auf den Zottelhaaren ein Dekra-Werbe-Käppi.

Hatte er je mit einer Frau getanzt, die geschmackloser angezogen war?

Sie fackelte nicht lange, sondern griff nach seinen Händen und begann, wild herumzuhoppeln. Irgendeine Indie-Band gab den rasenden Takt vor, und Francesco schoss durch den Kopf, dass er auf der Stelle! sofort! unverzüglich! zu Luna wollte. Nur für sie nahm er das hier auf sich – und es war verdammt viel.

Das Gehoppel, zu dem Simone ihn nötigte, machte es ihm schwer, den Raum mit den Augen abzusuchen. Verdammt, es konnte doch kein Hexenwerk sein, in einer Dreißig-Quadratmeter-Wohnung die Gastgeberin zu finden? Selbst wenn sich auf diesen dreißig Quadratmetern die gesamte Bewohnerschaft des Friedrich-Ebert-Baus zu tummeln schien.

Da! Da war sie, am Fenster. Zusammen mit einer Frau, die aussah wie Morticia Addams, und einem angegrauten Typen, der es schaffte, sogar in dieser überfüllten Vorhölle ruhig und entspannt zu wirken. Wie machte der das bloß? Francesco selbst war von Entspannung so weit entfernt, dass ihm in diesem Moment nicht mal seine zahlreichen Meditationstechniken geholfen hätten.

Simone drückte ihren wulstigen Oberkörper an ihn. Rasch brachte Francesco eine Armlänge Abstand zwischen sich und ihr. Alles musste er sich auch nicht gefallen lassen.

»Ich geh zu Luna rüber«, rief er Simone über das unmelodiöse Geschrei der Indie-Band hinweg zu.

»I komm mit«, schrie sie unverzagt zurück.

Francesco schloss kurz die Augen und strich sich durch die dunklen Locken. Dann bahnte er sich mit der »Feierwehr« im Schlepptau einen Weg zu Luna, Morticia und dem Entspannten.

Als Luna ihn erblickte, verzog sie den Mund zu einem bemühten Lächeln.

»Hi, Francesco. Schön, dass du da bist.«

»Finde ich auch«, log er höflich. »Danke für die Einladung. Bloß schade, dass es regnet.«

Sie nickte schwach. »Draußen hätte es sich besser ... verteilt. Ich gebe zu, es ist ein bisschen hektisch hier drin. Ich hatte gedacht, es würden nicht alle kommen, die ich eingeladen hatte. Aber die meisten hatten Zeit. Das ist sonst *nie* der Fall.«

Luna sah ziemlich erschöpft aus, obwohl das Fest noch nicht lang im Gange sein konnte; Francesco war nur eine Viertelstunde zu spät gekommen.

»Gefällt's dir trotzdem?«, fragte sie ihn.

Wollte sie die Wahrheit hören? Wahrscheinlich nicht, denn er fand es grässlich auf ihrem Sommerfest. Er fühlte sich wie damals, als er noch jung und unzufrieden gewesen war – und ständig auf Partys, nach denen man tagelang Kopfschmerzen gehabt hatte.

»Klar, ist toll hier«, sagte er zu Luna. »So unkonventionell. Ein Gefühl, als wären wir wieder jung, was?«

Sie lächelte säuerlich, und Morticia neben ihr brach in Gelächter aus. Erst jetzt fiel Francesco auf, dass seine letzte Bemerkung einer Frau gegenüber nicht sehr charmant gewesen war.

Gott, er sehnte sich so sehr nach einem Bier.

»Wir kennen uns noch nicht, jedenfalls nicht offiziell. Ich bin Harriet Wall«, sagte Morticia und streckte ihm die Hand entgegen. »Und das ist mein Mann Rudi.« Sie zeigte auf den Entspannten.

»Freut mich«, murmelte Francesco, schüttelte den beiden die Hand und fragte sich dabei, ob er Luna wohl für einen Moment allein lassen konnte, um sich in der Küche etwas zu trinken zu holen. Ob sie hier auf ihn warten würde? Er bezweifelte es, denn sie schien ihn schon vergessen zu haben. Sie plauderte mit einer stämmigen Frau in den Fünfzigern, die so schlampig und ungewaschen aussah, als habe sie die letzten drei Wochen unter der Brücke geschlafen.

Harriet folgte seinem angewiderten Blick und sagte so leise, dass er es in dem Lärm gerade noch verstehen konnte: »Luna wollte niemanden aus unserer Gemeinschaft ausschließen, als sie die Bewohner zu ihrem Fest eingeladen hat. Ich finde, das ist ein sehr liebenswerter Zug an ihr.«

Ertappt stotterte Francesco seine Zustimmung. Luna war ein Engel, das wusste er ja schon.

Man konnte es mit der Nächstenliebe allerdings auch übertreiben. Diese Frau dort hätte *er* jedenfalls nicht in seine Wohnung gelassen. Unwillkürlich verglich er sie mit seinen Kundinnen. Valeria Zumsteinen zum Beispiel: Auf einer Skala von eins bis zehn würde sie locker eine neun erreichen. Luna eine zehn. Und die ungewaschene Schlampe würde das untere Ende der Skala durchbrechen und eine minus hundert bekommen.

Okay, jetzt musste er sich doch etwas zu trinken holen.

Während er sich erneut zur Küche vorkämpfte, fragte er sich verdrossen, ob er auf diesem Fest wohl noch zu seiner üblichen Form zurückfinden würde. Zu Charme, sprühendem Witz und den wohlklingenden Sprüchen, mit denen er seine Kundinnen zu beeindrucken pflegte. Er dachte an die Sammlung von Bonmots, die er sich vor ein paar Monaten zugelegt hatte. Sie stammten alle von Oskar Wilde, und Francesco kannte sie mittlerweile so gut wie auswendig.

Er schnappte sich ein Bier, öffnete es und setzte es an die Lippen, ohne sich die Mühe zu machen, es in ein Glas zu füllen. Als die kühle, herbe Flüssigkeit seine Kehle hinunterrann, wurden seine Gedanken freundlicher. Diese Bonmots waren schon eine Goldgrube! Der eine oder andere Spruch passte eigentlich immer, und seine Kundinnen fanden es unwiderstehlich, wenn er Wilde zitierte. Die Mischung aus Verruchtheit und geistiger

Brillanz gefiel ihnen. Francescos Lieblingsspruch war: »Der einzige Weg, sich einer Versuchung zu entledigen, ist, ihr zu erliegen«, denn dieser Spruch führte ihn in der Regel geradewegs mit der Kundin ins Bett. Auch mit »Was man die Sünde nennt, ist ein wesentliches Glied in der Kette des Fortschritts« hatte Francesco gute Erfahrungen gemacht.

Der kleine Rowdy von vorhin lief an ihm vorbei und rempelte ihn lachend an, und Francesco verschluckte sich und schüttete sich Bier übers T-Shirt. Wütend starrte er dem Jungen nach, der flink zwischen den Gästen verschwand. Vertrieben sich die Kinder heutzutage mit solchen Spielen die Zeit? Er hoffte nur, dass sein eigener Sohn anders war. Wo war der überhaupt? Schien ihm ja nicht sehr wichtig zu sein, dass sein Papa da war.

»I hab dich scho gsucht. Warum rennsch denn oifach weg?«, sagte Zottel-Simone neben ihm und hakte sich vertrauensvoll bei ihm unter. »Du bisch ja ganz nass! Aufregend, wenn's T-Shirt so am Körper klebt.« Sie schnüffelte. »Schtenkt allerdings nach Brauerei. Egal. Viel wichtiger: I wollt dir noch von meinem Tierkommunikations-Kurs erzähla. Des hat dich doch so intressiert. Also, der Kurs isch jetzt glaufa, ond i kann dir sage, des war vielleicht abgfahre! Am Anfang …«

Plapperplapperplapper.

Francesco tat so, als höre er Simone zu, und er ertappte sich dabei, dass er sich von diesem lauten, unbefriedigenden Fest wegwünschte, hinein in die ruhige Eleganz der Villen, in denen seine Kundinnen ihn empfingen. Ein Glas Champagner, chillige Musik, viel Platz – das vor allem –, und eine Frau neben ihm, die Prada trug statt eines knallroten Motto-T-Shirts. Die statt nach Schweiß nach einem dezenten, teuren Parfum duftete. Die nicht feiern, sondern sich spirituell weiterentwickeln wollte.

Ja, Geld und Stil hatten schon was.

Den Rest des Festes brachte er mehr schlecht als recht hinter sich. Hätte Luna ihm nicht so leidgetan, die sich das alles offensichtlich auch anders vorgestellt hatte, er wäre schon viel früher geflüchtet. Doch ihr zuliebe blieb er, ließ sich noch ein weiteres

Bier über die Kleider schütten (diesmal mussten seine Jeans dran glauben), tanzte mit Simone, ließ Harriets prüfende Blicke über sich ergehen und beneidete Rudi um seine gelassene Buddha-Natur. Und dann, endlich, war es acht Uhr abends, das Sommerfest vorbei, und er harrte verbissen aus, bis auch der letzte Gast und das letzte krakeelende Kind verschwunden waren.

Luna schaute sich erschöpft in ihrer Wohnung um. Man sah beiden – Luna und der Wohnung – an, dass sie ziemlich gelitten hatten.

»Mein nächstes Sommerfest fällt bei Regen aus«, sagte sie.

Trotz seiner schlechten Stimmung musste Francesco lachen. »Das ist wahrscheinlich die klügste Entscheidung deines Lebens. Komm, ich helfe dir aufräumen.«

Sie beseitigten gemeinsam das größte Chaos, während Moritz ihnen zwischen den Beinen herumwuselte und völlig aufgedreht etwas davon faselte, nie mehr im Leben schlafen zu wollen.

»Schöne Aussichten.« Luna lächelte, aber Francesco sah ihr an, wie angestrengt sie war.

»Und wie du schlafen wirst«, sagte Francesco bestimmt zu seinem Sohn, setzte ihn sich auf die Schultern und trug ihn so ins Kinderzimmer. »Ich singe dir jetzt was vor, und dir werden ganz schnell die Augen dabei zufallen. Du wirst schon allein deshalb einschlafen, um meinen Gesang nicht länger ertragen zu müssen!«

Moritz lachte laut auf, Luna warf Francesco einen dankbaren Blick zu, und er brachte seinen Sohn ins Bett.

Zum ersten Mal im Leben.

Moritz schlief tatsächlich ein, wenn es auch ziemlich lange dauerte. Da Francesco keine Wiegenlieder kannte, sang er ihm die Songs seiner Lieblingsbands vor, und irgendwann klappten Moritz' Augen trotz der ungewohnten Beschallung zu, und er atmete tief und gleichmäßig.

So ein süßes, liebes Kind. Gerührt betrachtete Francesco einen Moment lang seinen kleinen Sohn, bevor er leise aufstand und das Zimmer verließ.

»Geschafft«, sagte er zu Luna.

»Dafür hast du eine Medaille verdient«, lächelte sie.

Er räusperte sich. »Etwas anderes wäre mir lieber.«

Sie erstarrte und wandte ihren Blick ab.

Francesco biss die Zähne zusammen, und jähe Wut stieg in ihm hoch. Hatte er eine andere Reaktion von Luna erwartet? Nein, natürlich nicht. Engel waren eben so. Rein und unschuldig bis zum Erbrechen.

Die vielen widersprüchlichen Gefühle dieses Abends knäulten sich heiß in seinem Bauch zusammen. Am liebsten hätte er in ein Sofakissen geschlagen. Aber es gab nur einen Sessel in diesem Kaninchenkäfig, der sich Wohnung schimpfte; ein Sofa mit Kissen hätte nicht in das mit Büchern vollgestopfte Zimmer hineingepasst. Was machte er eigentlich hier, verdammt? War er über all das nicht schon längst hinaus? Valerias Bild schoss ihm durch den Kopf – Valeria in ihrem großen, eleganten Haus. Mit den vielen Spielwiesen überall, auf denen sie an jenem denkwürdigen Tag ihre gemeinsame Lust genossen hatten. Sofas mit Kissen in Hülle und Fülle, stabile Tische in genau der richtigen Höhe, dicke weiche Teppiche. Und Leidenschaft statt Prüderie.

Er korrigierte seine stille Einschätzung vom Nachmittag. Valeria war es, die es auf der Attraktivitäts-Skala auf zehn brachte, Luna nur auf neun. Oder acht.

Aber Luna war die Mutter seines Sohnes.

Francesco atmete tief durch und besann sich darauf, dass er spiritueller Berater war. Er öffnete die Fäuste und entspannte bewusst seine Hände.

»Gut«, sagte er ruhig. »Dann werde ich jetzt gehen.«

Sie nickte, und er sah ihr an, dass sie ein schlechtes Gewissen hatte. Unversehens flackerte die Wut wieder in ihm auf. Wie lange wollte sie ihn noch hinhalten?

Oder fand sie ihn etwa nicht attraktiv? Spielte sie gar nicht mit ihm, sondern hatte sie schlichtweg kein Interesse?

Kein Interesse – an *ihm?!*

Nein, sagte er sich sofort, das war nicht möglich. Damals in der Disco hatte er ihr schließlich auch gefallen. Was sie ihm in jener Nacht unmissverständlich gezeigt hatte.

Die Erinnerung an Luna und ihn, nackt im Gras – an ihre Hände auf seinem Rücken, ihr Stöhnen, ihren Orgasmus – brachte nicht nur Francescos Selbstbewusstsein zurück, sondern bescherte ihm auch eine spontane Erektion. Wie unpassend.

Rasch drehte er sich um und ging zur Tür.

»Ciao, Luna«, sagte er. »Ich ruf dich an wegen des nächsten Sonntags. Weiß noch nicht, ob ich Zeit habe.«

»Warte.« Sie klang schuldbewusst. »Ich bring dich noch runter.«

Er hörte ihre Schritte hinter sich, als er die eintausendundfünfhundert Stufen bis zum Erdgeschoss hinunter ging.

Draußen regnete es immer noch.

Er trat in den grauen, nassen Abend hinaus, und sie folgte ihm und brachte ihn bis zu seinem Auto. Er konnte sich nicht entschließen einzusteigen, sah Luna mit um den Oberkörper geschlungenen Armen im strömenden Regen stehen und registrierte ihren unglücklichen Blick.

*Mann, Luna,* dachte er. *Mach es uns doch nicht so schwer.*

Und bevor sie begriff, was er vorhatte, war er schon mit zwei schnellen Schritten bei ihr und hatte seine Hände um ihr Gesicht gelegt. Heftig drückte er seine Lippen auf ihre.

Der Kuss währte drei, vier Sekunden lang, dann zuckte sie zurück wie ein Kind, das verspätet merkt, dass die Herdplatte heiß ist.

»Entschuldigung«, sagte er rau.

»Schon gut.« In ihren Augen stand kein Ärger, nur Traurigkeit.

Er verstand sie nicht. Verdammt, er verstand diese Frau einfach nicht.

Francesco wandte sich wortlos ab. Er schloss sein Auto auf, stieg ein und startete den Motor. Dann fuhr er davon, ohne Luna noch einmal anzusehen.

## 13.

Seit ich wusste, dass ich David liebte, fühlte ich ihm gegenüber eine neue Befangenheit. Das war natürlich Quatsch; er ahnte ja gar nichts davon. Aber ich hatte Angst, mich zu verplappern, ihm Einblick in meine Gefühle zu geben und mich damit in die lange Reihe seiner schwärmerischen, lästigen Anhängerinnen einzureihen.

*Vielleicht sollte ich ja in seinen Fanclub eintreten,* dachte ich sarkastisch. Aber selbst das würde er wahrscheinlich nicht einmal bemerken. Ich bezweifelte stark, dass er überhaupt von der Existenz dieses Clubs wusste. Und überhaupt: dass ich nun auch in ihn verliebt war, würde ihn bloß langweilen. Eine mehr oder weniger – na und?

Seltsam allerdings war, dass er anfing, mir gegenüber Verhaltensweisen zu zeigen, die ich bei jedem anderen Mann als Interesse interpretiert hätte. Er begann zum Beispiel, sich diskret, aber hartnäckig nach meinem Privatleben zu erkundigen.

Wir hatten uns angewöhnt, nach den Behandlungen einen kurzen Spaziergang zusammen zu machen, offiziell, um die medizinischen Fälle nochmals durchzusprechen, inoffiziell, um noch ein wenig Zeit miteinander zu verbringen. So jedenfalls ging es mir; über Davids Motive konnte ich nur Vermutungen anstellen.

Wahrscheinlich fühlte er sich schlichtweg einsam in Stuttgart. Er hatte alle Freunde in Berlin zurückgelassen und bisher kaum Gelegenheit gehabt, hier in Stuttgart neue zu finden. Denn erstens arbeitete er viel, und zweitens ging er nicht mehr gerne aus – das zumindest erzählte er mir.

»Von Nachtclubs und Smalltalk habe ich genug«, sagte er so bestimmt, dass ich ihm glaubte. Es gefiel mir, dass er so dachte; auch ich hatte ja nicht das Zeug zur Party-Maus.

*Na und?,* wies ich mich sofort zurecht. *Party-Maus oder nicht, ihr zwei spielt nicht in derselben Liga. Vergiss das nicht.*

Nun, vielleicht konnte ich zumindest seine Freundin werden – im harmlosen Sinne des Wortes –, wenn es schon nicht zur Geliebten reichte. Es passte doch alles prima: David brauchte einen Sozialkontakt, und ich brauchte … na ja, was ich wirklich brauchte, würde ich natürlich nicht bekommen. Aber als Minimum brauchte ich Davids kumpelhafte Nähe, und solange er mir die gewährte, war ich froh und dankbar.

Froh, dankbar und sexuell ziemlich frustriert.

Es fiel mir schwer, über Persönliches mit ihm zu plaudern, weil wir dabei unweigerlich in gefährliches Fahrwasser gerieten. Über Beziehungen sprechen, Lebensentwürfe, Liebe gar, während er mir mit seinen Husky-Augen in die Seele schaute? Unmöglich. Ich war mir sicher, in meinem Blick würde in Riesenlettern »Ich liebe nur dich! Mit dir will ich leben!« aufleuchten, noch ehe er seine Frage zu Ende gestellt hätte. Nein, diese heiklen Themen umschiffte ich gewissenhaft und blockte ab, sobald ich merkte, dass sich ein Gespräch dennoch in eine solche Richtung entwickelte.

Nur die groben Daten meines Lebenslaufs kannte er mittlerweile. Auch, wo ich wohnte, wie meine Freunde hießen und dass ich einen kleinen Sohn hatte, wusste er. Doch was es mit dem Kindsvater auf sich hatte, hielt ich im Dunkeln. Ich deutete lediglich an, dass es mit ihm und mir nicht geklappt habe und dass ich seitdem ganz für mein Kind da sei. Ich fand, das klang gut und konnte alles bedeuten. David sah mich neugierig an, war aber höflich genug, nicht nachzubohren.

Was hätte ich ihm auch sagen können, selbst wenn ich es gewagt hätte? Dass Francesco sich rührend um Moritz kümmerte, seit er von ihm wusste, ich mich aber einfach nicht an das Gefühl gewöhnen konnte, Papa-Mama-Kind zu spielen? Dass Francesco ganz offensichtlich vorhatte, mit mir zusammenzukommen, ich aber sofort an David dachte, wenn er einen Annäherungsversuch startete? Dass mich nach meinem katastrophalen Sommerfest die schmerzliche Frage durchzuckt hatte, warum es nicht David war, der mit mir im Regen gestanden war und mich küsste hatte, sondern »nur« Francesco? Dass ich erleichtert statt enttäuscht gewesen war, dass unser letzter Sonntags-Ausflug ausgefallen war, weil Francesco keine Zeit gehabt hatte? Dass mein kleiner Moritz sich nichts sehnlicher wünschte, als Papa, Mama und sich selbst in trauter Dreisamkeit vereint zu sehen? Dass ich Moritz seinen Wunsch so liebend gerne erfüllt hätte, aber – verdammt nochmal – es einfach nicht konnte?

Nein, das alles war kaum geeignet für die Ohren des Mannes, der mir nie gehören würde, bei dessen Anblick mein Herz aber unweigerlich zu flattern begann. In einem besonders optimistischen Augenblick hatte ich ja gedacht, die Sensation, David zu sehen, würde sich irgendwann abnutzen, und ich würde mich ganz einfach daran gewöhnen, dass *the sexiest man alive* neben mir herging. Aber das Gegenteil war der Fall: Es wurde mit jedem unserer Wiedersehen schlimmer. Ich dachte an verbotene Dinge, sobald ich ihn nur ansah, und die Lust, ihm in die zerzausten Haare zu greifen, ihn zu mir heranzuziehen und ihn zu küssen, wurde übermächtig.

Schöner Mist.

Hätte ich es nicht besser gewusst, so hätte ich auch Davids zunehmende Offenheit, was seine eigene Geschichte betraf, als Zeichen seines Interesses an mir gedeutet. Es schien fast so, als gefiele es ihm, dass – obwohl ich so wenig von mir selbst erzählte – meine Fragen an ihn immer persönlicher wurden.

Zum Beispiel interessierte es mich brennend, warum David überhaupt von Berlin nach Stuttgart gezogen war.

»Du hattest doch alles erreicht«, sagte ich auf einem unserer Spaziergänge mit einem Anflug von Neid. Es war Ende Juli, und wir schlenderten durch den Rosensteinpark. »Deine Praxis ging gut, deine Kunden waren berühmt, du selbst auch. Du hast Bücher geschrieben, bist im Fernsehen aufgetreten, alle haben dich verehrt …«

»Woher weißt du das alles eigentlich?«, unterbrach er mich.

Ich wurde rot. »Google«, sagte ich knapp.

»Ach so.« Er seufzte. »Was auch sonst.«

»Jedenfalls«, beeilte ich mich zu sagen, »gab es für dich doch gar keinen Grund, hier in Stuttgart neu anzufangen. Als mobiler Tierarzt, ich bitte dich!«

»Was ist gegen eine mobile Tierarztpraxis einzuwenden?«, fragte er ruhig.

»Theoretisch nichts. Praktisch ist dagegen einzuwenden, dass du bei null anfängst, obwohl du schon bei hundert warst!« Ich schüttelte den Kopf. »Das verstehe ich einfach nicht.«

»Vielleicht hat es mir nicht gefallen, bei hundert angelangt zu sein?«, sagte er. »Vielleicht hat mich der ganze Rummel genervt, und ich wollte mich nicht mehr um durchgeknallte Fernsehmoderatorinnen und exklusive Home-Storys, sondern zur Abwechslung mal wieder um Tiere kümmern?«

Ich sah ihn von der Seite an. »Und das wäre in Berlin nicht gegangen?«

»Nein, dort war ich zu bekannt. Aber hier bin ich das nicht. Berlin ist weit, weit weg.« Nach ein paar Sekunden fügte er hinzu: »Dachte ich jedenfalls. Manche meiner neuen Kundinnen scheinen mich allerdings doch zu kennen. Sonst wären sie kaum so scharf darauf, dass ich ihre Tiere behandle. Ich hatte mich auf größere Anfangsschwierigkeiten eingestellt, weißt du?«

»Selbst wir im Schwabenländle sind bereits ans Stromnetz angeschlossen«, konnte ich mir nicht verkneifen zu sagen. »Wir haben Fernsehen, Radio und Internet, und wir können Zeitschriften und Bücher käuflich erwerben. Auch hier hat dich also der eine oder die andere schon mal in den Medien gesehen. Stuttgart liegt nicht im tiefsten Anatolien, David.«

Er lächelte. »Ich wollte dich nicht in deinem lokalpatriotischen Stolz verletzen. Ich wollte nur sagen, dass ich dachte, ich würde hier tatsächlich bei null anfangen – weil in Stuttgart kein Hahn danach kräht, wer in Berlin wegen was zur Prominenz gehört.«

Das Wort Prominenz sprach er ziemlich verächtlich aus. Komisch, fand ich. Warum hatte er in der Vergangenheit auf allen Hochzeiten getanzt, wenn er das Promi-Leben eigentlich gar nicht mochte?

»Gab es einen Grund dafür, dass du neu anfangen wolltest?«, fragte ich vorsichtig.

»Keinen konkreten. Man könnte es mit ›allgemeiner Überdruss‹ beschreiben.« Er grinste schief und strich sich eine Strähne zurück. »Ich habe es als schicksalhafte Fügung angesehen, als ich das Haus hier erbte. Oder als lange überfälligen Tritt in den Hintern: Geh zurück nach Stuttgart, David, wo du herkommst, und mach endlich mal wieder was Sinnvolles.«

»Deine Eltern sind gestorben?«

»Nein, meine Tante Charlotte.« David schwieg kurz. »Ich bin bei ihr aufgewachsen. Meine Eltern sind bei einem Autounfall ums Leben gekommen, als ich ein Kind war. Tante Charlotte hat mich damals aufgenommen.«

»Wie schrecklich!«

»Ich hatte es gut bei ihr«, wehrte er ab. »Ich war noch sehr klein, als es passiert ist. An meine Eltern kann ich mich kaum erinnern.«

»Und was hat deine … Freundin dazu gesagt, dass du Berlin verlassen wolltest, als du das Haus geerbt hast?«, fragte ich beiläufig. Ich ließ mir nicht anmerken, dass mein Herz bei dieser Frage anfing, sich wie ein Presslufthammer zu gebärden.

»Meine Frau«, verbesserte er mich ebenso beiläufig. »Ramona und ich haben die Gelegenheit genutzt, endlich die Scheidung einzureichen. Hat Google dir das nicht verraten?«

Scheidung! Das klang wie Musik in meinen Ohren. Andererseits – hey, er hatte nicht bloß eine Freundin gehabt, sondern war *verheiratet* gewesen? Und war es noch?!

Rasch warf ich einen Blick auf seine Hände. Kein Ehering mehr, immerhin. Dann war er gefühlsmäßig mit seiner Ehe wohl schon durch, selbst wenn die Scheidung noch lief.

Aber das hatte mich ja sowieso nicht zu interessieren.

Betont gleichgültig beantwortete ich seine Frage: »Nein, das hat Google mir nicht verraten. Ich käme nie auf die Idee, dein Privatleben zu googeln!«

Was natürlich nicht stimmte. Seine Karriere hatte mich an jenem Abend dermaßen erschlagen, dass ich die Recherche wegen drohenden Nervenzusammenbruchs hatte abbrechen müssen. Ansonsten hätte ich ganz sicher weiter im Netz spioniert.

David zog eine Augenbraue hoch. »Wie beruhigend. Im offenen Buch meines Lebens gibt es also immer noch ein paar Seiten, die du nicht kennst.«

»Hast du denn etwas zu verbergen?«, fragte ich.

»Nein.« Sein Blick fing meinen ein und ließ ihn nicht mehr los. »Aber es ist eine schöne Vorstellung für mich, dass du nicht alles von den Medien vorgekaut bekommst. Sondern mich selbst kennenlernst, so, wie ich wirklich bin.«

Mir wurde heiß. »Ich … ich will dich gerne … kennenlernen«, stotterte ich.

Er grinste. »Jetzt klingst du genau wie damals, als wir uns zum ersten Mal gesehen haben. Erinnerst du dich? Als du vom Rad gefallen bist.«

*Genauso fühle ich mich auch*, dachte ich und beschloss, die nächsten paar Minuten den Mund zu halten. So lange, bis ich die trügerische Hoffnung niedergekämpft haben würde, die seine Worte in mir geweckt hatten: dass er doch mehr in mir sah als einen geschlechtslosen Sozialkontakt.

Ich war also still und beschränkte mich darauf, David während des Gehens verstohlen zu betrachten. Seine goldbraunen Haare. Sein markantes Kinn. Die schönen, leise lächelnden Lippen.

Einmal diese Lippen küssen dürfen …

Mein Blick – jetzt nicht mehr verstohlen, sondern sehnsüchtig – wanderte von seinem Mund zu seinen Augen. Und als wir uns ansahen, hätte ich schwören können, dass er denselben Traum träumte wie ich.

Wie auf ein geheimes Zeichen hin wurden wir langsamer. Blieben mitten auf dem Weg stehen. Wandten uns einander zu. Blendeten die Umgebung aus, die Wiesen, die Spaziergänger, die Zootiere hinter dem Zaun, der den Rosensteinpark begrenzte, sogar die romantische Kulisse des Rosensteinmuseums. Nur noch David und ich und der Sommerwind. Jetzt war er es, der mir auf den Mund schaute. Mein Herz donnerte in meiner Brust.

Davids Handy klingelte.

Na klar.

»Willst du nicht rangehen?«, brachte ich hervor.

Er schüttelte knapp den Kopf.

»Vielleicht ein Notfall«, erinnerte ich ihn und verfluchte mich im selben Moment für meine Gewissenhaftigkeit.

Immerhin schien er ähnlich gestrickt zu sein wie ich, denn nun seufzte er und nahm den Anruf an, jedoch ohne mich aus den Augen zu lassen.

»David Herren«, meldete er sich geschäftsmäßig und lächelte mir zu. Meine Haut kribbelte bei diesem Lächeln, das so viel mehr zu bedeuten schien als alle anderen Lächeln zuvor.

Doch dann veränderte sich Davids Gesichtsausdruck, er wandte sich von mir ab und sagte: »Oh, hi, Ramona. Was gibt's?«

Ich fühlte mich, als habe die ferne Ramona mir in die Magengrube geschlagen. Seine Noch-Ehefrau? Hätte die nicht eine halbe Stunde später anrufen können? Oder, noch besser: gar nicht? Nie mehr?

»Wir waren uns doch einig, dass …«, sagte David, brach aber ab, als Ramona offensichtlich in einen Redeschwall ausbrach.

David fuhr sich durch die Haare. Er ging ein paar Schritte von mir weg und wandte mir den Rücken zu. »Hey, ganz ruhig«, sagte er sanft und ziemlich leise in sein Telefon.

Ich spitzte die Ohren, um trotzdem etwas verstehen zu können; es gehörte sich nicht, aber ich konnte einfach nicht anders.

Ich hörte, wie David raunte: »Natürlich ist es schwer, aber du weißt doch selbst, dass wir uns in den letzten Monaten …« Wieder verstummte er. Ging noch einen Schritt weiter von mir weg. »Ramona«, sagte er gedämpft und eindringlich. »Das haben wir doch alles schon hundertmal durchgekaut.« Schweigen. »Ja. Natürlich kannst du herkommen, wenn dir das hilft. Ich weiß nur nicht, ob es dir das Ganze nicht noch schwerer macht, wenn wir uns sehen.« Schweigen. »Hör zu, ich bin gerade nicht allein.« Schweigen. »Nein, keine Kundin. Lass uns nachher nochmal telefonieren. In einer Stunde bin ich zu Hause … Gut … Bis dann.«

Er blieb einen Moment unbeweglich stehen, mit dem Rücken zu mir. Dann atmete er tief durch und drehte sich um.

»Meine Frau«, sagte er.

Ach was.

»Tut mir leid«, fügte er hinzu. »Normalerweise ruft sie mich nicht auf dem Geschäftshandy an.«

»Kein Problem«, sagte ich locker. Was ich aber dachte, war: *Was will die denn noch von dir? Schließlich läuft eure Scheidung! Ihr braucht keine Problemgespräche mehr zu führen! Und vor allem braucht sie ganz, ganz, ganz sicher nicht hierher zu kommen, um zu versuchen, sich mit dir zu versöhnen! Nicht jetzt, wo du anfängst, mich so anzulächeln … mich so anzuschauen … wo du mich im Sommerwind küssen wolltest …*

Plötzlich musste ich mich zusammenreißen, um nicht zu heulen. Der Moment, in dem das Unmögliche fast wahr geworden wäre, war verstrichen, und vielleicht würde eine ähnliche Gelegenheit nie mehr wiederkommen. David würde darüber nachdenken und zum Schluss kommen, dass die kleine Miss Mozart, bei Licht betrachtet, nichts für ihn war. Wahrscheinlich verstand er schon jetzt nicht mehr, was da gerade über ihn gekommen war.

*Nicht deine Liga*, wisperte es in meinem Kopf.

Abrupt setzte ich mich in Gang. Es dauerte volle fünf Minuten, bevor ich meiner Stimme genug traute, um wieder etwas zu sagen. Und auch David schwieg. Er war wohl in Gedanken bei seiner Ex, nein, seiner Frau.

Noch waren sie ja nicht geschieden.

Ich hatte das nagende Gefühl, dass Ramona diesem Umstand ziemlich große Bedeutung zumaß.

## 14.

Simone kommunizierte.

Sie kommunizierte mit allem, was durch Stuttgart kreuchte und fleuchte, und wollte man ihr Glauben schenken, so machte sie enorme Fortschritte. Und heute wollte Simone uns genau das beweisen.

Es war August, und Moritz und ich verbrachten den heißen, wolkenlosen Sonntag mit Simone, Harriet und Rudi im Höhenpark Killesberg. (Die Stelle, an der Moritz gezeugt worden war, mied ich seit jener Nacht, aber sie war sowieso abgelegen genug, dass man nicht ohne Grund an ihr vorbeikam.) Simone hielt eifrig Ausschau nach großen und kleinen Tieren, und Moritz schleifte uns zu all seinen Lieblingsplätzen.

Die beiden hielten uns ganz schön auf Trab.

Zuerst fuhren wir mit der Dampflokomotive »Tazzelwurm«, einem Bähnle, das in ein paar Minuten den Park umrundete und an dem Kinder jeglichen Alters ihre Freude hatten. *Viele* Kinder jeglichen Alters – wir standen ziemlich lange an, bis wir endlich unsere Fahrkarten hatten. Aber die Warterei wurde nicht langweilig, denn Simone unterhielt uns damit, uns die Bemerkungen der Vögel zu übersetzen, die sich in den Bäumen um die Bähnle-Station herum tummelten. Es waren offensichtlich recht gehässige Tiere, denn sie ließen sich vorzugsweise über schwabbelige Männerbäuche und unausstehliche Blagen aus. Simone übersetzte gewissenhaft und mit hochkonzentriertem Gesichtsausdruck jedes zarte Gezwitscher, und es sah wirklich nicht so aus, als würde sie irgendetwas erfinden. Dennoch fiel es mir schwer zu glauben, dass ein süßes »tschilp-tschilp-tschilitschilp« wirklich heißen konnte: »Der Warmduscher da drüben sollte seinem verzogenen Sohn, der gerade das Baby ins teigige Gesicht kneift, mal ordentlich den Hintern versohlen, statt 'ner fremden Siebzehnjährigen auf den Busen zu starren.«

Nun, Simone übte ja noch.

Auf dem historischen Jahrmarkt, dem wir danach einen Besuch abstatteten, fuhr Moritz achtmal Karussell (allein) und fünfmal Schiffschaukel (mit Rudi). Während wir ihm dabei zuschauten, winkten und Waffeln mit Puderzucker aßen, machte ich Simone den Vorschlag, dass wir den Tieren doch Fragen stellen könnten.

»Dann kriegen wir vielleicht richtig interessante Antworten zu hören«, sagte ich. »Das boshafte Gelästere der Vögel fand ich ein bisschen ermüdend.«

»Ich fand's ganz lustig«, ließ Harriet sich vernehmen. Ihre Menschenliebe hielt sich an diesem Wochenende in engen Grenzen; sie hatte, wie wir wussten, am Freitag zwei schwierige, um nicht zu sagen nervtötende Patienten gehabt.

»Trotzdem fände ich es spannend, Fragen zu stellen«, beharrte ich. »Zumal Simone ja mit mir arbeiten will. Da sollte ich schon vorher mal sehen, wie es abläuft, wenn man von Tieren was Konkretes wissen möchte.« Vorsichtshalber setzte ich hinzu: »Aber wir fragen nicht die Vögel. Die sind mir zu unfreundlich.«

Simone klopfte mir begeistert auf den Rücken, und ich spuckte hustend ein Stück Waffel auf meinen Arm. »Bisch also endlich d'accord, dass i di demnächst begleite?«, rief sie aus.

Ich schnippte mir das Waffelstückchen von der Haut. »Habe ich denn eine Wahl?«

»Noi.«

»Dachte ich mir's doch.«

»Die Viecher kennen uns doch gar nicht«, mischte Harriet sich ein. »Woher sollen sie wissen, was sie uns auf unsere Fragen antworten sollen? Immer vorausgesetzt, du kannst wirklich mit ihnen kommunizieren, Simone.«

Simone setzte ein überhebliches Gesicht auf. Sie habe auf ihrem Seminar gelernt, sagte sie, dass die Tiere über ein instinktives Wissen verfügten, das alle Bereiche des Lebens, der Erde, ja des Kosmos umfasse. Man könne die Tiere also alles fragen – man bekäme auf alles eine Antwort. »Also«, wandte sie sich feierlich an mich, »an welcher Weisheit des Kosmos sollet die Tierle dich teilhaba lassa?«

Ich überlegte. Ich war zwar noch ein bisschen skeptisch, von der Aussicht auf ein instinktives universelles Wissen aber auch beeindruckt.

Harriet war nicht beeindruckt. Sie bemerkte, dass wir, wenn wir einem Tier eine Frage stellen wollten, zuerst ein solches Tier bräuchten. Und sie sehe hier keins.

Simone und ich sahen uns um. Kein Waldi oder Bello weit und breit.

»Du hasch Recht«, sagte Simone und strubbelte sich durch die Zotteln. »Gut, dass dir des no aufgfalla isch, Harriet.«

Harriet verdrehte die Augen.

Simones Blick irrte suchend über die ausgedehnten Blumenbeete unterhalb des historischen Jahrmarkts, so als gäbe es dort vielleicht Rehe, Hasen und Wildschweine zu entdecken.

»Ähm«, sagte sie zu mir, als sie wider Erwarten nicht fündig wurde. »Solle mr net doch vielleicht die Vögel …«

»Nein!«

Sie kratzte sich am Kinn. »Wie wär's mit nem Hirschkäfer?«

»Welcher Hirschkäfer?«, erkundigte ich mich.

»Ha, es wird doch oin geba, der dort in de Beete romwuselt. In jedem Beet gibt's Hirschkäfer! Und i nemm den, der am meischten schwätzt. Des isch wichtig, dass mr a ganz spezielles Tier anspricht, sonst klappt's net.«

Harriet grinste und sah aus, als wolle sie eine weitere despektierliche Bemerkung machen, aber in diesem Moment wankte Rudi auf sie zu. Er sah etwas mitgenommen aus.

»Du bist die Patentante, Harriet«, sagte Rudi und hielt sich die Hand vor den Mund, als sei ihm übel. »Deshalb wirst du von nun an mit Moritz Schiffschaukel fahren.« Er sank auf einen Stuhl und wischte sich die Stirn.

Harriet warf uns einen bedauernden Blick zu, ging dann aber zu Moritz hinüber, der bereits unruhig vor dem Häuschen, an dem man die Karten für die Schiffschaukel kaufen konnte, hin- und hertigerte.

Simone sah ihr nach und lächelte zufrieden. »Unsern ungläubiga Thomas semmer los«, sagte sie. »Also, Luna: Was willsch du vom Hirschkäfer wissa?«

Ich zögerte. Plötzlich kam mir meine Idee, den Tieren Fragen zu stellen, doch nicht mehr so toll vor. Denn ich hatte nur Fragen, die eigentlich niemanden etwas angingen. Sehr persönliche Fragen. Fragen, die mit kristallblauschwarzen Augen zu tun hatten, mit unerwünschten Noch-Ehefrauen und mit einem Kuss, den ich so wahnsinnig gerne nachgeholt hätte …

Nun, vielleicht konnte ich meine Fragen ja verschlüsseln. Wenn die Tiere wirklich so klug und allwissend waren, wie Simone glaubte, würde der Hirschkäfer ihre wahre Bedeutung trotzdem verstehen.

Ich räusperte mich. »Frag ihn, ob es möglich ist«, ich räusperte mich heftiger, »dass ein Mensch von … von einer niedrigeren Liga in eine höhere wechselt.«

»Häh?« Simone starrte mich an. »Was soll denn des hoißa?«

»Frag es einfach«, murmelte ich.

»Des goht net«, sagte Simone streng. »Wenn der Kommunikator die Frog net verstoht, kommt er schlecht druff und dann klappt gar nix meh. Des isch doch wohl klar, oder?«

Ich seufzte. Mir war das alles zwar weniger klar als Simone, aber ich würde mich wohl an ihre Regeln halten müssen. Keine Verschlüsselung.

Also eine andere Frage, eine, bei der mein Herz sich weniger zusammenkrampfte. Die aber ebenfalls ziemlich dringend war.

»Ist es gut«, begann ich stockend, »wenn eine Mutter nur aus Rücksicht auf ihr Kind eine Beziehung eingeht? Ohne dass sie den Mann wirklich liebt, meine ich.«

»Ha du spennsch doch«, sagte Simone. »So a Sahneschnitte wie dr Francesco direkt vor dr Nos, und du …«

»Hey, ich habe nicht dich gefragt, sondern den Hirschkäfer!«

»Okay, okay. Scho recht. Ich übermittle es«, sagte Simone, schaute mich jedoch an, als habe sie es mit einer armen Irren zu tun. Dann schloss sie die Augen, um sich zu konzentrieren.

Sie horchte.

Sie horchte sehr, sehr lange.

Ich dachte an das vergangene Wochenende, an dem ich mit Francesco und unserem Sohn auf dem Abenteuerspielplatz gewesen war. Francesco hatte sich lieb und ausdauernd um Moritz gekümmert, mich aber die meiste Zeit ignoriert. Er hatte mir wohl zeigen wollen, was er von meiner extremen Zurückhaltung hielt. Ich konnte es ihm nicht verdenken, war aber trotzdem froh gewesen, als der Ausflug zu Ende gewesen war.

Simone schlug die Augen auf.

»Und?«, fragte ich nervös. »Was hat der Hirschkäfer geantwortet?«

»O-Ton?«, fragte Simone zurück.

Ich nickte nervös.

Simone klang sehr ernst und würdevoll. »Er hat gsagt: ›Ich versteh des blonde Mensch net. Francesco hat an herrlich durchtrainierta Boddy, was frogt die denn so bled nach Liebe?‹«

Ich starrte sie an. »Das ist deine Antwort, Simone.«

»Noi.« Sie schüttelte entschieden den Kopf. »Des isch ein Funken der kosmischen Weisheit. Übrigens isch des a weiblicher Hirschkäfer. Die stehat offensichtlich au auf an durchtrainierta Boddy.«

Gut, dass Harriet beim Schiffschaukeln war. Ihre Reaktion auf diese Auskunft wollte ich mir lieber nicht vorstellen.

»Weiter«, forderte Simone mich fröhlich auf. »Was willsch noch wissa?«

»Ich glaube nicht, dass das viel Sinn hat«, sagte ich.

»Ha, jetzt komm. Sei koin Spielverderber!«

Ich seufzte. Vielleicht hatte sie Recht, und ich sollte es als Spiel ansehen. Ein albernes Spiel zwar, aber es schadete ja keinem.

»Na gut. Hm… okay. Frag sie, ob ich wirklich mit meinen Händen die Heilung der Tiere unterstützen kann.«

Simone schloss die Augen, horchte, murmelte vor sich hin.

»Ja«, sagte sie schließlich lauter, »i versteh.«

Sie öffnete die Augen und strahlte mich triumphierend an. »Der Käfer sagt, das Universum hält mehr Wunder für uns bereit, als mir für möglich haltet.«

Tolle Antwort, mit der konnte der blöde weibliche Käfer ja gar nichts falsch machen. War in etwa so verbindlich wie das Wochenhoroskop in einer billigen Frauenzeitschrift: ›Unsere Tipps für die Widder-Frau: Treiben Sie mal wieder Sport! Und unternehmen Sie was richtig Schönes mit Ihrem Liebsten. Sie werden sehen, wie gut das tut.‹ Passte immer – auf alle Widder-Frauen der Welt. Jedenfalls auf alle, die einen Liebsten hatten und nicht im Rollstuhl saßen.

»Nomol a Frog, Luna!«, drängte Simone. Sie kam jetzt richtig in Fahrt, ihre Augen blitzten.

Ich schaute unwillkürlich zu Rudi, er hing schlaff auf seinem Stuhl. Immerhin begann sich seine Gesichtsfarbe zu normalisieren. Harriet war nach wie vor mit Moritz beschäftigt.

Keine Rettung vor diesem doofen Spiel in Sicht. Au Mann.

»Wenn ich noch was fragen soll«, sagte ich grummelig, »dann übermittle diese Frage bitte einem anderen Tier. Nicht dem Hirschkäfer. Ich habe das Gefühl, seine … äh, ihre Anbindung an die Weisheit des Kosmos ist eher schwach.«

»Koi Problem«, sagte Simone. »Ich probier jetzt oifach aus, ob's klappt, wenn i irgendoin frog. I hab ja jetzt Übung. I wart ab, wer sich einschaltet – des Tier in der Umgebung, des die Antwort weiß, wird sie ons geba.«

Aber sicher doch.

»Frag, ob wir beide beruflichen Erfolg zusammen haben werden«, sagte ich.

Simone schloss die Augen und horchte. Aber nur kurz, dann sagte sie fest: »Da hör i a ganz klares ›ja‹. Mir werdat einen saumäßig groẞa Erfolg zsamma han, Luna.«

»Schön«, sagte ich. »Und wer hat uns das prophezeit?«

»Der Gaul«, sagte Simone und deutete mit dem Daumen nach links.

»Das Pferd? Simone, das ist ein Karussellpferd!«

»Ah so?« Sie blinzelte. »Stimmt. Komisch, i hätt schwöra könna, dass es was gsagt hat.«

So viel dazu.

Der Rest des Ausfluges wurde wieder von Moritz dominiert. Wir keuchten mit ihm den dreiundvierzig Meter hohen Killesbergturm hinauf, bewunderten zehn Sekunden lang die Aussicht und stolperten wieder hinunter, damit er uns zum Spielplatz treiben konnte. Dort verbrachten wir mit Hunderten von kreischenden Kindern eine hektische halbe Stunde, bevor wir erschöpft zum nahen Wasser schlichen, um die Flamingos zu betrachten. Das heißt, wir Frauen waren erschöpft; Rudi hatte, nachdem seine Übelkeit abgeklungen war, schon wieder zu seiner üblichen entspannten Ruhe zurückgefunden.

»Es geht doch nichts über einen erholsamen Tag in der Natur«, sagte er und machte ein Foto von den Flamingos.

Ich starrte auf die rosa Vögel und fragte mich, ob sie ebenso gehässig waren wie ihre einheimischen Verwandten an der Bähnle-Station. Wenn Simone das nicht sowieso alles erfunden hatte.

Wahrscheinlich war Simone einfach nicht so begabt in Sachen Tierkommunikation.

*Vielleicht könnte ich es ja besser,* schoss es mir durch den Kopf. *Ob ich es einfach mal probiere?*

Zu meiner Entschuldigung muss ich sagen, dass es an diesem Augusttag wirklich sehr heiß war, dass ich schon viele Stunden unterwegs gewesen war und dass ich lange kein Wasser mehr getrunken hatte. Mein Gehirn funktionierte also möglicherweise nicht ganz so einwandfrei wie sonst. Und nur aus diesem Grunde machte ich nun die Augen schmal, fixierte die Flamingos, visualisierte David und schoss sein Bild zu einem der rosa Vögel hinüber.

»Hat eine Frau wie ich«, fragte ich den Flamingo stumm, »bei einem Mann wie diesem eine Chance? Zumindest eine ganz kleine? Eine winzige, verschwindend geringe Chance?«

Der Flamingo wandte mir den Kopf mit dem spöttisch nach unten gebogenen Schnabel zu.

Und dann – ich konnte es genau erkennen – kackte er ins Wasser.

Wer glaubte schon an Tierkommunikation?

Ich jedenfalls nicht. Nicht nach unserem Ausflug in den Park. Pah! Sollte ich mich etwa von einem Flamingo ins Bockshorn jagen lassen?

»Selbst wenn er Botschaften übermitteln *könnte*, was ich stark bezweifle«, sagte Harriet, als ich ihr verlegen von meiner

Frage und der vernichtenden Antwort des Flamingos erzählte, »was kann man schon von einem Vogel erwarten, der das ganze Jahr über Pink trägt?«

Ich grinste, dann lachte ich, und dann fing ich an zu weinen. Ehrlich gesagt, ich heulte wie ein Schlosshund. Schluchzend gestand ich Harriet, dass mein Interesse an David keineswegs ein unverbindliches und rein theoretisches sei, wie ich noch vor zwei Minuten versucht hatte, ihr weiszumachen.

»Ich liebe ihn!«, weinte ich. »Ich bin so wahnsinnig in ihn verliebt – und es ist so aussichtslos!«

Ein Fast-Kuss war alles, was ich vorweisen konnte, und der war schon zwei Wochen her. Seitdem hatte David keinen einzigen Versuch gemacht, den Fast-Kuss zu einem erfüllenden Ende zu bringen. Ich war wieder seine Kollegin und sein geschlechtsloser Sozialkontakt, mehr nicht. Und das war bitter.

Harriet nahm mich in den Arm und sagte fest, dass ich mich ihrer Ansicht nach chronisch unterschätze, beruflich und privat, und dass dies an meiner verkorksten Kindheit liege. (Was Psychoanalytikerinnen halt so denken.) Wie ich denn darauf komme, dass eine hübsche, nette Frau wie ich bei David keine Chancen habe? Na ja, sie war nicht nur Psychoanalytikerin, sondern auch meine beste Freundin, da sagte man so was, auch wenn es an der Realität vorbeiging. Sie kannte David eben nicht. Vielleicht musste ich es mal so einfädeln, dass sie ihn zu sehen bekam, ihn kennenlernte, in seine Augen schaute, seine unglaubliche Ausstrahlung spürte. Danach würde sie aufhören, mir falsche Hoffnungen zu machen.

Also schwieg ich, legte nur meinen Kopf auf Harriets Schulter, und sie ließ mich noch ein Weilchen leise vor mich hin heulen. Als ich mir endlich die Tränen abwischte, war zwar keines meiner Probleme gelöst, aber ich fühlte mich besser. Und ich beschloss zwei Dinge:

Erstens: Ich würde Francesco in keiner Weise ermutigen, mehr in mir zu sehen als die Mutter seines Kindes. Wir würden Ausflüge zu dritt unternehmen, Vater und Sohn würden sich aneinander gewöhnen, und irgendwann würde es so laufen wie nach einer einvernehmlichen, zivilisierten Scheidung – Francesco und ich würden Freunde sein, und Moritz hätte seinen Papa zumindest an den Wochenenden.

Zweitens: Ich würde nicht mehr an Tierkommunikation glauben.

Obwohl dieser zweite Punkt kurz und knapp war, stellte er mich vor ein weiteres Problem. Denn ob ich an Tierkommunikation glaubte oder nicht, ich würde Simone zu meinen Kundinnen mitnehmen müssen. Ich hatte es ihr schließlich versprochen, und meine Versprechen hielt ich. Aber konnte ich das mit meinem Gewissen, mit meiner beruflichen Ehre vereinbaren? Was war schlimmer: ein Versprechen zu brechen oder Simone meinen gutgläubigen Kundinnen zuzumuten?

Wenn ich es mir recht überlegte, hatte ich mehr als einen Grund, in Tränen auszubrechen.

## 15.

»Jacobs.«

»Auch Jacobs«, rief meine Mutter fröhlich. »Na, Ilona, wie geht's?«

»Hallo, Mutti. Na ja, mittelprächtig.«

»Immer so ein kleiner Miesepeter!« Meine Mutter lachte. »Kopf hoch, du Trauerkloß, so schlimm kann's nicht sein, oder?«

Offensichtlich hatte sie einen ihrer seltenen Gute-Laune-Tage. Ich riss mich zusammen, um ihn ihr nicht zu verderben.

»Nein, so schlimm ist es nicht. Ich bin nur …«

»Und Moritz?«, unterbrach sie mich. »Geht's dem kleinen Engel gut?«

Ich schluckte alles herunter. »Ja.«

»Fein, fein, das wollte ich hören! Es ist so ein wunderschöner Tag heute, wir gehen gleich im See schwimmen, dein Vater fährt gerade das Auto aus der Garage, und ich dachte mir, hach, ruf doch noch schnell die Ilona an!«

»Lieb von dir«, sagte ich mechanisch.

»Oh, dein Vater winkt von draußen, es geht los! Tschüs, Kind, ich muss aufhören.«

»Mutti …«

»Bin froh, dass bei euch alles in Ordnung ist.«

»Klar, alles bestens«, sagte ich, doch meine Mutter hatte bereits aufgelegt.

Ich starrte den Telefonhörer an.

Bei solchen Verwandten brauchte man wirklich keine Feinde mehr.

Beruflich lief es so, wie es auch privat lief: mittelprächtig. Ich nahm genug ein, um die Miete bezahlen zu können, aber das war's dann auch schon. Das Killesberger Konzept der dualistischen Behandlung bewahrte mich zwar davor, wegen David arbeitslos zu werden, aber einige Kundinnen hatte seine Konkurrenz mich trotzdem gekostet. Frau Becker mit ihrem Momo zum Beispiel hatte ich unwiderruflich verloren; sie wollte David, und nur David. Immerhin gab es auch einige Damen, hauptsächlich die älteren wie Frau Wenninger mit ihrer Perserkatze, die sich weiterhin allein auf mich verließen.

Und natürlich besaßen auch die Männer auf dem Killesberg Haustiere, doch sie gehörten kaum zu meinen Kunden. Ich wusste nicht genau, woran das lag, aber ich hatte den Verdacht, dass Männer eher auf handfeste Therapien mit starken Medikamenten standen. Wenn ein Mann sich zwischen Globuli und Antibiotika entscheiden könnte, würde er immer die Antibiotika wählen, glaubte ich. Auch wenn das ein Klischee war, wurde es doch durch meine bisherigen Erfahrungen bestätigt.

David und ich trafen uns also nicht täglich, und ich wusste nicht, ob ich unter unseren Trennungen leiden oder froh darüber sein sollte. Manchmal überfiel mich die Angst, dass die Tiere, die wir dualistisch behandelten, irgendwann so vor Gesundheit strotzten, dass sie David und mich gar nicht mehr brauchten. Würden wir beide uns dann aus den Augen verlieren? Würde David mich einfach vergessen?

Ich schämte mich für diese Gedanken, denn das war es doch, worauf wir hinarbeiteten: gesunde Tiere. Aber David nicht mehr zu sehen … schon allein die Vorstellung tat weh.

Vorerst jedoch wurden wir erstaunlich regelmäßig zu unseren gemeinsamen Kundinnen gerufen. Die Gründe, aus denen das geschah, wurden allerdings immer absurder, und so reihte sich im August ein merkwürdiger Krankheitsfall an den anderen.

7. August

David und ich wurden gerufen, weil ein junges Meerschweinchen angeblich unter gesteigerten Ausscheidungen litt.

Seine Besitzerin bestand darauf, dass vor allem sein Urin ein einziger Schrei nach reineren Körpersäften sei: »Es will die Giftstoffe loswerden, sage ich Ihnen. Es pieselt jedes Mal, wenn ich es auf den Arm nehme!«

»Es hat bloß Angst vor Ihnen«, sagte David nüchtern. »Wenn Meerschweinchen Angst haben, pieseln sie halt.«

»Nein nein nein, es hat *vor mir* doch keine Angst! Sein Stoffwechsel ist verschlackt, so sieht es aus! Ist ja auch kein Wunder, überall diese Umweltgifte heutzutage …«

Aber David verschränkte die Arme vor der Brust und weigerte sich stur, dem Tier etwas zur Entgiftung zu verschreiben.

Ich bemühte mich, die Situation zu entschärfen, indem ich der aufgebrachten Kundin rasch die Bachblüten Crab Apple und Centaury zusammenmischte. Beide Blüten würden dafür sorgen, dass eventuell vorhandene Giftstoffe ausgeschwemmt würden – auch wenn ich insgeheim mit David einer Meinung war: Das Meerschweinchen war pumperlgesund. Aber, beruhigte ich mich, eine Entgiftung mit Bachblüten war nie verkehrt. Selbst wenn die Mischung nichts helfen würde, so würde sie doch auch nichts schaden.

Nach diesem Besuch wirkte David nachdenklich.

10. August

Unser nächster gemeinsamer Patient wurde uns vorgestellt, weil er Partnerschaftsprobleme hatte.

»Er hat doch gar keinen Partner«, sagte David und schaute ratlos auf den Kanarienvogel, der mutterseelenallein in seinem Käfig hockte.

»Oh doch!«, sagte unsere Kundin und deutete triumphierend auf den kleinen runden Spiegel, der in dem Käfig hing.

David warf der Frau einen Blick zu, der, hätte er mir gegolten, mich zu Eis hätte erstarren lassen. »Er hat Partnerschaftsprobleme mit seinem *Spiegelbild?*«

Die Kundin nickte. »Ständig streiten sie miteinander! Mucki und Pucki können nicht einen Tag lang Frieden halten. Es ist schrecklich! Wenn sie Menschen wären, wären sie schon längst geschieden.«

»Sie haben dem Spiegelbild einen Namen gegeben?« David sah aus, als könne er es kaum fassen.

»Natürlich«, sagte die Kundin. »Wie soll ich denn sonst mit meinem Mucki über Pucki reden? Wenn ich sage ›das Vögelchen im Spiegel‹, wird Mucki früher oder später Lunte riechen!«

David sah aus, als müsse er es sich mit Macht verkneifen, etwas zu sagen, was er später bereuen würde. Mit angespanntem Kiefer gab er unserer Kundin den Rat, sich einen zweiten Vogel anzuschaffen. »Einen echten«, setzte er hinzu. »So einen aus Fleisch und Blut, mit Federn drum rum, wissen Sie?«

Ich selbst verordnete Mucki violette Farbtherapie – die bei Gereiztheit ebenso gut wirkte wie bei Einsamkeit und Gefühlen des Verlassenseins – und versprach, am nächsten Tag mit meiner Farblampe wiederzukommen.

Nach diesem Besuch wirkte David genervt.

13. August

Eine Dame, die schlank bis hart an die Grenze der Magersucht war, stellte uns ihre Katze vor, die einen deutlichen Hängebauch zeigte. Die Dame hatte sich im Internet informiert und teilte uns unaufgefordert mit, dass ihre Katze an einer Herzklappenerkrankung leide.

Sie war ziemlich ungehalten, als ich ihr erklärte, dass an dem Hängebauch eher die vielen Leckerbissen schuld waren, die nicht in den Mund des Frauchens, sondern ins Maul der Katze wanderten. Erst als David nach einer eingehenden Untersuchung meine Diagnose bestätigte, beruhigte die Kundin sich wieder. Und das auch nur, weil David an diesem Tag wirklich verboten gut aussah … Gott, wie konnte ein Mann in einem einfachen T-Shirt mit V-Ausschnitt *so sexy* wirken?

Nach diesem Besuch wirkte David nicht nur sehr sexy, sondern auch sehr sauer.

»Die Leute hier brauchen keinen Tierarzt«, knurrte er, als wir die Dürre verlassen hatten. »Die brauchen einen Psychiater.«

15. August

Bei einem Psychiater wäre auch Frau Singer gut aufgehoben gewesen. Denn sie war der Meinung, dass ihr Peng Cui, der beim besten Willen nicht mehr als depressiv bezeichnet werden konnte, nun eine Unverträglichkeit gegen die Strahlung von Handys entwickelt hatte. Vor allem das Smartphone ihres Mannes sei nahezu tödlich für Peng Cui. Sie bat uns um eine Immunisierung und war recht verstimmt, als wir ihr erklärten, dass es die nicht gab – dass Peng Cui sie aber auch nicht brauchte.

»Und dafür löhne ich jetzt zwanzig Euro!«, keifte sie mich an, als sie mir mein Honorar gab.

David hingegen bekam außer seinem Honorar noch ein besonders strahlendes Lächeln und einen hungrigen Törtchen-Blick von ihr.

Nach diesem Besuch wirkte David resigniert.

17. August

Und schließlich landeten wir wieder einmal bei Valeria Zumsteinen.

Sie hatte uns gerufen, weil ihre Michelle in letzter Zeit an ebenso unerklärlichen wie unerträglichen Anfällen von Aggression litt.

»Sie scheint mich gar nicht mehr zu lieben«, sagte Frau Zumsteinen betrübt. »Dabei arbeite ich so sehr an meiner spirituellen Weiterentwicklung! Das müsste sie doch spüren, oder? Und würdigen!«

»Sie ist ein Hund«, sagte David.

»Na und? Sie ist ein *kluger* Hund«, erwiderte Frau Zumsteinen und strich sich eine rote Strähne hinters Ohr. »Außer was den Wert meines spirituellen Beraters angeht, da liegt sie völlig daneben. Sie kann ihn nicht ausstehen.«

Ich wusste ja inzwischen, dass Frau Zumsteinen Francescos Kundin war, und musste mich zusammenreißen, um meine Stimme unbeteiligt klingen zu lassen. »Wie äußert sich Michelles Abneigung gegen Ihren Berater denn?«

»Sie möchte ihn immer noch beißen!« Frau Zumsteinen schüttelte bekümmert den Kopf. »Es wird überhaupt nicht besser. Dabei hat Fr… Herr Schackelbert eine so befreiende Wirkung auf mich!«

Komisch, jedes Mal, wenn die Rede auf Francesco kam, wurde die gute Frau rot. Das war mir schon früher aufgefallen. Ich beschloss, Francesco mal nach ihr zu fragen.

Was den Hund anging, war ich allerdings ratlos. »Das wäre dann wohl ein Fall für Simone«, murmelte ich vor mich hin.

Ich murmelte einen Tick zu laut.

»Simone?«, fragte Frau Zumsteinen interessiert. »Wer ist das? Was kann sie?«

Mist. »Äh, nur eine Freundin. Sie kann mit Tieren sprechen. Denkt sie zumindest.« Ich warf David einen unbehaglichen Blick zu – aber ich hatte es Simone versprochen, verdammt. »Soll ich sie mal mitbringen?«

David schaute mich finster an. So grimmig hatte er nicht mehr ausgesehen, seit er mich vor Frau Beckers Haustür gefragt hatte, ob ich Tiere wirklich mit Mozart zu heilen gedenke. Klar, für ihn musste mein Vorschlag – nach all den sinnlosen, deprimierenden Hausbesuchen der letzten Zeit – den Höhepunkt des Grauens bedeuten.

Frau Zumsteinen dagegen war hellauf begeistert. »Eine Tierkommunikatorin! Dass ich darauf nicht selbst gekommen bin!«, jauchzte sie. »Ja, bringen Sie diese Simone beim nächsten Mal mit, liebe Frau Jacobs! Das ist die Lösung, das ist die Lösung!«

Das hatte ich nun von meinem Gemurmel und meinen selbstlosen Vorschlägen. Wenn ich jemals gehofft hatte, Simones und meine Zusammenarbeit auf die Kundinnen beschränken zu können, die ich ohne David besuchte, so löste sich diese Hoffnung gerade in Luft auf.

Als wir Frau Zumsteinen verließen und unseren gewohnten Spaziergang durch die ruhigen, grünen Straßen antraten, wagte ich es kaum, David anzusehen.

»Ich glaube da nicht wirklich dran, weißt du«, sagte ich.

»Und warum bringst du deine Freundin dann ins Spiel?«, fragte er.

»Ich habe es Simone versprochen. Ich wollte ihr helfen. Sie ist schon so lange arbeitslos.« Oder war es gar nicht so gewesen? »Hm, eigentlich bin ich da eher reingerutscht. Simone ist keine Frau, die ein einfaches Nein akzeptieren würde, wenn sie sich was in den Kopf gesetzt hat.«

»Du bist zu weichherzig, Luna.« Er schüttelte den Kopf.

Ich lächelte unsicher. Sprach das nun für mich? Fand David mich weichherzig-süß?

Wahrscheinlich eher weichherzig-doof-naiv. Genauso doof wie unsere Kundinnen, deren Vögeln ich violettes Licht bei Partnerschaftsproblemen mit Spiegelbildern verordnete.

Manchmal fragte ich mich inzwischen ja selbst, was ich da eigentlich tat. Was war aus meinen Träumen geworden? Sollte sich meine Gabe darin erschöpfen, verwöhnte Tiere zu behandeln, die meine Hilfe in Wirklichkeit überhaupt nicht brauchten?

Jetzt wirkte *ich* nachdenklich, genervt, sauer und resigniert.

Stumm trottete ich neben David her.

Nach einer Weile fragte er: »Nicht so gesprächig heute?«

Ich schüttelte den Kopf.

»Sorgen?«, fragte David. »Wegen deiner Freundin Simone?«

Ich zuckte mit den Schultern. »Ja«, wollte ich nicht sagen, lügen wollte ich auch nicht. Und schon gar nicht wollte ich ihm gestehen, dass ich mir sogar große Sorgen machte. Darum, dass David von all dem in absehbarer Zeit die Nase voll haben würde. Sogar mir wurde es langsam zu viel! Und obwohl David mein Konkurrent war und mich Kundinnen kostete, und obwohl die vergebliche Liebe zu ihm mich quälte, wünschte ich mir nichts sehnlicher, als dass alles so blieb, wie es war, nur damit ich David weiterhin sehen konnte. Mann, wie bescheuert!

Und er hatte Recht: Auch wegen Simone machte ich mir Sorgen. Wenn David sie erst einmal in Aktion erlebt hätte, würde er mich, die ich sie bei unseren Kundinnen eingeführt hatte, kaum mehr ernst nehmen. Simone würde mich Davids Achtung kosten. Und wenn es ganz schlecht lief, würde er deshalb unsere Zusammenarbeit beenden.

»Wenn du nicht darüber sprechen willst«, unterbrach David meine trüben Gedanken, »lässt du dich vielleicht zumindest von mir aufmuntern?«

Ich schaute ihn an, sah seine schönen Lippen lächeln.

Es schmerzte, ihm so nah zu sein.

»Ich könnte dir meine Wohnung zeigen«, schlug er vor. »Wir könnten uns auf den Balkon in die Nachmittagssonne setzen und ein Glas Wein trinken.«

Ich schluckte, mein Mund war mit einem Mal ganz trocken.

David sah meinen Blick und interpretierte ihn offensichtlich falsch, denn er fügte entschuldigend hinzu: »Wir kennen uns schon fast drei Monate, Luna. Wäre es da nicht an der Zeit, dass du … ähm …« Zu meiner Verblüffung bekam er rote Ohren. »Ich meine, was ist denn schon dabei, wenn du siehst, wo und wie ich wohne?«

Es war seltsam – meine Trübsal löste sich in Luft auf, meine Zweifel schwiegen, und weh tat mir auch nichts mehr. Stattdessen durchrieselte mich ein warmes Glücksgefühl, und die Farben um mich herum begannen zu leuchten: strahlendweiße Hauswände, saftgrüne Blätter, azurblauer Sommerhimmel, blutrote Dahlien.

Wahrscheinlich träumte ich. Ja, das war die Erklärung.

»Nichts ist dabei«, hörte ich eine Stimme sagen, die wie meine klang. »Ich komme gerne mit. Ein Glas Wein wäre prima.«

David lächelte, und seine Ohren wurden noch ein bisschen röter. Er sah so erleichtert und glücklich aus, dass ich sicher war, tatsächlich zu träumen.

Und ich hatte es nicht eilig, aufzuwachen.

## 16.

Auf der Fahrt in Davids Kombi zu ihm nach Hause rief ich bei Harriet an. Sie erklärte sich sofort bereit, Moritz vom Kindergarten abzuholen, und versprach mir, ohne dass ich sie darum gebeten hätte, dass sie Moritz später auch das Abendessen richten und ihn ins Bett bringen würde. Da sie für Notfälle – war dies ein Notfall? Irgendwie schon – einen Schlüssel zu meiner Wohnung hatte, gab es dabei kein Problem.

Herrgott, war ich aufgeregt!

Davids Ohren hatten mittlerweile wieder ihre Normalfarbe angenommen, und er pfiff leise vor sich hin. Als wir in seine Straße einbogen und an den langen Reihen teurer, schnittiger Wagen vorbeifuhren, die hier parkten, wurde meine Aufregung von einer anders gearteten Nervosität überlagert. Ich, die ich gerade mal ein altes Fahrrad mein eigen nannte, fühlte mich in dieser vornehmen Straße entschieden fehl am Platze. Ich begann zu zählen: vier Porsche, zwei Maserati, ein Triumph, ein Jaguar, sieben Audis der höheren Preisklassen, und natürlich sämtliche Versionen des schwäbischen Wagens mit dem Stern.

Ich runzelte die Stirn. »Mir ist noch nie aufgefallen, dass dieses Auto hier eigentlich gar nicht zu dir passt«, sagte ich zu

David. »Warum fährst du einen alten blauen Kombi, wo du dir doch locker auch so was«, ich deutete auf die Edelschlitten, die in der Sonne blitzten, »leisten könntest?«

»Ist es dir peinlich, mit mir in einem alten Kombi zu sitzen?«, fragte David und zog eine Augenbraue hoch.

»Quatsch! Aber jemand wie du … sollte der nicht …«

»… einen schicken italienischen Spider fahren? Mit einer langbeinigen Blonden auf dem Beifahrersitz?«, ergänzte David ironisch. »Nein, danke, das ist nichts für mich. Obwohl«, er grinste mich an, »die langbeinige Blonde sitzt ja schon neben mir. Das fühlt sich eigentlich ganz gut an.«

Ich musste lachen. »Auch wenn diese Blonde keine High Heels, sondern bloß Jeans und Turnschuhe trägt?«

»Besonders dann«, sagte er, und obwohl er immer noch grinste, war der Ausdruck in seinen Husky-Augen sehr entschieden.

Mir wurde heiß, und das lag nicht an der fehlenden Klimaanlage.

David sah wieder auf die Straße. »Im Ernst, als Tierarzt brauche ich ein Auto, das vor allem praktisch ist. Was wäre, wenn ich mal ein Tier mit nach Hause nehmen müsste, um es nach einer schwierigen Behandlung zu beobachten? Ich habe zwar noch nie versucht, einen Bernhardiner in einen Ferrari zu bekommen, aber ich bin mir sicher, es ist kein Vergnügen.«

»Ich frage mich, wie du überhaupt berühmt werden konntest, wenn dir der ganze Glamour so gleichgültig ist«, konnte ich mir nicht verkneifen zu sagen. »Ich meine, muss man sich nicht dafür anstrengen, prominent zu werden? Muss man nicht auf allen Hochzeiten tanzen, präsent sein, PR treiben? Muss man sich nicht danach *verzehren*, Ferrari zu fahren?!«

David zögerte. Dann sagte er gedehnt: »Vor ein paar Jahren hätte ich den Ferrari tatsächlich nicht abgelehnt.«

Als er nicht weiter sprach, sagte ich leise: »Es interessiert mich wirklich, David.«

»Ich bin nicht allzu stolz darauf, weißt du?«

»Was, auf deine tolle Karriere?« Verständnislos sah ich ihn von der Seite an. »Warum denn nicht?«

David starrte auf die Straße und schwieg. Schließlich fuhr er rechts ran, immer noch schweigend. Er parkte ein. Und dann endlich wandte er sich mir zu.

»Okay, wenn du's unbedingt wissen willst: Es ist meine Eitelkeit, auf die ich nicht stolz bin. Denn du hast natürlich Recht. Ich wäre nicht so bekannt geworden, wenn mir der Glamour, wie du es nennst, von Anfang an lästig gewesen wäre.« Er brach ab und räusperte sich.

Ich schaute ihn erwartungsvoll an. »Und weiter?«

»Du erlässt mir nichts, was?« Er seufzte. »Na ja, was soll's. Okay.« Er trommelte mit den Fingern aufs Lenkrad. »Gut. Okay. Gut.«

Er schwieg. Offensichtlich war ihm das Ganze wirklich peinlich.

»Hey, du hattest deine eigene Fernsehsendung! Du hast Bücher geschrieben, Seminare gegeben!« Ich musste lachen. »Und jetzt fehlen dir die Worte, um mir zu erklären, wie es dazu gekommen ist?«

»Blöde, hm?« Er grinste auch, allerdings ziemlich schief.

»Wie hat es denn angefangen? Wie warst du so? Früher, als ganz normaler Tierarzt.«

Er legte den Kopf schief. »Ich war ganz gut. Als Tierarzt war ich immer ganz gut, und so soll es ja auch sein. Da war ich stolz drauf, und vor allem war ich froh darüber, weil ich den Tieren wirklich helfen konnte. Nur das andere – dieses extreme Interesse der Menschen an mir –, das war mir suspekt.« Er runzelte die Stirn. »Ich meine, da behandelt man ein Kaninchen, dessen Besitzer zufällig als TV-Producer arbeitet, und er schaut mir mit total komischem Blick zu, starrt mich richtig an. Und am Ende bezahlt er nicht nur die Rechnung, sondern fragt mich auch, ob ich nicht Lust auf eine eigene Fernsehsendung hätte! Ist das nicht irre?« David schüttelte den Kopf, in Erinnerungen versunken. »Nein, verstanden habe ich solche Reaktionen nicht. Sie waren mir unangenehm. Aber eben nicht nur, irgendwie fand ich sie auch … schmeichelhaft.« Er warf mir einen verlegenen Blick zu. »Es ist nicht ganz leicht, auf dem Boden zu bleiben, wenn dir so was ein paarmal passiert ist.«

»Kann ich mir vorstellen.« Ich fragte mich, wie ich selbst reagiert hätte, wenn mir ein TV-Producer ein solches Angebot gemacht hätte, und die ehrliche Antwort war ernüchternd: Das Angebot und meine jubelnde, bedingungslose Zusage wären eins gewesen. Nein, *ein paarmal* hätte mir das nicht passieren müssen, damit ich abgehoben hätte wie ein Heißluftballon.

»Ramona hat das gespürt«, fuhr David fort. »Und sie hat mich darin bestärkt, über solche Angebote nicht den Kopf zu schütteln, sondern sie anzunehmen. Also bin ich eingestiegen, und sie hat alles getan, was sie konnte, um mich immer bekannter zu machen. Sie ist eine ziemlich erfolgreiche Journalistin, weißt du. Hat viele Kontakte.«

»Dann habt ihr beide ja gute Arbeit geleistet.« Ich dachte an Davids kometenhaften Erfolg bei allem, was er ausprobiert hatte, und versuchte, nicht neidisch zu klingen. »Sie war sicher sehr stolz auf dich.«

Er zuckte mit den Schulten. »Ramona hat vor allem das Drumherum geliebt – den Medienrummel, den Glanz, die Aufmerksamkeit. Das ›Licht der Öffentlichkeit‹. Puh.« Er verzog den Mund. »Aber das entschuldigt mich nicht, Luna. Ich bin ja kein Kind, ich hätte mich wehren können, als es ausuferte. Als es gar nicht mehr um die Heilung von Tieren ging, sondern nur noch um mich, mich, mich. Aber ich habe mich nicht gewehrt. Stattdessen habe ich viel zu lange mitgespielt. Wie ein Zootier, das sich freiwillig in einen hübschen, erhöhten Käfig setzt, um sich bewundern zu lassen.«

Mit einem Mal sah er aus, als könne er sich selbst kaum ertragen. Fast bereute ich es, ihn dazu genötigt zu haben, mir von seiner Vergangenheit zu erzählen. Ungeschickt sagte ich: »Es ist ja vorbei.«

»Ja«, sagte er. »Es ist vorbei. Gott sei Dank.« Er atmete tief durch, dann lächelte er und sah wieder aus wie der David, den ich kannte. »Und jetzt steig aus. Sonst werden wir in dieser heißen, alten Kiste noch gebacken.«

Wir standen vor einem hübschen, dreigeschossigen Haus mit Sprossenfenstern und dunkelgrünen Fensterläden. Wilder Wein wucherte an den Mauern, hohe Buchenhecken schirmten den Garten ab, der das Haus umgab. Davor blühten Hochstammrosen in verschwenderischer Fülle – weiße, rosa, hellgelbe Blütenexplosionen.

»Tante Charlotte hatte es gern lieblich«, sagte David entschuldigend und führte mich die seitliche Treppe hinauf zur Haustür.

»Mir würde es hier auch gefallen«, sagte ich spontan. »Sehr sogar.«

Er grinste. »Also darf ich damit rechnen, dass du bald zu mir ziehst?«

»Oh, nein nein, keine Angst, so habe ich es nicht gemeint«, stotterte ich. »Ich meinte bloß, es würde mir gefallen, wenn ich eine alte Tante wäre.«

David warf mir einen tiefen, schwarzen, abgründigen Blick zu – einen der Art, die ich peinlicherweise direkt zwischen den Beinen spürte –, dann sperrte er die Tür auf, ließ mir den Vortritt ins dämmerige Innere und fragte beiläufig: »Und jetzt, wo du noch keine alte Tante bist? Wie und wo würdest du leben, Luna, wenn du die freie Wahl hättest?«

*Mit dir würde ich leben, in einem kleinen Zimmer mit einem großen Bett,* schoss es mir durch den Kopf. Rasch sagte ich: »Och, vielleicht auf einem alten Bauernhof. Mit vielen Tieren, die keiner mehr will. So eine Art Gnadenhof, das wäre mein Traum. Das wäre mal was richtig Sinnvolles.«

Er lächelte, und ich hätte mir am liebsten die Zunge abgebissen. Meine Güte, ich hatte gerade meine Gnadenhof-Idee ausgeplaudert! Ich hatte ihm gestanden, dass ich am liebsten die Retterin aller gequälten Geschöpfe wäre! Superwoman und ihr kleiner Bauernhof. Lächerlich. So lächerlich, dass ich bis heute keiner Menschenseele davon erzählt hatte. Niemandem außer meinen Eltern (dass dies ein Fehler gewesen war, erwähnte ich bereits) und Harriet (die einfach alles von mir wusste und mich trotzdem mochte).

Und jetzt David. Und das nur, um von meinen ›Er-und-ich-im-großen-Bett‹-Fantasien abzulenken. Tja, das hatte ich nun davon.

David dirigierte mich durch den dämmerigen Flur in ein von der Nachmittagssonne durchflutetes Wohnzimmer. »So was in der Art hatte ich als Antwort erwartet«, sagte er, immer noch lächelnd. »Ein Gnadenhof, das passt zu dir.«

Ich schluckte. War das nun gut oder schlecht? War ein Gnadenhof für ihn genauso versponnen wie Musiktherapie, oder war es vielleicht … etwas Schönes?

David nahm meine Hand und zog mich aus dem Wohnzimmer in eine kleine, altmodische Küche, und alle Gedanken an Gnadenhöfe und Musiktherapien lösten sich in Luft auf.

David hielt mich an der Hand!!!

Und ließ sie leider gleich wieder los, als er den Kühlschrank öffnete und zwei Flaschen Wein herausholte. Er hob sie abwechselnd in die Höhe. »Weiß oder rosé?«

»Weiß«, sagte ich und spürte meine Finger prickeln.

Während David zwei Gläser holte, versuchte ich, mich wieder zu fassen. Am besten schaute ich mich einfach ein bisschen in der Küche um. Hm, sauber und gepflegt – aber eindeutig von vorgestern. Tante Charlotte hatte es in den letzten dreißig Jahren offensichtlich nicht für nötig befunden, Geld für eine behutsame Modernisierung auszugeben.

David bemerkte meinen Blick. »Hey, immerhin habe ich eine Spülmaschine!«

Ich lächelte. »Es gefällt mir«, gestand ich. »In diesen furchteinflößenden Designer-Küchen bekomme ich immer Angstzustände, dass ich was zerstören oder beschmutzen könnte.«

»Wenn du dich hier austoben willst, bitte«, grinste er. »Ich wollte sowieso ein bisschen was verändern, also tu deiner Zerstörungswut keinen Zwang an.«

»Ach, ich denke, ich werde mich darauf beschränken, mein Glas auf den Boden zu werfen«, sagte ich. »Oder dir den Wein übers Hemd zu schütten.«

»Kein Problem. Weißwein sieht man kaum.«

»Ich werde Rotwein nehmen«, sagte ich lässig.

»Das ist mein Lieblingshemd.«

»Die Flecken werden dir stehen.«

»Mein armes Hemd. Vielleicht sollte ich es lieber ausziehen.«

*Nur zu, davon träume ich schon seit Wochen.*

O Gott, was passierte hier?

»Habe ich das gerade echt gesagt?« David grinste verlegen. »Wie billig. Tut mir leid.«

Wir brachen gleichzeitig in Gelächter aus. Nervöses, aufgedrehtes, gespanntes Gelächter, das eigentlich nur zu mir passte. Nicht zu ihm. Denn ich wollte etwas von ihm; er aber nicht von mir.

Oder?

Oder???

Mit flatterndem Herzen folgte ich ihm auf den Balkon. Er trug die Gläser, ich die geöffnete Weinflasche. Trotz meiner fiebrigen Aufregung nahm ich am Rande wahr, wie geschmackvoll das sonnige Haus eingerichtet war: wenige, stilsicher platzierte Möbel aus dunklem Holz; moderne Kunst an den Wänden; dekorative Überseekisten, auf denen Bücherstapel lagen.

Allerdings fielen mir auch die vollen Umzugskartons auf, die in einer Ecke standen.

»Willst du schon wieder umziehen?«, fragte ich.

David folgte meinem Blick. »Nein. Ich habe nur noch nicht alles ausgepackt.«

Meine Körpertemperatur, eben noch in fiebrigen Höhen, sank in eisige Tiefen.

*Nach über drei Monaten hat er noch nicht alle Kartons ausgepackt?*, dachte ich ungläubig. Einen Moment lang wehrte mein Herz sich gegen die Schlüsse, die mein Verstand augenblicklich zog.

Doch mein Verstand war stärker.

Wenn David es in all den Monaten nicht geschafft hatte, sich vollständig einzurichten, dann war das hier für ihn offensichtlich nicht die Endstation. Die neue Stadt, das geerbte Haus, die Arbeit als mobiler Tierarzt – ein Versuch, mehr nicht. Er war auf der Durchreise. Und er behielt ein paar beruhigend volle Kartons in der Rückhand, als sichtbares Zeichen dafür, dass er jederzeit wieder aufbrechen konnte.

Bye bye, love.

War ich wirklich vor zwei Minuten noch glücklich gewesen? Aufgeregt und erwartungsvoll? Wie dumm. Wie saudumm!

Wir setzten uns auf den kleinen Balkon, der von einem schmiedeeisernen Geländer begrenzt war, und David schenkte uns ein. »Auf den Gnadenhof«, sagte er und hob sein Glas.

»Ja, auf unerfüllbare Träume.« Ich hoffte, dass meine Stimme nicht allzu resigniert klang.

Er ließ mich nicht aus den Augen, während wir tranken. Klar, mein plötzlicher Stimmungswechsel musste ihm komisch vorkommen. Der Wein war exzellent, aber es interessierte mich nicht; nicht, wenn er mich so nachdenklich ansah. Nicht, wenn er nur auf der Durchreise war.

»Kein Traum ist unerfüllbar, Luna«, sagte er.

»Für Leute wie dich wahrscheinlich nicht«, sagte ich brüsk und wandte meinen Blick ab. »Für Leute wie mich schon.«

Ich konnte über ganz Stuttgart schauen. Von hier oben sah alles schön, ruhig und glänzend aus, und David empfand es sicherlich ebenso. Trotzdem wusste ich jetzt instinktiv, dass er nicht bleiben würde. Ich wusste es so sicher, wie ich es spürte, wenn ein Tier einen gestörten Energiefluss hatte: eine unerschütterliche Überzeugung, die tief aus meinem Unterbewusstsein kam und auf die ich mich vollkommen verlassen konnte.

Leider.

Unwillkürlich schaute ich über die Schulter ins Wohnzimmer, wo die unausgepackten Kartons standen.

»Die dürften deine Berliner Fans aber nicht sehen«, sagte ich bemüht locker. »Sie würden Hoffnung schöpfen, dass du zurückkommst.«

»Das Berlin-Kapitel ist abgeschlossen«, sagte er ruhig.

»Sieht deine Frau das genauso?« Es war heraus, bevor ich mich besinnen konnte.

Er schwieg, schaute mich nur weiterhin mit diesem nachdenklichen Blick an. »Nein«, sagte er schließlich.

Nein. Okay, das hatte ich schon gewusst, seit ich das Handy-Gespräch belauscht hatte, das unseren Fast-Kuss unterbrochen hatte. Warum also wurde mir bei seiner Antwort trotzdem so elend?

Ich starrte in mein Weinglas, drehte es zwischen den Fingern. »Ruft sie dich noch oft an?«

»Ja.«

»Sie kommt dich besuchen, nicht wahr?«

»Ja.«

»Bald?«

»Ja.«

Einfache Fragen, einfache Antworten.

»Warum?«, fragte ich mit Verzweiflung in der Stimme. »Was will sie von dir?«

Noch nicht mal geküsst, ihm noch nicht mal das weinfleckige Lieblingshemd ausgezogen und schon eifersüchtig. Toll. Aber immerhin keine Nein-Ja-Frage.

»Ramona möchte noch einmal mit mir reden. Über das alles.«

Ich schwieg und wartete, ob noch mehr kam. ›Das alles‹ fand ich ein bisschen vage.

Zögernd fuhr David fort. »Sie findet es falsch, dass ich mich aus der Öffentlichkeit zurückgezogen habe. ›Verschwendung‹ nennt sie das, was ich hier tue. Und unsere Trennung …« Er stand auf, trat an das schmiedeeiserne Geländer und blieb mit dem Rücken zu mir stehen. »Unsere Trennung findet sie auch falsch. Ramona will die Scheidung nicht.«

Ich betrachtete ihn, wie er da stand, die kräftigen Hände auf das schwarze Eisen gelegt. Die Sonne brachte seine goldbraunen, zerzausten Haare zum Leuchten. Ich konnte Ramona so gut verstehen, dass sie um diesen Mann kämpfte – und das ärgerte mich. Davids Frau war die letzte, für die ich Verständnis haben wollte!

Rau sagte ich: »Was für dich richtig oder falsch ist, kann niemand entscheiden als du selbst.«

»Das stimmt.« David drehte sich zu mir um und lächelte schief. »Deshalb bin ich ja auch nicht in Berlin, und nicht bei Ramona. Sondern hier.«

*Aber du hast nicht das Gefühl, als seist du wirklich angekommen, nicht wahr?,* schoss es mir durch den Kopf.

Es war so leicht zu erraten, was er dachte: Fette Katzen von magersüchtigen Hausfrauen auf Diät zu setzen, Mucki und Pucki zu therapieren und quietschfidele Schoßhunde dualistisch zu behandeln – das war nicht das, was er sich von dem spektakulären Neuanfang in seinem Leben erhofft hatte. Und es war ganz sicher nichts, was ihn für den Rest seines Lebens in Stuttgart halten würde. David hatte so viel Charisma, so viele Fähigkeiten, und alles lag hier brach. Die Tiere, zu denen er gerufen wurde, waren ja zum Großteil nicht einmal krank! Ramona hatte Recht: Es war Verschwendung. Früher oder später würde auch David das erkennen.

Und dann würde er gehen.

Ich hob mein Glas und nahm einen großen Schluck Wein. Noch einen. Und noch einen.

David sah mir schweigend zu.

Vielleicht würde er Stuttgart schon morgen wieder verlassen. Um im tibetischen Hochland kranke Yaks zu behandeln. Um flammende Bestseller gegen nicht artgerechte Haustierhaltung zu schreiben. Oder um sich mit seiner ehrgeizigen Frau zu versöhnen und ergreifende Filme mit ihr zu drehen, in denen es um die Rettung bedrohter Tierarten ging, mit ihm in der Hauptrolle. Ihn zurückzuerobern und dann als Filmstar zu vermarkten, wäre sicher ganz nach Ramonas Geschmack. Wie sah

Ramona eigentlich aus? Sicher wunderschön. Ich würde sie mal googeln. Nein, verflucht, würde ich nicht! Ich war schließlich keine Masochistin.

Noch drei große Schlucke Weißwein. Warum konnte der blöde Alkohol nicht das sprichwörtliche Vergessen bringen? Bei mir hatte er leider nicht diese Wirkung. Im Gegenteil. Je mehr ich trank, unter Davids nachdenklichem Blick, der mir das Herz durchbohrte, desto schärfer und unerbittlicher erkannte ich, was ich einige gnädige Stunden lang vergessen hatte: David war ein paar Nummern zu groß für mich.

Nicht meine Liga.

»Ich muss mal auf Toilette«, sagte ich mit brüchiger Stimme, stand auf und stolperte ins Haus. »Bleib hier, ich find's schon alleine.«

Im Gästeklo schloss ich mit zitternden Fingern die Tür ab und lehnte meine Stirn dagegen. Ich schloss die Augen, gefangen in meinen Gedanken und dem Strudel dieser Gefühle, die ich nicht spüren wollte.

Denn für welches Leben auch immer David sich entscheiden würde, es würde ein Leben ohne mich sein. David konnte alles haben – und jede Frau, an jedem Ort, zu jeder Zeit. Warum sollte er sich freiwillig festnageln lassen? Auf eine viel zu langweilige Arbeit und eine viel zu durchschnittliche Frau? Nicht einmal Ramona hatte es geschafft, ihn zu halten. Wie vermessen war ich eigentlich, dass ich an diesem Tag auch nur eine Sekunde lang hatte glauben können, dass *mir* gelingen würde, woran Ramona gescheitert war? David konnte mein guter Freund sein, der mich mit einem Glas Wein und ein paar netten Worten aufmuntern wollte – aber er würde nie sein Leben mit mir teilen. Und wenn ich mich dazu verstieg, etwas anderes zu glauben, würde ich verdammt tief fallen. Zu tief.

Höchste Zeit, aufzuwachen.

Ich drückte die Spülung der Toilette, die ich nicht benutzt hatte, und schloss die Tür wieder auf. Dann ging ich zurück zu David, der immer noch im Sonnenlicht auf dem Balkon stand;

ich selbst blieb im dämmerigen Wohnzimmer stehen. *Er im Licht, ich im Dunkeln – wie überaus symbolisch,* dachte ich zynisch.

»Es ist spät«, sagte ich mit dünner Stimme. »Ich muss nach Hause zu meinem Sohn.«

David runzelte die Stirn. »Habe ich etwas gesagt, das dich verletzt hat?«

»Nein. Ich will einfach nur nach Hause.«

»Luna«, sagte er eindringlich und machte einen Schritt auf mich zu. »Dass Ramona mich besuchen kommt, heißt nicht, dass sie und ich …«

»Schon gut«, unterbrach ich ihn. »Ich hätte nicht fragen sollen. Geht mich ja sowieso nichts an.«

David sah aus, als hätte ich ihm ins Gesicht geschlagen. Doch ich ignorierte es. Es hatte keinen Sinn.

Ich liebte ihn wie verrückt – aber es hatte einfach keinen Sinn.

# III. Teil | *EIS*

*»Beim Prickeln meiner Daumen,*
*etwas Böses kommt daher.«*
WILLIAM SHAKESPEARE, »*Macbeth*«

## 17.

Francesco ging mit Luna und Moritz ins Freibad. Neunzig Prozent der Stuttgarter Familien hatten an diesem wolkenlosen Augustsonntag die gleiche Idee gehabt, und so war im Kinderbecken die Hölle los.

Seit einer Stunde stand Francesco bis zum Bauch im Wasser und fing Moritz auf, der ununterbrochen rutschte. Luna saß auf ihrem Handtuch auf dem stacheligen Gras, hatte die Arme um die Knie geschlungen und schaute ihnen zu.

Langweilig wurde es Francesco nicht, schon wegen all der Frauen in den knappen Bikinis, die ebenfalls im Kinderbecken standen und ihre Kleinen bespaßten. Er vertrieb sich die Zeit damit, die Frauen zu kategorisieren:

a) Naturschönheit,

b) Schönheit, der mit allerlei Mitteln nachgeholfen wurde,

c) durchschnittliches Aussehen,

d) durch Schwangerschaft/Alter/zu großen Appetit verdorbenes Aussehen,

e) hässlich.

Am häufigsten, soweit er das nach dieser einen Stunde beurteilen konnte, waren c) und d), dicht gefolgt von b). e) war gottlob selten, a) leider noch seltener. Eigentlich hatte er a) noch überhaupt nicht gesehen.

Außer auf diesem Handtuch im stacheligen Gras.

Es war schon ungerecht. Warum musste ausgerechnet die Frau, die sich als so überraschend schwer zu erobern herausgestellt hatte, so attraktiv sein?

Er hob die Hand und winkte Luna zu. Sie winkte zurück und lächelte. Ob ihr klar war, wie sehr sie sich von den anderen Frauen abhob, in diesem schlichten schwarzen Bikini, der ihm den Atem raubte? Wahrscheinlich nicht. Wenn Luna eines fehlte, dann Selbstbewusstsein, das hatte er ziemlich schnell gemerkt. Leider führte dieser Umstand nicht dazu, dass sie weniger standhaft gewesen wäre.

Er hätte nicht mit ihnen ins Schwimmbad gehen sollen. In den letzten Tagen war er fast so weit gewesen, Luna aufzugeben; ihr anzubieten, sich als Ausflugs-Papa zur Verfügung zu stellen, aber nicht mehr um sie zu werben. Er war von ihrer Zurückhaltung entmutigt, frustriert, und außerdem fühlte er sich wie auf Entzug. Hatte es in seinem Leben jemals eine Zeit gegeben, in der er so lange keinen Sex gehabt hatte? Er musste nicht lange überlegen: hatte es nicht. Sex war für ihn etwas Selbstverständliches, etwas, das man immer hatte, weil man es immer brauchte, ob man nun gebunden war oder nicht. Sex war so selbstverständlich und so wichtig wie zu atmen, und Francesco fühlte sich langsam so, als drücke ihm jemand die Luft ab. Luna, um genau zu sein. Weil er es einfach nicht schaffte, sie ins Bett zu kriegen.

Aber dann hatte Francesco sich gesagt, dass Verlieren ziemlich uncool war. Er war es nicht gewöhnt, und er hatte keine Lust, an dieser Erfahrung knabbern zu müssen. Deshalb würde er Luna noch ein bisschen Zeit geben, sich zu besinnen. Nicht mehr viel … aber ein paar Wochen. Bis zum Herbst vielleicht. Dann würde dieser Sommer eben als der enthaltsamste seines Lebens in die Geschichte eingehen. Das hatte schon fast wieder was.

Ein weiteres Mal fing er den kreischenden Moritz auf, hievte ihn zurück auf den Beckenrand und sah ihm nach, wie er erneut die Rutsche umrundete und sich an der Leiter anstellte.

»Was für ein hübsches Kind«, sagte eine weibliche Stimme neben ihm, und er wandte den Kopf. Die Frau lächelte ihn an. Lange schwarze Haare, grüne Augen, gebräunter Körper, ein kleines Tattoo am Brustansatz, silberner Bikini. Er musterte sie und lächelte zurück. Sie war Kategorie b), mindestens. Vielleicht sogar a).

Die Frau strich sich mit beiden Händen die nassen Haare zurück, und ihr Busen hob sich auf reizvolle Weise. Wow. Gott sei Dank stand er bis zum Bauch im Wasser.

Mann, er war wirklich auf Entzug.

Sein Blick flog zu Luna hinüber, doch ihr Handtuch war leer. Hatte sie ihn etwa beim Flirten beobachtet? Oder wollte sie kommen, um ihn abzulösen?

Bingo. Da war sie, lächelte ihn an in ihrem schwarzen Bikini, und sofort wurde ihm wieder bewusst, dass *sie* eindeutig in Kategorie a) gehörte. Trotz ihrer Prüderie.

»Soll ich mal übernehmen? Du stehst jetzt wirklich lang genug bei der Rutsche«, sagte sie zu ihm.

Die Schwarzhaarige räumte das Feld.

Francesco schaute ihr verstohlen nach und seufzte. »Nee, schon in Ordnung«, sagte er zu Luna. »Ich mach das gern.« Jedenfalls lieber, als wegen des verdammten Entzugs die ganze Zeit auf dem Bauch liegen zu müssen.

»Würde es dich dann stören, wenn ich eine Runde im Erwachsenenbecken schwimmen würde?«, fragte Luna höflich. »Mir ist ziemlich heiß.«

*Mir auch,* dachte er verdrießlich, sagte aber: »Geh ruhig. Wenn Moritz keine Lust mehr hat zu rutschen, kommen wir nach und holen dich.«

Sie nickte und lächelte ihn dankbar an. Vielleicht, dachte er, würde er sie ja auf diese Weise irgendwann erobern: dadurch, dass er sich unentbehrlich machte. Dass sie merkte, wie viel leichter das Leben war, wenn sie es mit ihm teilte.

Zumindest die Wochenenden und die Nächte.

Er schaute ihr nach, wie sie zum Erwachsenenbecken ging, mit leicht – wie unbewusst – schwingenden Hüften.

Moritz rutschte mit voller Wucht gegen seine Brust und presste ihm die Luft aus den Lungen.

»Uff«, machte Francesco, und Moritz lachte.

Nach zwanzig weiteren Rutschpartien hatte Moritz endlich genug.

»Wo ist Mama?«, wollte er wissen.

»Schwimmen. Komm, wir suchen sie«, schlug Francesco vor.

Mit dem nassen kleinen Kerl an seiner Hand ging er hinüber zum großen Becken. Als er Luna entdeckte, wurden seine Augen schmal.

Sie stand am Beckenrand, tropfend und mit frierend – oder verlegen? – vor der Brust verschränkten Armen. Sie sah anders aus als sonst; sein Berater-Blick erfasste es sofort.

Sie vibrierte vor unterdrückter Aufregung.

Und Francesco sah auch den Grund dafür.

Langsam ging er mit Moritz auf die beiden zu. Mit geübtem Blick checkte Francesco die Optik seines Konkurrenten. Der Typ war groß und entschieden gutaussehend. Immerhin war er weniger durchtrainiert als Francesco, hatte weniger Muskeln. Keinen Fitnessstudio-Körper. Aber er hatte unleugbar einen harten, flachen Bauch, breite Schultern und – war es zu fassen – Haare auf der Brust!

Haare!

Dass man sich die auch rasieren konnte, war wohl an ihm vorbeigegangen. Oder er konnte sich keinen Rasierapparat leisten. Was auch seinen Dreitagebart erklären würde. Francesco schürzte verächtlich die Lippen.

Luna schienen die Brusthaare und Bartstoppeln des Typen allerdings nicht zu stören. Es sah fast so aus, als würde sie nicht nur mit ihm sprechen, sondern wider Willen mit ihm flirten; als könne sie gar nicht anders, als seinen Schlafzimmerblick zu erwidern, an seinen Lippen zu hängen, mit ihrem ganzen Wesen auf das zu reagieren, was er zu ihr sagte.

Brodelnder Zorn wallte in Francesco auf.

Er trat mit Moritz hinter Luna, baute sich breitbeinig auf wie ein Cowboy. Albern kam er sich nicht vor; manche Situationen erforderten männliche Eindeutigkeit.

»Moritz hat dich gesucht«, sagte er, und Luna zuckte zusammen und fuhr zu ihnen herum.

»Oh, ihr seid auch hier«, sagte sie schwach.

»Wer ist das, Mama?«, fragte Moritz und deutete mit seinem Zeigefinger auf den Typen.

»Das … äh …«, stotterte Luna, ihr Blick flog von Francesco zu Moritz, dann zu dem Typen. Offensichtlich war sie völlig aus dem Konzept gebracht.

»Ich heiße David«, sagte der Typ freundlich. »Und du bist wohl Moritz?«

»Mhm«, machte Moritz und musterte den fremden Mann neugierig.

»Freut mich«, sagte der Typ und schüttelte Moritz feierlich die Hand. »Deine Mama hat mir schon viel von dir erzählt.«

»Esst?«, strahlte Moritz.

»Ja.« Der Typ grinste. »Außerdem sagt man das so unter Großen, wenn man sich vorgestellt wird. Und du bist doch schon groß, oder?«

Moritz nickte und kicherte.

Francesco brodelte.

Der Blick des Typen glitt von Moritz zu Francesco, der inzwischen neben Luna getreten war. Immer noch breitbeinig, die Brust vorgedrückt, war Francescos Haltung eine einzige Drohung.

Francesco schaute dem Typen fest in die Augen. Sie waren schwarz und extrem hellblau, eine verwirrende Mischung, die Francesco eine Sekunde lang von seinem Zorn ablenkte. Aber dann kehrte die Wut umso heftiger zurück. Waren diese verwirrenden Augen der Grund dafür, dass Luna nicht mit ihm, Francesco, ins Bett wollte? Schmiss sie sich diesem Typen mit den Brusthaaren an den Hals, während sie mit ihm selbst Hinhalte-Spielchen spielte? Kein noch so kleiner Kuss für ihn, aber bebende Erregung für den anderen?

»Francesco, das … das ist David. Mein … mein Kollege. Tierarzt«, stotterte Luna. Sie hatte sich immer noch nicht gefangen. »David, das ist Francesco. Er ist … äh …« Sie verstummte.

Notgedrungen schüttelten der Typ und Francesco sich die Hände, ohne sich aus den Augen zu lassen. Ein stummes Taxieren, Chancenabwägen, Kräftemessen. Ein Kampf ohne Worte.

Und dann, urplötzlich, hatte Francesco den Kampf gewonnen, obwohl er nicht ganz mitbekam, wie und warum. Er registrierte nur, dass der Ausdruck auf dem markanten Gesicht des Typen sich mit einem Mal veränderte, jähes Verstehen zeigte und … Schmerz. Rasch schaute der Typ noch einmal zu Moritz, erfasste sein kleines Gesicht, die Haare, die Augen. Dann kehrte sein Blick zu Francesco zurück – zu dem gleichen Gesicht in groß, den gleichen Haaren, den gleichen Augen.

Francesco lächelte breit. Der Siegesrausch fühlte sich so gut an, dass er übermütig wurde. Spontan legte er Moritz eine Hand auf das Köpfchen und Luna einen Arm um die nackte Taille.

Sie stand neben ihm wie eine Statue. Sie war total von der Rolle, viel zu überrascht, um sich zu wehren. Der Typ schaute jetzt nur noch Luna an, mit einem tiefschwarzen Blick, aus dem das Blau fast verschwunden war.

»Verstehe«, sagte er rau.

Luna erwachte aus ihrer Erstarrung. Sie versuchte, sich unauffällig von Francescos Arm zu befreien, doch seine Hand lag wie angeklebt auf ihrer Taille. »David …«

»Hey, kein Problem. Kein Problem«, sagte er und hob abwehrend die Hände. »Wir sehen uns dann nächsten Freitag.«

Er nickte knapp in Francescos Richtung, zwinkerte Moritz zu und ging.

Es tat gut.

*Verlieren,* dachte Francesco befriedigt und schaute dem Typen nach, *ist wirklich nicht mein Ding.*

In diesem Augenblick riss Luna seine Hand von ihrer Taille, wandte sich ihm zu und funkelte ihn an. »Was fällt dir ein?«, zischte sie. »Du umarmst mich, als seien wir ein Paar, dabei …«

»Dabei was?«, fragte er, und der Siegesrausch verflog so unerwartet, wie er gekommen war.

Sie holte tief Luft. »Wir sind kein Paar, Francesco! Das weißt du. Und ich habe dich nie ermutigt, etwas anderes zu glauben.«

Er starrte sie an. »Aber wir sind eine Familie, oder?«

»Wir haben zusammen ein Kind. Das ist nicht das Gleiche.«

Wieder wurde er wütend. »Aha, um das Kind darf ich mich also kümmern, aber von der Mutter soll ich gefälligst die Finger lassen? So hast du dir das vorgestellt?«

»Du hast zu mir gesagt, du seist glücklich, einen Sohn zu haben! Und dass du ihn nicht mehr verlieren willst, jetzt, wo du von seiner Existenz weißt! Das hat erst mal nichts mit mir als Frau zu tun, oder?«

»Mama? Papa? Warum sstreitet ihr?«, fragte Moritz. »Iss will wieder sswimmen gehen!«

Oh, der war ja auch noch da. Im Eifer des Gefechts hatten sie beide Moritz' Anwesenheit vergessen.

Luna schloss kurz die Augen. Dann sagte sie beherrscht: »Klar. Gehen wir schwimmen. Dein Papa und ich können auch nachher weiterreden.«

Sie nahm Moritz an der Hand und ging mit schnellen Schritten zurück zum Kinderbecken. Francesco folgte ihnen, die Lippen zusammengepresst. Er hatte genug von diesem Spiel, er hatte so genug! Es war ihm zu kompliziert, zu anstrengend, zu öde, zu frustrierend. Wenn nicht mal mehr das Siegen Spaß machte, woran sollte man sich dann noch festhalten?

Vielleicht war es ja seine eigene Schuld. Er hatte die Prinzipien der kosmischen Liebe verraten. Die kosmische Liebe war für alle da, und er, blöd wie er war, hatte diese Liebe auf eine einzige Frau beschränken wollen.

Das hatte er nun davon. Schöne Scheiße.

Valeria fiel ihm ein, wie sie ihn bei der letzten Beratung mit Tränen in den Augen gefragt hatte, warum er ihr nach jenem ersten Mal nur noch theoretischen Unterricht hatte geben wollen. Ob es ihm nicht gefallen habe? Ob sie etwas falsch gemacht habe bei ihrer kosmischen Vereinigung, die nun schon so lange zurücklag?

*Nein,* dachte er jetzt verdrossen, *du hast gar nichts falsch gemacht, Valeria. Ich bin derjenige, der in den letzten Monaten auf dem völlig falschen Dampfer war.*

Moritz sprang platschend ins Wasser, und Luna stieg anmutig hinterher. Sogar, wenn sie sauer war und in ein pisswarmes Becken stieg, wirkte sie noch anziehend, und das ärgerte Francesco maßlos. Er schaute den beiden zu, wie sie sich rudernd durch die Menge kämpften, um einen freien Platz zum Schwimmen zu finden. Moritz lachte und spritzte Luna Wasser ins Gesicht. Unvermutet fühlte Francesco einen Stich in seiner Brust.

Luna hatte Recht, er wollte Moritz nicht mehr verlieren. Was die Mutter betraf, hatte Francesco das Schicksal wohl falsch verstanden; aber was diesen kleinen Jungen betraf, war kein Missverständnis möglich. Francesco liebte Moritz, und er war sich sicher, dass es Moritz ebenso erging.

Wie also sollte es jetzt weitergehen?

Schwierig, das Ganze. Er würde darüber nachdenken müssen. Bald. Sehr bald.

Aber erst, das war ihm nun endlich klar, war etwas anderes an der Reihe.

## 18.

Seit wir am Sonntag im Schwimmbad gewesen waren, lag mein Herz im Clinch mit der Stimme der Vernunft.

Herz und die Stimme der Vernunft kämpften, wenn ich zu meinen Kundinnen ging, sie diskutierten, wenn ich mit Moritz spielte, sie kabbelten sich, wenn ich mit Harriet plauderte. Je näher der Freitag kam, an dem David und ich uns bei Valeria Zumsteinen wiedersehen würden, desto schlimmer wurde es. Und am schlimmsten war es in der Nacht von Donnerstag auf Freitag, denn da lag ich stundenlang wach im Bett und starrte an die Zimmerdecke – eine willkommene Gelegenheit für die

Stimme der Vernunft und mein Herz, sich einmal so richtig auszusprechen.

»Ich fühle heißes, heißes Bedauern«, sagte mein Herz dramatisch.

»Worüber denn?«, fragte die Stimme der Vernunft gelangweilt. »Ist doch gar nichts passiert.«

»Oh doch! Er hat uns zusammen gesehen«, klagte mein Herz. »Er muss unweigerlich falsche Schlüsse ziehen! Er muss denken, dass ich es noch einmal mit dem Vater meines Kindes probiere.«

»Vielleicht solltest du das tun«, sagte die Stimme der Vernunft.

»Nein! Wenn ich David nicht bekommen kann, will ich auch keinen anderen.«

»Herrje, du bist doch keine sechzehn!«, meckerte die Stimme der Vernunft. »In deinem Alter sagt man so was nicht mehr.«

»Oh doch, wenn man wahrhaft liebt. Und ich *liebe* David«, konterte mein Herz.

»Ja, das hatten wir schon«, sagte die Stimme der Vernunft.

»Ich kann nicht mit Francesco zusammen sein, nicht mal Moritz zuliebe«, sagte mein Herz.

»Aber es wäre so praktisch«, sagte die Stimme der Vernunft. »Ist der Spatz in der Hand nicht besser als die Taube auf dem Dach? Stell dir das doch nur mal vor … eine kleine Familie! Nie mehr einsam sein! Die Verantwortung für Moritz nicht mehr alleine tragen müssen!«

»Und mich dabei ständig nach David sehnen? Das wäre ziemlich unfair Francesco gegenüber«, widersprach mein Herz.

Die Stimme der Vernunft war genervt. »Und warum sagst du David dann nicht einfach, dass du ihn liebst, nur ihn, ausschließlich, unwiderruflich, für immer?«

»Was meinst du, wie viele Frauen ihm das schon gesagt haben?«, jammerte mein Herz. »Steht alles im Internet. Er wird müde lächeln und mir anbieten, dass wir Freunde sein können.«

Die Stimme der Vernunft hätte die Augen verdreht, wenn sie welche gehabt hätte. »Du pflegst deine Komplexe aber wirklich mit Hingabe, was? Du bist doch nicht irgendein anonymer Fan!«

»Und selbst wenn wir zusammenkommen sollten«, fuhr mein Herz fort, ohne auf die Bemerkung der Stimme der Vernunft einzugehen, »wird er mich früher oder später verlassen. Er führt nicht das Leben, das er sich gewünscht hat. Er langweilt sich. Er wird gehen. Und das wird mich brechen.«

»Wie melodramatisch«, spottete die Stimme der Vernunft.

»Und wie wahr«, schluchzte mein Herz.

»Tja, dann ist ja alles in Butter«, sagte die Stimme der Vernunft mit grausamer Logik. »Du willst es nicht mit David versuchen, weil du Angst hast, dass er dich verletzt. Und David wird sich von nun an zurückhalten, weil er denkt, du hast was mit Francesco am Laufen. Also ist die Chance, dass ihr doch noch zusammenkommt, gleich null. Ist doch toll!«

Mein Herz schwieg.

»Toll, oder?«, drängte die Stimme der Vernunft.

»Na ja«, sagte mein Herz kläglich.

»Schlag ihn dir aus dem Kopf«, befahl die Stimme der Vernunft.

»Du bist der Kopf. Ich bin das Herz«, sagte mein Herz trotzig.

»So kommen wir nicht weiter«, sagte die Stimme der Vernunft. »Vielleicht sollten wir schlafen.«

»Das ist doch keine Lösung«, sagte mein Herz traurig.

»Nein. Aber wenn wir jetzt nicht schlafen, sehen wir morgen beschissen aus, weil wir so übermüdet sind.«

»Du bist so oberflächlich. Auf das Aussehen kommt es doch gar nicht an.«

»Morgen schon. Morgen treffen wir David!«

»Oh«, sagte mein Herz. »Stimmt. Aber wir sollten trotzdem eine Lösung …«

»Augenringe!«, rief die Stimme der Vernunft. »Fahle Haut! Langsame Reaktionen! Ein schlurfender Gang, weil wir die Füße nicht hochkriegen! Alles nicht so attraktiv, hm?«

»Schon gut, du hast gewonnen«, sagte mein Herz. »Aber nur diese eine Schlacht. Glaub bloß nicht, dass ich mich so schnell geschlagen gebe!«

»Das wäre ja auch zu schön, um wahr zu sein«, murrte die Stimme der Vernunft.

Und dann schlief ich endlich ein.

Dass David mal wieder fantastisch aussah, mir selbst die fünf Stunden Schlaf hingegen keineswegs gereicht hatten, trug nicht dazu bei, meine Nervosität zu verringern, als wir uns am nächsten Tag in der Anzengruberstraße gegenüberstanden.

»Des isch also der berühmte Fernseh-Doktor!«, rief Simone, griff nach Davids Hand und schüttelte sie heftig. »Mensch, da hot unser Luna aber Schwein. Gell, Herr Herren? Privat hot sie ihren schokoäugigen Muskel-Mann, und beruflich Sie! Tja, Luna isch wohl Fortunas Liebling. Gerecht isch des ja net, find i.« Sie grinste und zwinkerte David vertraulich zu.

Warum machte ich mir eigentlich Gedanken über mein Aussehen? Mit Simone an meiner Seite konnte ich mir gleich die Kugel geben.

Davids Augenbrauen gingen in die Höhe. »Sie sind die Tierkommunikatorin, nehme ich an«, sagte er höflich.

»Genau die ben i. I werd der Frau Zumsteinen saga, was ihr buddhistischer Kläffer wirklich über sie denkt.« Sie lachte. »War bloß an Witz. I ben ja net dran interessiert, die Leute zu verunsichera. I will helfa! Darum goht's mir. Ums Helfa.«

»Sicher«, sagte David und warf mir einen kühlen Blick zu. »Wollen wir dann?«

Ich nickte, doch er hatte sich schon umgedreht und ging vor uns zur Haustür.

»A nets Ärschle«, flüsterte Simone mir zu. »Koi Wunder, dass deine Hormone verrückt spielat.«

»Kannst du nicht einfach mal die Klappe halten?«, zischte ich genervt.

»Ha, wenn's doch wahr isch«, entgegnete Simone unbeeindruckt, tippte sich an die Aufschrift ihres T-Shirts (»Single, weil die Auswahl erschreckend ist«) und kicherte. Und nicht zum ersten Mal fragte ich mich, wie es so weit hatte kommen können, dass ich diese Frau mit zu meinen Kundinnen nahm. Was wäre eigentlich so schlimm gewesen an einem gebrochenen Versprechen?

»Herr Herren! Frau Jacobs! Und Sie müssen Simone Schäfer sein!«, begrüßte uns Frau Zumsteinen strahlend, das unvermeidliche Glas Champagner in der Hand. »Kommen Sie herein, alle drei! Meine Michelle wird entzückt sein, wenn sich so viele reizende Menschen um ihr kleines Problem kümmern! Sie liebt es, wenn man sie ernst nimmt, wissen Sie? Und Fachkompetenz schätzt sie sehr.«

Der Gedanke durchzuckte mich, dass Frau Zumsteinen möglicherweise genauso durchgeknallt war wie Simone. Seltsamerweise beruhigte mich diese Vorstellung. Vielleicht merkten Verrückte sich ihre, äh, Besonderheit gegenseitig nicht an.

Michelle sprang uns mit heiserem Bellen entgegen, als wir das riesige Wohnzimmer betraten, in dem ihr kleines Ledersofa untergebracht war. Das sandfarbene Haar über den Augen und der kurzen Nase wurde von einer Schleife zurückgehalten, und alles in allem sah Michelle nicht so aus, als könne sie Francesco wirklich gefährlich werden.

Michelle beruhigte sich rasch, schnupperte an unseren Händen und wedelte mit dem Schwanz. David und mich kannte sie ja schon, doch auch Simone schien ihr sympathisch zu sein, und sie leckte ihr die Finger.

»Sehen Sie?«, klagte Frau Zumsteinen und nippte an ihrem Champagner. »Sie liebt alle, das kleine Seelchen – nur meinen spirituellen Berater nicht!«

Michelle bellte.

Simone legte konzentriert den Kopf schief. »Michelle findet, er stört den häuslicha Frieda«, sagte sie dann.

Frau Zumsteinen erstarrte.

»Hat sie … hat Michelle das gerade gesagt?«

Simone nickte. Ich hielt die Luft an. David sah mit zusammengekniffenen Augen aus dem Fenster.

»Warum?«, fragte Frau Zumsteinen mit zitternder Stimme.

Michelle fing an, ausdauernd zu kläffen.

Simone horchte. »Sie sagt, wenn er da isch, dann spielat nur Sie boide zsamma …« Sie verstummte abrupt und wuschelte sich verlegen durch die Zotteln. »Äh, ich glaub, mir solltet des besser unter sechs Auga besprecha. Sie, Michelle und i.«

»In Ordnung«, hauchte Frau Zumsteinen und warf uns einen bittenden Blick zu. »Würden Sie beide vielleicht nebenan warten? Oder Sie gehen in die Küche. Im Kühlschrank steht der restliche Champagner. Bedienen Sie sich einfach. Machen Sie sich eine schöne halbe Stunde.«

»Schöne halbe Stunde«, wiederholte ich und zwang mich, David nicht anzusehen. »Natürlich. Gerne.«

Doch als wir drei Minuten später in der Küche standen, machte keiner von uns Anstalten, den Champagner aus dem Kühlschrank zu holen. Stattdessen fing David mit sachlicher Stimme und vor der Brust verschränkten Armen an, Michelles Aggressionsproblem zu erörtern. Und da wusste ich, dass unsere gemeinsame halbe Stunde keineswegs schön werden würde. Sondern zum Frösteln kühl.

David schien entschlossen, mich kein Wort über Francesco verlieren zu lassen, und erstickte jeden meiner Erklärungsversuche schon im Ansatz. So verbrachten wir unsere kostbare Zeit zu zweit damit, über Michelles Probleme zu fachsimpeln, während ich immer verzweifelter wurde.

»Gut so«, sagte die Stimme der Vernunft zufrieden. »Das ist die richtige Basis für eure zukünftige Beziehung. Rein professionell.«

»Ich kann das nicht«, wehrte mein Herz sich panisch. »Es zerreißt mich, wenn er so kalt zu mir ist.«

»Zu spät!«, sagte die Stimme der Vernunft.

»Das werden wir ja sehen!«, konterte mein Herz.

»David«, sagte ich, »am Sonntag im Schwimmbad, da …«

»Schon okay«, unterbrach mich David. Wieder hatte er diesen schwarzen Blick, aus dem das Blau fast verschwunden war.

»Und, was meinst du: Sollten wir Frau Zumsteinen diese Hundepsychologin empfehlen oder nicht?«

Ich starrte ihn an, ohne zu antworten. Dann ging ich frustriert zum Kühlschrank und griff nach der grünen, bauchigen Flasche. Was David über mich dachte, war allzu offensichtlich. Und dass er nichts mehr von mir wollte – wenn er das je getan hatte –, war noch offensichtlicher.

Da machte das Glas Champagner während der Arbeit auch nichts mehr aus.

»Du glaubst doch nicht, dass die echt sind!« Michelle lachte asthmatisch und schielte auf die üppigen Brüste ihres Frauchens. »Die hat sie erst seit sechs Monaten. Genau wie ihre roten Haare. Aber ihr Mann ist trotzdem ständig unterwegs, egal mit welcher Körbchengröße oder Haarfarbe sie ihn zu Hause halten will.«

»Michelles Herrchen isch wohl selta dahoim?«, fragte Simone Frau Zumsteinen.

»Mein Mann ist Börsenmakler, liebe Frau Schäfer. Er ist schrecklich viel weg, und darunter leide ich sehr.« Prompt stiegen Frau Zumsteinen die Tränen in die Augen. Sie nippte betrübt an ihrem Champagner.

»Von wegen!«, japste Michelle. »Sie würde am liebsten Tag und Nacht mit diesem Francesco an ihrer spirituellen Weiterentwicklung arbeiten! Ha, wenn ich das schon höre! Wir im Tierreich haben für das, was die beiden treiben, eine ganz einfache Bezeichnung, und zwar …«

Francesco und Frau Zumsteinen?!

»Michelle scheint sich Sorga um Ihre Ehe zu macha«, sagte Simone hastig. »Kann des sei? Hätt sie an Grund dazu?«

Frau Zumsteinen sank in ihrem Louis-quatorze-Sessel in sich zusammen. Leise sagte sie: »Tatsächlich haben Michelles Herrchen und ich, also wir haben uns … ein wenig voneinander entfremdet. Irgendjemand muss das viele Geld verdienen, das ist mir schon klar, aber ich bin immer so alleine und fühle mich so leer, Frau Schäfer, so unerfüllt … mein spiritueller Berater hilft mir, meine verborgenen Kraftquellen zu entdecken, wissen Sie?«

»Mit Hilfe von Sprühsahne?«, höhnte Michelle. »Die Putzfrau musste am Montag sofort das Bett frisch beziehen, nachdem Valeria ihre ›verborgene Kraftquelle‹ entdeckt hatte!« Michelles Blick wurde gehässig. »Sie sperren mich ein, aber ich höre alles!«

*Des bilde i mir doch ei,* dachte Simone. *Des kann doch net wohr sei.*

»Er war diese Woche jeden Tag da«, japste Michelle. »Jeden Tag! Und es reicht ihnen ja nicht einmal, oh nein, dreimal hintereinander müssen sie …«

»He, Michelle«, blitzte Simone dem Hund zu, »jetzt mach mal an Punkt! I glaub dir koi Wort!«

»… und ganz übel wird es, wenn dieser Berater ›Fang den Tiger‹ mit ihr spielen will. Das machen sie am liebsten. Widerlich, sage ich dir! Soll ich dir mal erklären, wie das Spiel geht?«

»Noi! Wirklich net!« Simone wischte sich einen Schweißtropfen von der Stirn. Irgendwie hatte sie sich eine Psychoanalyse für Tiere anders vorgestellt.

»Was sagt Michelle denn?«, fragte Frau Zumsteinen, deren Glas inzwischen leer war.

»Äh«, sagte Simone.

»Jedenfalls werde ich diesen Pseudo-Italiener in die gebräunten Waden beißen, solange ich lebe«, knurrte Michelle. »Meine Solidarität gehört meinem Herrchen, auch wenn der eine Pfeife ist.«

Simone fühlte sich selten verzagt; in diesem Moment tat sie es. »Aber wie solla mir dich dann therapiera, Michelle?«

»Gar nicht. Weder du, noch Luna, noch der Tierdoktor werden es mir ausreden, Francesco zu beißen. Sorry.« Michelle legte die Schnauze auf ihre gekreuzten Vorderbeine und winselte. »Jetzt ist es Essig mit deinem Honorar, was? O je, schlechtes Karma. Was wird das für meine nächste Wiedergeburt bedeuten?«

»Du wirsch a Katz«, blitzte Simone böse.

Michelle fing an zu jaulen.

»Sie hat Depressionen, oder?«, fragte Frau Zumsteinen. »Sie beißt aus reiner Verzweiflung! Das habe ich mir schon gedacht. Bei dem Rüden einer Bekannten, Peng Cui, war es genauso. Aber warum ist mein Schatz depressiv? Sie bekommt doch alles, was sie sich wünscht!«

Frau Zumsteinen griff nach Michelle und hob sie hoch. Sie rieb ihre gepuderte Nase an der Hundenase und gurrte: »Ein Eskimo-Küsschen für mein Baby! Du brauchst mehr Liebe, hm? Jaaa, mein Schatz, Mami gibt dir noch mehr Liebe!«

»Die hat sie doch nicht mehr alle!«, jaulte Michelle und zappelte. »Sie soll mich runterlassen, Simone! Sag ihr das! SOFORT!«

»Bloß wenn du versprichsch, den Francesco nemme zu beißa«, blitzte Simone dem Hund zu.

»Aber ich muss ihn beißen! Siehst du nicht, was er mit ihr macht? Komisch war sie ja schon immer, aber jetzt hält sie mich auch noch für ihr Baby! Mich, einen Lhasa Apso! Alter tibetischer Adel!«

Kurz wägte Simone ihre Loyalitäten ab: Luna, die den armen Francesco seit so vielen Wochen zappeln ließ, gegen Valeria Zumsteinen, die so nett und freundlich war und so dringend einen Mann brauchte. Einen anwesenden Mann. Einen, der für sie da war, wenn sie sich einsam fühlte. Einen, der sich mit Sprühsahne und »Fang-den-Tiger« um ihre … spirituellen Bedürfnisse kümmerte.

Es war leicht für Simone, ihre Entscheidung zu treffen.

»Du übersiehsch a wichtige Sache«, blitzte sie Michelle zu. »Wenn Valeria mit Francesco glücklich isch, verlässt sie vielleicht irgendwann die Pfeife, äh, ihren Mann. Und dann bekommt sie möglicherweise a Baby, ein echtes Menschenbaby. Dann bisch du aus'm Schneider. Dann darfsch du wieder an ganz normaler …«

»… Hund sein«, ergänzte Michelle. Sie hörte auf zu zappeln und sah Simone nachdenklich an. »Es ist zumindest eine Chance, oder?«

»Es isch die oinzige ...«, nickte Simone.

Frau Zumsteinen fing an, den Hund zu wiegen. »Ja, mein Schatzi, siehst du, das beruhigt dich! Gell, Frau Schäfer, sie braucht mehr Liebe? Das hat sie doch gesagt?«

Simone zwinkerte Michelle zu, die gottergeben in Frau Zumsteinens Armen hing.

»Na gut«, sagte Michelle.

Simone sah ihrer Kundin fest in die Augen. »Michelle war a bissle eifersüchtig, aber jetzt wünscht sie Ihne viel Glück«, sagte Simone. »Michelle findet, dass Francesco und Sie sehr gut zammapasset. In jeder Hinsicht.« Sie konnte es sich nicht verkneifen, hinzuzufügen: »Sie hen ihren Segen. Sie müssat Michelle also in Zukunft nemme eisperra, wenn Sie ›Fang-den-Tiger‹ spielat.«

Frau Zumsteinen klappte die Kinnlade herunter. Ihr Blick flog von Simone zu Michelle, und sie starrte den Hund auf ihrem Arm an, als sehe sie ihn gerade zum ersten Mal.

Sehr vorsichtig setzte sie Michelle auf den Boden, griff nach ihrem leeren Glas und sagte: »Gehen wir in die Küche, Frau Schäfer. Ich glaube, wir könnten jetzt beide einen Schluck Champagner vertragen.«

Frau Zumsteinen sah ziemlich durcheinander aus, als sie mit Simone im Schlepptau in die Küche kam. Zielstrebig ging sie zum Kühlschrank und schenkte sich ein.

Nach dem ersten Schluck, drei tiefen Atemzügen und einigem Gezupfe an ihrem roten Haar schien sie sich besser zu fühlen. »Ihre Freundin, liebe Frau Jacobs«, sagte sie fast ehrfürchtig zu mir, »ist ein Genie.«

Simone strich sich das Single-T-Shirt glatt und sagte bescheiden: »Awa, ich kann halt oifach gut mit Tiere. Des isch älles.«

David verdrehte die Augen.

»Sind Sie beide der Lösung von Michelles Problem denn näher gekommen?«, fragte ich Frau Zumsteinen nervös.

»Es gibt kein Problem mehr«, sagte Frau Zumsteinen feierlich. »Michelle wünscht mir viel Glück und hat versprochen, Herrn Schackelbert nicht mehr zu beißen. Alles ist gut.«

Alles war gut. Aha.

»Dann brauchen Sie Herrn Herren und mich gar nicht mehr?«, hakte ich nach.

Strahlend schüttelte Frau Zumsteinen den Kopf. »Nein, im Moment nicht. Alles ist gut.«

Hatte Simone der guten Frau eine Gehirnwäsche verspasst? Ich warf Simone einen misstrauischen Blick zu und meinte die Spur eines schlechten Gewissens in ihren Augen zu entdecken. Aber vielleicht bildete ich mir das auch nur ein.

»Wunderbar«, sagte David knapp. »Dann können wir ja jetzt gehen.«

Mit großen Schritten verließ er die Küche. Ich folgte ihm.

»Mir zwoi trenkat no a Schlückle zamma!«, rief Simone uns nach, und Frau Zumsteinen sagte: »Bis zum nächsten Mal, meine Lieben. Sie finden ja hinaus, nicht wahr?«

Ich hörte noch das Klirren der Gläser, als sie auf die erfolgreiche Sitzung anstießen.

*Ist ja schön, dass zumindest eine hier Erfolg hat,* dachte ich flüchtig und lief David durch die Villa hinterher. *Worin auch immer.*

Doch als ich mit David wieder auf dem Bürgersteig stand, sank mir das Herz.

Er schaute so finster drein wie noch nie.

»Bist du jetzt zufrieden?«, fuhr er mich an. »Deine Freundin hat irgendwas Absurdes erfunden, und unsere Kundin verlässt sich darauf. Michelle wird diesen komischen Berater beißen!«

»Aber …«

»Und Schuld sind dann natürlich wir! Weil ein Tierarzt und eine Tierheilpraktikerin hätten sehen müssen, dass der Hund gefährlich ist.« Wütend wandte er sich ab. »Mann, worauf habe ich mich da bloß eingelassen!« Ein paar Schritte von mir entfernt blieb er stehen, die Hände in die Hüften gestemmt.

In letzter Zeit hatte ich wirklich ein Talent dafür, Männer gegen mich aufzubringen.

Ich hing diesem wenig ermutigenden Gedanken nach, als Davids Handy klingelte. Ruckartig zog er es aus seiner Hosentasche. »Herren«, meldete er sich barsch.

Doch dann veränderte sich sein Tonfall, wurde ruhiger, sanfter. »Oh, du bist's. Nein, ist schon okay, du rufst nicht ungelegen an … Morgen? … Klar hole ich dich vom Flughafen ab.«

*Ramona,* durchzuckte es mich. Plötzlich war ich hellwach, hörte jedes von Davids gemurmelten Worten so laut, als würde es durch einen Verstärker übertragen.

»Ja, ich habe auch nachgedacht«, sagte David. Er sprach jetzt noch leiser, doch seine Worte dröhnten in meinen Ohren, schnitten mir ins Herz. »Und ich habe eine Idee … Nein, hör zu, ich erzähl's dir lieber morgen. Wir haben ja Zeit, oder? Wie lange bleibst du? … Schön. Und wo wohnst du? … Oh. Hm. Gut.« Er fuhr sich durch die Haare. »Nee, kein Problem, ich schlafe auf dem Sofa.«

*Sie will bei ihm wohnen!,* hämmerte es in meinem Kopf. *Kann man sich ja ausrechnen, wie lange er auf dem Sofa schläft. Und er hat eine Idee, die er ihr erzählen will!*

Mir wurde noch elender zumute.

*Sicher die Idee mit den Yaks im tibetischen Hochland, und Ramona soll ihn begleiten. Sie geben ihrer Ehe in Tibet eine zweite Chance. Oh Gott, ich hasse Yaks! Ich hasse Tibet! Ich hasse Ramona!*

»Ich hab dir doch gesagt, schlag ihn dir aus dem Kopf«, meldete sich höhnisch die Stimme der Vernunft zu Wort.

Mein Herz antwortete nicht, denn es brach gerade, und dabei war es schwierig bis unmöglich, sich zu unterhalten.

Während ich tausend Tode starb, verabschiedete David sich ganz gelassen von seiner Frau, die in Berlin schon in den Startlöchern saß und ihn morgen zurückerobern würde. Er steckte sein Handy wieder ein, kam zu mir zurück und sagte: »Ich muss gehen. Wir sehen uns, Luna.«

*Treuloser Kerl!,* dachte ich ohnmächtig. Am liebsten hätte ich ihn auf offener Straße angeschrien. Aber was konnte ich ihm schon an den Kopf werfen? Dass er, der mich weder geküsst noch mir Versprechungen irgendwelcher Art gemacht hatte, seiner Ehe eine zweite Chance gab? Das war doch eigentlich sehr lobenswert.

So flüsterte ich nur: »Ja, wir sehen uns«, und schaute ihm in die Augen.

Kurz meinte ich unter seinen halb gesenkten Lidern einen Widerschein meines eigenen Schmerzes zu erkennen, doch da hatte er sich schon umgedreht.

Und wieder einmal sah ich ihm nach, wie er ging.

## 19.

Am Sonntagabend, dem letzten in diesem heißen August, lag Francesco mit Valeria in ihrem großen Ehebett, hielt sie in den Armen und erholte sich von seinem letzten Orgasmus. Flüchtig ging ihm durch den Kopf, dass es ja eigentlich zu seinen Prinzipien gehörte, niemals mit Kundinnen in deren Ehebetten zu schlafen. Aber was waren schon Prinzipien? Er hatte an diesem Wochenende mehrere von ihnen gebrochen, und er bereute es nicht.

Am Samstagabend hatte Valeria ihn angerufen, weil ihr Mann zu einer zweiwöchigen Geschäftsreise aufgebrochen war und sie sich so schrecklich einsam fühlte. Da hatte er das erste Prinzip gebrochen, das da lautete: Wochenendarbeit ist streng verboten.

Er war am Sonntagmorgen zu ihr gekommen, um sie spirituell aufzubauen. Und weil er sich ein Frühstück in ihrem großen, schönen Garten so entspannend vorgestellt hatte, hatte er gleich Croissants mitgebracht. Damit hatte er das zweite Prinzip gebrochen, das da lautete: Vermeide es strikt, mit Kundinnen auf die private Ebene zu wechseln. (Sex natürlich ausgenommen, denn Sex und kosmische Liebe waren eins, und deshalb gehörte Sex zu seinem Beruf, fand Francesco.)

Sie hatten die Croissants gegessen, und zum ersten Mal hatten sie sich wirklich unterhalten. Mit einiger Überraschung hatte er registriert, dass sie nicht nur einen schönen Körper, sondern auch etwas zu sagen hatte. Mit ihren Meditationsübungen kam sie immer noch nicht klar, aber sie hatte sich Gedanken über ihr Leben gemacht und beschlossen, einiges zu verändern. Das fand Francesco gut, zumal die Veränderungen beinhalteten, dass Valeria aus der passiven in die aktive Haltung wechseln wollte. Und da hatte Francesco das dritte Prinzip gebrochen, das da lautete: Behalte stets die Kontrolle, und bestimme immer, wo es langgeht.

Dank ihrer neuen, aktiven Haltung hatte Valeria nun in wirklich jeder Hinsicht bestimmt, wo es langging, und er hatte sich ihr mit anfänglichem Widerwillen, dann aber mit zunehmendem Entzücken untergeordnet. Kurz nachdem Valeria sich das letzte Stück Croissant in den Mund geschoben hatte, hatten sie sich beide ihrer Kleider entledigt. Und von da an konnten sie weder die Augen noch die Hände voneinander lassen. Das Haus war groß und leer, der Garten weitläufig und von undurchdringlichen Hecken abgeschirmt, und so konnten sie ihren Fantasien und deren Verwirklichung freien Lauf lassen. Irgendwann flüsterte er Valeria ins Ohr, Vergnügen sei das Einzige, wofür man leben solle, und sie lachte. Der Spruch war nicht von ihm, sondern von Oscar Wilde, und es war auch nur der erste Teil, den zweiten Teil hatte Francesco vergessen. Aber das machte nichts, Hauptsache, Valeria lachte und schlang ihre Beine um seine Hüften.

Zwischendurch aßen sie in der Küche Feinkosthäppchen direkt aus der Plastikschale, frischten ihr Erlebnis mit der Sprühsahne auf und sprangen dann, vor Vergnügen kreischend wie kleine Kinder, im Garten in den grünen, kühlen Schwimmteich. Später dösten sie mit ineinander verknoteten Beinen in den weißen Kissen des Loungebetts, das ihnen Erholung und Schatten bot, und Francesco dachte träge: *So muss es im Paradies sein.*

Dieser ganze Sonntag war wie ein köstlicher, endloser Rausch. Es war, als sei eine Schranke in Valerias Innerem gefallen, und unter den Augen ihres seltsam friedfertigen Hundes stellte sie Dinge mit Francesco an, die sogar ihm die Röte ins Gesicht getrieben hätte, wenn er denn eines klaren Gedankens fähig gewesen wäre. Doch Francesco dachte nicht. Das Denken hob er sich für den Kater danach auf.

Als Valeria ihn gegen Abend mit Sonnenbrand auf der Brust in ihr Ehebett zog, wehrte er sich nicht dagegen. Sie hatten Valerias Mann auf so vielfältige Weise hintergangen, dass es auf das Prinzip mit dem Ehebett nun auch nicht mehr ankam. Und so lag er jetzt hier, mit Valeria in seinen Armen, und fühlte nichts als Glück, selige Ermattung und leise Lust auf das nächste Mal.

Valeria hatte die Augen geschlossen und schlief. Vielleicht wagte er es deshalb, das höchste, das eisernste aller Prinzipien zu brechen.

Er drückte seinen Mund in ihr rotes Haar und murmelte: »Ich liebe dich.«

Sie lächelte, und da begriff er, dass sie gar nicht schlief, dass sie ihn gehört hatte, und dass er die Worte nicht ungesagt machen konnte.

Zärtlich flüsterte sie: »Ich liebe dich auch. Ich möchte für immer mit dir zusammen sein. Ich werde meinen Mann verlassen.«

Francescos Hand auf ihrer Haut erstarrte, und prompt fiel ihm die zweite Hälfte des Wilde'schen Bonmots ein: »Nichts altert so schnell wie das Glück.«

Am Sonntagabend, dem letzten in diesem vermaledeiten August, saßen Harriet und ich im Restaurant »Alte Kanzlei« in der Innenstadt. Simone, die aus unerfindlichen Gründen ein schlechtes Gewissen mir gegenüber zu haben schien, hatte mir angeboten, in meiner Wohnung auf Moritz aufzupassen. Und so vertilgte Harriet nun mit Genuss einen Riesenteller verschiedener Filets mit Spätzle, während ich in meinen Penne herumstocherte und ihr auseinandersetzte, dass es nun schon zwei Gründe für David gab, mich zu verachten.

Nicht nur, dass er mir unterstellte, mit ihm zu flirten und gleichzeitig mit dem Vater meines Sohnes zusammen zu sein.

Nein, jetzt unterstellte er mir auch noch, dass ich eine Scharlatanin war, die zusammen mit ihrer irren Freundin Simone die Leute um ihr Geld brachte. Zusammengenommen bedeutete das, dass ich für David nicht mehr die freundliche, wenn auch versponnene Tierheilpraktikerin, nicht mehr der praktische Sozialkontakt war. Sondern nur noch die geborene Betrügerin. So hatte er »Miss Mozart« ganz zu Anfang eingeschätzt, und so würde unsere Beziehung – wenn man das, was wir gehabt hatten, so nennen durfte – enden.

»Vielleicht hat er ja Recht«, sagte ich zu Harriet und schob ein Stück Blattspinat auf meinem Teller von links nach rechts. »Vielleicht bin ich eine Scharlatanin.«

»Quatsch«, sagte Harriet kauend. Sie legte die Gabel nieder, hielt mir ihre Hand hin und befahl: »Anfassen!«

Verwirrt gehorchte ich. Es war fast wie ein Reflex: Augenblicklich begann ich dem Energiefluss in ihren Fingern nachzuspüren. Ich runzelte die Stirn, als ich einen Gewebewiderstand fühlte. »Die Energie am seitlichen Mittelfinger stockt.«

»Richtig«, bestätigte Harriet gelassen. »Grund dafür ist mein Helfer-Syndrom. Sagt meine Ärztin, die eine mehrjährige Zusatzausbildung in Traditioneller Chinesischer Medizin hat. Sie hat für diese Diagnose eine dreiviertel Stunde lang an mir herumgefummelt. Du, Luna«, Harriet entzog mir ihre Hand und griff wieder nach dem Besteck, »hast dreißig Sekunden dafür gebraucht.«

Ich biss mir auf die Lippen.

»Du hast nun mal diese Gabe«, sagte Harriet. »Ob es dir passt oder nicht.«

»Aber ich kann sie so selten anwenden …«

»… was vielleicht nur bedeutet, dass du in diesen ganzen Villen am falschen Platz bist«, sagte Harriet. »Du solltest dir ein anderes Wirkungsfeld suchen.«

»Den Gnadenhof, was?«, sagte ich spöttisch.

»Zum Beispiel.«

»Sehr witzig.«

»Finde ich nicht.«

»Ach, Harriet, wer sollte das denn finanzieren?« Ungeduldig wedelte ich mit der Hand. »Darüber haben wir doch schon vor ein paar Jahren gesprochen. Es gibt einfach keine Möglichkeit, diesen Traum …«

»Luna«, unterbrach mich Harriet und beugte sich vor. »Alles, was ich dir sagen will, ist Folgendes: Du kannst was. Und du wirst deinen Platz finden. Wenn nicht heute, dann morgen.«

Genau. Und wenn sie nicht gestorben sind, dann träumen sie noch heute.

Dennoch fühlte ich mich durch Harriets märchenhafte Ermutigungsrede getröstet. Immerhin vertraute sie mir – wenn ich selbst das schon nicht fertigbrachte.

»Danke«, sagte ich leise.

»Gern geschehen, *love*«, sagte Harriet. Sie lächelte mich an, dann ließ sie ihren Blick über die anderen Gäste schweifen. »He, guck mal! Genauso stelle ich mir deinen schönen David vor. Wie den, der sich gerade an den Tisch dahinten setzt.«

Ich folgte ihrem Blick und stöhnte.

»Das *ist* David!«

»Oh, wirklich? Na, dann hast du ihn aber gut beschrieben«, sagte Harriet anerkennend.

Und in diesem Augenblick wandte er den Kopf.

Wir starrten uns über die anderen Gäste hinweg an. Blitzschnell registrierte ich, dass er nicht mit seiner Frau, sondern mit einem Mann hier war – einem kleinen, drahtigen Enddreißiger mit rotumrandeter Designerbrille. Aber wo war Ramona? Sollte die nicht seit gestern bei ihm sein?

David nickte mir zu und verzog den Mund zu etwas, das entfernt an ein Lächeln erinnerte. Der Drahtige warf mir einen flüchtigen Blick zu, und dann vertieften sich die beiden Männer in ihre Speisekarten.

Natürlich. Warum sollte er auch zu uns rüberkommen? Warum sollte David mir mehr Aufmerksamkeit schenken als unbedingt nötig? Ich tat das umgekehrt ja auch nicht. Ich beachtete ihn gar nicht! Stattdessen aß ich mit Genuss diese unvergleichlich guten Penne mit Rosinen, Blattspinat und Pinienkernen, ha! Das war lecker, das war ja so lecker, und außerdem »… könnte er ruhig mal zu mir kommen und hallo sagen, oder?«, sagte ich aufgebracht zu Harriet. »Das wäre das Mindeste! Das gehört sich doch so!«

»Nicht, wenn man eine andere Frau erwartet«, sagte Harriet, spitzte missbilligend ihre roten Lippen und deutete mit dem Zeigefinger in Davids Richtung.

Eine atemberaubende Brünette, Typ feurige Latina, war auf dem Weg zu seinem Tisch.

Ramona.

Ich hätte sie googeln sollen.

Als ich ihr offenes, üppig wallendes Haar sah, verglich ich es unwillkürlich mit meinen eigenen langen Locken, die – stumpf, gesplisst und viel zu selten geschnitten – mal wieder zu einem merkwürdigen Knoten zusammengezwirbelt waren. Der Vergleich fiel vernichtend aus:

*Sie* sah aus, als modele sie für das neueste Shampoo der Hollywood-Stars.

*Ich* sah aus, als wäre ich auf dem Weg zu einer Vorher-Nachher-Aktion. Für die Vorher-Fotos.

Missmutig nahm ich den Rest der Shampoo-Königin in Augenschein. Leider war auch der perfekt. Ramona trug ein kurzes, schwarzes Kleid, sehr schlicht, sehr elegant, das ihre wohlgeformte Figur auf unaufdringliche Weise betonte, dazu Schuhe der Art, in denen ich mein Lebtag nicht würde laufen können. Kein Schmuck, wenig Make-up – solche Hilfsmittel hatte eine wie sie nicht nötig. Die Blicke sämtlicher Männer um sie herum ruhten auf ihr, doch sie war das selbstverständlich gewöhnt und schenkte keinem von ihnen auch nur die geringste Beachtung.

Keinem außer David, der in diesem Moment aufstand, um sie zu begrüßen.

Sie strahlte ihn an, legte ihre schlanken Arme um seine Schultern und küsste ihn.

Mit einer schnellen, kleinen Bewegung drehte David das Gesicht weg, so dass sie statt seiner Lippen nur seine Wange traf. Er lächelte, nahm aber gleichzeitig ihre Arme von seinen Schultern. Dann sagte er etwas zu ihr und wies auf den freien Platz am Tisch. Sie setzte sich, begrüßte herzlich Davids drahtigen Freund – offenbar kannten sie sich – und winkte der Bedienung, um etwas zu bestellen. Die Kellnerin wand sich verlegen. Wahrscheinlich verlangte Ramona irgendein hippes Berliner Getränk, das es in Stuttgart noch gar nicht gab.

»Die ist ja der Hammer. So eine Konkurrenz wünscht man seiner ärgsten Feindin nicht, oder?«, sagte ich mit belegter Stimme zu Harriet. Sie hatte, wie ich, die ganze Szene beobachtet.

Ausnahmsweise tischte Harriet mir mal keine Märchen à la »Ooooch, so toll ist die doch auch nicht« auf, sondern sagte nur zögernd: »*Well,* Luna, man wächst an seinen Aufgaben«.

Na, wenn das mal kein Trost war!

Ich schwieg verzagt. Da saß er, der Mann, den ich liebte, mit seiner Frau und seinem Freund – ein funkelndes, aufsehenerregendes Dreiergespann. Sie lachten, redeten und waren glücklich. So sah es zumindest aus. Und hatten sie nicht auch allen Grund dazu? Ramona hatte es sich auf die Fahnen geschrieben, David aus dem Morast seiner Sinnkrise zu retten, und sie würde Erfolg damit haben. Bald würde alles wieder so sein wie vor wenigen Monaten. Das Stuttgarter Gastspiel würde als komische kleine Anekdote in Davids Lebenslauf eingehen, und er wäre wieder da, wo er hingehörte: im strahlenden Licht der Öffentlichkeit. Und bei seiner Frau.

»Ich will nach Hause«, sagte ich kläglich zu Harriet.

»Du hast noch nicht aufgegessen«, erwiderte Harriet.

»Das werde ich auch nicht tun. Nicht mit einer Frau vor Augen, die Kleidergröße 34 trägt.«

»Aber David schaut trotzdem sehr intensiv zu *dir* rüber. Ist dir das noch nicht aufgefallen?«

Mein Blick flog zu ihm, und seine Augen brannten sich in meine.

Schnell sah er wieder weg.

Überrascht sagte ich: »Du hast Recht. Ich hatte nur auf Ramona geachtet.« Nach einer kurzen Pause fügte ich hinzu: »Aber das war bestimmt nur Zufall gerade.«

Doch als ich dreieinhalb Sekunden später wieder zu David schaute, trafen unsere Blicke sich erneut.

Und zwei Sekunden später wieder.

Und sieben Sekunden später wieder.

Und heldenhafte zwölf Sekunden später – ich hatte verbissen auf meine Penne gestarrt – wieder.

Ich begann an der Zufalls-Theorie zu zweifeln.

Ramona offensichtlich auch, denn sie runzelte die Stirn, und ihre Augen folgten Davids Blick quer durch den Raum. An mir blieben sie hängen.

Ihr Ausdruck war so feindselig, dass ich mir spontan Harry Potters Tarnumhang herbeiwünschte.

David begann, lebhaft zu gestikulieren und eine humorvolle Geschichte zu erzählen, die Ramona rasch von mir ablenkte. Keine Minute später warf sie den Kopf in den Nacken und lachte hell auf, und der Drahtige klopfte sich vor Vergnügen auf die Schenkel. Von nun an vermied David es, in meine Richtung zu schauen, oder vielleicht vergaß er mich auch einfach, denn die drei amüsierten sich immer besser. Als sie bei der Hauptspeise waren – Ramona aß, Überraschung!, bloß einen Salat –, hatte David mich genau vierunddreißig Minuten lang ignoriert, und ich wollte mich nur noch im Bett verkriechen.

Er sich wahrscheinlich auch, aber nicht alleine.

Und was Ramona wollte, war sowieso eindeutig. Sie griff quer über den Tisch in Davids goldbraune Haare, um sie noch ein wenig mehr zu zerzausen, und er wich ihr lachend aus. Du liebe Güte, wollten die ihr Vorspiel gleich hier am Tisch starten? Ich starrte sie an und versuchte anhand grober Vermutungen und obskurer Statistiken hochzurechnen, wie oft sie wohl schon zusammen geschlafen hatten.

Ergebnis: mindestens zweitausend Mal.

O mein Gott.

»Mir ist schlecht«, sagte ich zu Harriet.

»Das verstehe ich«, sagte Harriet mitfühlend, und da wurde mir gleich noch schlechter.

Wenn sogar Harriet es nicht mehr über sich brachte, mich zu ermutigen, war das Spiel unleugbar aus.

## 20.

»Es ist eine große Entscheidung. Hast du dir das Ganze auch gut überlegt?«, fragte Francesco am Montagmorgen und trank seinen frisch gepressten Orangensaft. »Willst du nicht noch einmal darüber schlafen?«

»Ich habe darüber geschlafen«, sagte Valeria energisch. »Und ich weiß, was ich *nicht* will: nämlich auf einen Ehemann warten, der nie nach Hause kommt. Ich will glücklich sein. Mit dir, Francesco!«

Sie stand auf und umrundete die Theke, an der sie ihr Frühstück einnahmen. So etwas Spießiges wie einen Küchentisch gab es in der Zumsteinen'schen Villa natürlich nicht.

Valeria nahm sein Gesicht zwischen ihre zarten Hände. »Nur mit dir spüre ich die Kraft des Universums in meinen Adern fließen«, sagte sie inbrünstig. »Ich brauche dich, Francesco.«

*Sie hat mir gut zugehört,* dachte er zerknirscht. *Vielleicht hätte ich es mit meinen Weisheiten nicht so übertreiben sollen.*

Aber für derlei Einsichten war es jetzt zu spät.

Er wand sich. »Ich kann nicht einfach alles hinschmeißen«, sagte er. »Ich habe Verpflichtungen!«

»Du?« Sie zog die Augenbrauen hoch. »Welche denn?«

Ja, welche? In seiner Not sagte er das Erste, was ihm einfiel. »Ich habe einen Sohn.«

Stille.

»Du hast was?«

Schon bereute er es. »Ein Kind«, murmelte er. »Einen Jungen. Er heißt Moritz.«

Valeria starrte ihn an. »Ein Kind«, wiederholte sie langsam. »Moritz. Was für ein bescheuerter Name. Und sein Bruder wird dann Max heißen, was?«

Sie sah aus, als stehe sie unter Schock, und Francesco griff nach ihrer Hand. »Kein Grund, beleidigend zu werden«, sagte er in einer Mischung aus Besorgnis und Ärger.

»Kein Grund? Kein Grund? Du hast ein Kind, und ich soll das einfach so schlucken?«, rief sie schrill. »Warum hast du mir nichts davon gesagt? Bist du etwa auch verheiratet? Moritz, ha! Warum nennt alle Welt seinen Nachwuchs nach einem gestörten Wilhelm-Busch-Gör? Die Luna Jacobs hat auch einen Sohn, der so heißt, und …«

Sie brach ab, als sie Francescos schuldbewussten Gesichtsausdruck wahrnahm.

»Nein«, flüsterte sie. »Das ist nicht wahr!«

In ihren Augen lag so viel fassungslose Enttäuschung, dass Francesco sie unwillkürlich in den Arm nahm.

»Luna und ich sind kein Paar«, flüsterte er in Valerias Ohr. Er drückte sie tröstend an sich, und ihre Nähe brachte die Erinnerung an die letzten vierundzwanzig Stunden wieder. An den Rausch, die Leidenschaft. Er drückte sie fester. »Es war ein Unfall. Vor fünf Jahren. Lange her. Bis vor kurzem wusste ich gar nichts davon.«

Mit Tränen in den Augen schaute sie zu ihm hoch, klammerte sich an ihn. »Liebst du sie?«

»Nein! Natürlich nicht.«

»Liebst du mich?«

Er schluckte. »Das weißt du doch.«

»Liebst du deinen Sohn?«

Kein Zögern. »Ja.«

Er begann, ihren Rücken zu streicheln, und Lust stieg in ihm hoch, bis Valeria die Anzeichen seiner Erregung nicht mehr ignorieren konnte. Ihr Blick veränderte sich, die Tränen versiegten.

Und während sie seine Hose aufknöpfte, fing sie an, ihre Bedingungen zu stellen.

»Du wirst nie mehr mit Luna Jacobs schlafen, Francesco.«

*Die lässt mich ja eh nicht,* dachte er und sagte großzügig: »Versprochen.«

Valerias Hand lag auf seinen Boxershorts. »Du wirst so selten wie möglich mit ihr sprechen.«

Francescos Atem ging schneller, seine Gedanken wurden langsamer, der Rausch setzte wieder ein. »Okay.«

Valerias Hand lag *in* seinen Boxershorts. »Sie wird weder deine Wohnung noch dieses Haus je wieder betreten.«

»Ja«, stieß er aus. »Okay.«

Valerias Hand war jetzt sehr aktiv. »Wo wir sind, darf sie nicht sein.«

»Gut.« Er keuchte. »Gut! Gut! Gut!«

Valerias Blick huschte zu Michelle, die winselnd in der Ecke lag, die kurze Schnauze auf die Vorderbeine gelegt. »Tut mir leid, Schatzi«, sagte sie, »um dich kann ich mich jetzt nicht kümmern. Mein eigenes Glück geht vor.«

Michelle stand auf und trottete aus der Küche.

*Auch schön, wenn der Köter zur Abwechslung mal nicht zuschaut,* dachte Francesco noch.

Und dann gewann der Rausch wieder die Oberhand.

Ich verbrachte die letzten Augusttage damit, mir David und Ramona im Liebestaumel vorzustellen.

David und Ramona auf dem Balkon, mit einem Glas Wein in der Sonne, und er küsste sie, wie er mich hätte küssen sollen – wie lange schien das her zu sein!

David und Ramona in seinem Kombi; sie tadelte ihn lächelnd dafür, dass er immer noch nicht Ferrari fuhr, und er versprach ihr reumütig, sich zu bessern.

David und Ramona mit dem Drahtigen, wie sie auf Berlin tranken und darauf, dass sie bald wieder gemeinsam durch die Clubs ziehen würden, die Presse im Schlepptau.

David und Ramona in seinem Bett, wie sie … nein. Stopp. Auch meine Leidensfähigkeit hatte ihre Grenzen.

Ich versuchte mich abzulenken, aber das war schwierig, da ich viel, viel Zeit hatte. Die Tiere auf dem Killesberg waren entweder ungewöhnlich gesund oder mit ihren Besitzern im Urlaub, denn ich hatte sehr wenig zu tun. Beunruhigend wenig, um ehrlich zu sein, schließlich würde ich auch diesen Monat meine Miete bezahlen müssen.

Ob ich doch wieder als Bibliothekarin …?

Nein! So schnell würde ich mich nicht geschlagen geben. Zwar fühlte ich mich vor lauter Liebeskummer ganz elend und mutlos, aber das, sagte ich mir streng, war kein Grund aufzugeben. Es hatte ein Leben vor David gegeben, und es würde ein Leben nach David geben. Es *musste* ein Leben nach David geben!

Auch wenn ich mir das im Moment kaum vorstellen konnte.

Wie es aussah, gab es zumindest ein Leben nach Francesco, denn der meldete sich überhaupt nicht mehr. Ich hatte ein paarmal versucht, ihn anzurufen, aber außer seinem Anrufbeantworter hatte ich niemanden erreicht, nicht mal am Wochenende, wo er doch eigentlich üblicherweise niemals arbeitete.

Hatte ich alles versaut, indem ich im Schwimmbad Klartext geredet hatte?

Um Moritz' willen hoffte ich, dass dem nicht so war. Ich hatte mir das alles so schön vorgestellt: Francesco als Wochenend-Papa, er und ich als gute Freunde … aber diese Rolle schien ihm nicht zu liegen. Offensichtlich wollte er Moritz *und* mich, oder keinen von uns. Somit war genau das passiert, wovor Harriet mich gewarnt hatte: Ich hatte meinem Sohn seinen Vater präsentiert, und jetzt hatte ich ihm diesen Vater wieder weggenommen. Nun war Moritz noch schlechter dran als zuvor, denn ein Vater, den man gar nicht kannte, war immer noch besser als einer, der seinen Sohn nach dem Kennenlernen nicht haben wollte. (Ich konnte das beurteilen; mit Eltern, die einen nicht haben wollten, kannte ich mich schließlich aus.)

Trübe, trübe. Verdammt trübe. Lief eigentlich gar nichts rund in meinem Leben?

Zurzeit nicht, lautete die ehrliche Antwort. Aber ich durfte nicht aufgeben! Irgendwo in den Weiten des Universums musste es doch jemanden geben – eine höhere Macht, ein grundgütiges Wesen –, der mir einen Lichtstrahl schickte?

Niemand schickte mir einen Lichtstrahl. Dafür schickte Frau Zumsteinen mir eine E-Mail.

Sie traf mich wie ein Schlag in die Magengrube.

Frau Zumsteinen war eine meiner besten Kundinnen gewesen. Und sie, der ich x-mal mein Ohr für ihre Eheprobleme geliehen hatte, teilte mir nun kurz und knapp mit, dass ihre Michelle in Zukunft nur noch von Dr. David Herren und Frau Simone Schäfer behandelt würde. Von Nachfragen solle ich absehen, es gäbe nichts mehr zu bereden.

Ich grübelte lange darüber nach, aber ich konnte beim besten Willen keinen Grund für diese barsche Absage finden. Am einleuchtendsten wäre es noch gewesen, dass Frau Zumsteinen mit Simones Tierkommunikationsdienst nicht zufrieden war und mir, die ich Simone empfohlen hatte, die Schuld dafür gab. Aber wieso kündigte sie dann nicht zuallererst Simone? Die durfte ja noch kommen, das hatte Frau Zumsteinen ausdrücklich geschrieben!

Mich beschlich ein schrecklicher Verdacht.

Hatte etwa David … nein, unmöglich, diesen Gedanken durfte ich nicht zu Ende denken!

Ich dachte ihn zu Ende, und mir drehte sich der Magen um.

David hatte mich bei Frau Zumsteinen schlechtgemacht. Weil er nichts mehr von mir hielt, von mir, der Scharlatanin und Betrügerin. Weil er ein gewissenhafter Tierarzt war und die Leute und ihre Haustiere vor mir schützen wollte. Und vielleicht auch ein ganz kleines bisschen, weil er ein Mann war und sich von mir hintergangen fühlte.

Ich starrte auf die E-Mail und versuchte, die aufsteigende Panik zu ignorieren. Leider war die Panik nicht nur stark, sondern auch berechtigt, und deshalb klappte das mit dem Ignorieren ganz und gar nicht.

Meine Zukunft stand mir glasklar vor Augen: Wenn David entschlossen war, mich schlechtzumachen, würde er sich dabei nicht auf Frau Zumsteinen beschränken. Er würde sie alle warnen, alle unsere gemeinsamen Kundinnen. Sie würden alle abspringen, weil sie sich blind auf das Urteil des renommierten Dr. Herren verlassen würden. Und so würde mir niemand bleiben als die alte Frau Wenninger und ihre Perserkatze, und vielleicht zwei, drei andere Omis mit ihren Tieren.

Zu wenig, um meine Arbeitstage auszufüllen.

Zu wenig, um davon leben zu können.

Zu wenig, um meinen zweitbesten Traum weiter träumen zu dürfen.

*Das ist das Ende*, dachte ich benommen.

Doch da hatte ich falsch gedacht. Denn es war Freitagnachmittag, 16.03 Uhr, und das Ende kam erst fünfzehn Stunden und fünfundzwanzig Minuten später: am Samstagmorgen, exakt um 7.28 Uhr.

Da nämlich saß ich im Bademantel am Küchentisch, und während Moritz schlürfend seinen Kakao trank, schlug ich die erste Seite des Lokalteils unserer Tageszeitung auf.

## 21.

---

**Abzocke auf dem Killesberg**
**Betuchte Tierhalter lassen sich auf gefährlichen Trend ein – zum Schaden ihrer Lieblinge**

**Stuttgart (rvh) – *In den Villen auf dem Killesberg greift eine gefährliche Mode um sich: Statt kranke Haustiere zu einem Veterinärmediziner zu bringen, nehmen immer mehr Tierhalter die Dienste einer obskuren Tierheilpraktikerin in Anspruch.***

*Luna J. verspricht ihren Kundinnen, dass sie Fiffi und Mieze mit Edelsteinen, farbigen Lampen und Musik heilt. Ob das alles knallharte Abzocke oder nur esoterischer, wirkungsloser Hokuspokus ist, darüber gehen die Meinungen auf dem Killesberg auseinander. Einige Tierhalterinnen, vorwiegend gutgläubige ältere Damen, schwören auf die »mobile Tierheilpraktikerin«, andere zeigen sich kritisch bis ablehnend.*

*Die Position derer, die es wissen müssen, ist jedenfalls eindeutig: »Sich ohne eine anständige Ausbildung an wehrlosen Tieren zu vergreifen, empfinde ich als verantwortungslos, wenn nicht sogar als verbrecherisch«, so ein renommierter Tierarzt, der ebenfalls mobil auf dem Killesberg praktiziert und nicht namentlich genannt werden möchte. »Es steht außer Frage, dass ernsthaft erkrankten Tieren eine Behandlung mit Akupressur erspart bleiben sollte, wenn sie schlicht und ergreifend Antibiotika benötigen.«*

*Auch den ersten Kundinnen sind mittlerweile die Augen aufgegangen. »Diese Frau hat mir viel Geld abgeknöpft, aber bekommen hat mein Hund nichts als eine kleine Massage, die ich auch selbst hätte durchführen können«, sagt Monika S., deren Chinesischer Schopfhund nach wie vor an diversen Unpässlichkeiten leidet. Und auch Valeria Z., Halterin eines Lhasa Apso, ist der Meinung, dass die Tierheilpraktikerin aus der Weißenhofsiedlung eine Gefahr für die Killesberger Haustiere darstellt: »Diese Frau sieht aus, als könne sie kein Wässerlein trüben, aber sie hat es faustdick hinter den Ohren. Etliche Male hat sie versucht, die Aggressionen meiner Hündin zu heilen, ohne Erfolg.« Am schlimmsten, so Valeria Z., sei die mangelnde Arbeitsmoral der selbsternannten Heilerin: »Sie schämt sich nicht einmal, während der Arbeit Alkohol zu trinken! Regelmäßig vergreift sie sich an meinem besten Champagner.« Da dränge sich einem schon die Frage auf, worum es Luna J. wirklich geht: um die kranken Haustiere oder doch eher um die Mäuse in ihrem Portemonnaie?*

*Geholfen hat der verzweifelten Valeria Z. schließlich nicht Luna J., sondern die Tierkommunikatorin Simone Schäfer. Ironie des Schicksals: Schäfer wohnt im selben Haus wie die skrupellose Luna J.! Im Gegensatz zu dieser scheint die Tierkommunikatorin ihr Metier allerdings zu beherrschen: »Simone ist ein Genie! Eine einzige Sitzung mit ihr hat unser ganzes Leben verändert«, sagt Valeria Z. begeistert und streicht zärtlich über das weiche Fell ihrer Hündin Michelle.*

*Ein Anblick, der Mut macht. Neben eiskalten Halsabschneiderinnen scheint es also auch das auf dem Killesberg zu geben – Tierliebe. Und vielleicht sogar ein echtes kleines Wunder.*

»Mama, was ist los?«

»Nichts. Nichts, mein Schatz. Nichts.«

Das Telefon klingelte. Ich brachte es nicht fertig dranzugehen. Schließlich sprang der Anrufbeantworter an, und die erste Kundin sagte ihren Termin bei mir ab.

## 22.

ENDE

## 23.

Wie es so ist mit dem Ende: Es hat die Neigung, nicht von Dauer zu sein.

Die Welt, die aufgehört hat sich zu drehen, bewegt sich wieder; das Herz, das gerade noch eine blutende, klaffende Wunde war, schlägt wie durch ein Wunder einfach weiter; das Kind verschüttet seinen Kakao und fängt an zu schreien; und die Mutter steht auf, holt einen Lappen, wischt den Kakao auf und tröstet das Kind, als sei nichts geschehen.

Nur dass zwischen der Mutter und der Welt eine Schicht aus Eis liegt, während dieses eine, grausame Wort gegen ihre Schädeldecke hämmert: VERRAT.

David hatte mich verraten, auf die übelste Art von allen. Er hatte sich nicht nur von mir abgewandt, hatte nicht nur die Freundschaft, die ich zwischen uns zu spüren vermeint hatte, mit Füßen getreten. Nein, er hatte es vorgezogen, *gründlich* vorzugehen: Er hatte mich vor aller Augen so niedergeschlagen, dass ich garantiert nicht wieder aufstehen würde. So hatte er mir nicht nur das Herz gebrochen, sondern mir auch gleich noch meine berufliche Existenz zerstört. Zwei einfache, kleine Sätze, im Vorübergehen einem Journalisten zugeworfen … wie simpel, und wie wirkungsvoll! Vor allem, wenn es jemanden wie mich traf, jemanden, der weder die Kontakte noch die finanziellen Mittel hatte, um sich zu wehren.

Ob er den Artikel selbst angeregt hatte? Oder ob er sich lediglich als einer »derer, die es wissen müssen«, zur Verfügung gestellt hatte?

So oder so blieb es Verrat.

*Dabei weiß er doch, was es mir bedeutet, Tiere zu heilen!*, hämmerte es dumpf in meinem Kopf. *Er weiß doch, dass ich niemals ein Tier in Gefahr bringen würde! Er weiß, dass ich nichts gegen Antibiotika habe, wenn sie nötig sind. Warum hast du das getan, David? Warum hast du das getan?*

Es ging mir einfach nicht in den Kopf.

Sein Lächeln, sein Interesse an mir, unsere langen Spaziergänge … alles nur Lüge? Wie er mich angeschaut hatte … nichts als Berechnung? Hatte im Abgrund seiner schönen schwarzen Husky-Augen die ganze Zeit über der Verrat gelauert?

*Warum hast du das getan?*

»Iss gehe zum Sspielen in den Hof«, krähte Moritz.

Langsam wandte ich ihm den Kopf zu. Durch die Eisschicht hindurch sagte ich: »Ja, geh nur. Ich packe derweil unsere Koffer. Wir verreisen, mein Schatz.«

Moritz hüpfte aufgeregt durchs Zimmer. »Au ja! Wohin denn, Mama? Und wann? Muss iss dann am Montag gar niss in den Kindergarten?«

»Nein, musst du nicht«, sagte ich. »Wir fahren noch heute Vormittag los, und wir bleiben … länger. Ich muss nur noch kurz was erledigen.«

Freudengeheul erfüllte unsere Wohnung, und Moritz' Ausgelassenheit war so rührend und unpassend, dass sie fast meine Eisschicht durchbrochen hätte. Fast.

Er verschwand in den Hof, und ich ging wie im Traum zu meinem Computer und schaltete ihn an.

Ich brauchte nur zwei Worte einzugeben. Umgehend erhielt ich die Informationen, die ich gesucht hatte. Ich griff nach dem Telefon, stellte durch die Eisschicht hindurch meine Frage, bekam meine Antwort, und dann fing ich an zu packen.

# IV. Teil | *WASSER*

*»Arbeit ohne Hoffnung schöpft Nektar in einem Sieb,*
*und Hoffnung ohne Ziel kann nicht leben.«*
SAMUEL TAYLOR COLERIDGE, *»Arbeit ohne Hoffnung«*

*»You're gonna wish you never had met me«*
ADELE, *»Rolling In The Deep«*

## 24.

»Kannst du mir das erklären, Valeria?«

Sie zuckte zusammen, als Francesco wütend die Zeitung auf den Tisch knallte.

*Er hat den Artikel also gelesen,* dachte Valeria. *Tja, das war zu erwarten gewesen.*

Francesco setzte sich nicht neben sie auf das Sofa, sondern blieb breitbeinig vor ihr stehen. »Also? Ich höre!«, sagte er und verschränkte die Arme vor der Brust.

Wie männlich er aussah, so dunkel und zornig und stark … Aber jetzt musste sie sich konzentrieren. Musste ihm klarmachen, dass sie kein intrigantes Miststück war, sondern eine Frau, die aus Liebe gehandelt hatte. Das war romantisch, und deshalb würde er ihr verzeihen.

»Ich habe doch nur die Wahrheit gesagt!« Valeria gab die verletzte Unschuld – eine Rolle, die sie gut beherrschte und die sie auch in ihrer Ehe oft und gerne gespielt hatte. »Die Presse hat mich befragt, und ich habe Rede und Antwort gestanden. Warum auch nicht? Ich schulde Luna nichts. Sie ist doch schließlich«, unglücklicher Augenaufschlag, »meine Konkurrentin!«

Valeria rechnete fest damit, dass Francesco ihr nun beteuern würde, dass es keine Konkurrenz für sie gab und dass all ihre Befürchtungen unberechtigt seien. Er würde sich rechtfertigen – und damit hätte sie den Spieß umgedreht.

Leider ging Valerias Rechnung nicht auf.

Hart sagte er: »Du weißt, dass es nicht die Wahrheit ist, die du dieser Journalistin gesteckt hast. Luna hat sich hervorragend um deinen blöden Köter gekümmert, das hast du mir selbst erzählt.«

»Wie sprichst du denn über meine Michelle?« Valeria zog einen Schmollmund.

»So, wie der Köter es verdient«, sagte Francesco barsch. »Außerdem geht es hier nicht um Michelle, sondern um dich. Luna in einem Zeitungsartikel anzuschwärzen, nur weil du eifersüchtig bist, das ist wirklich das Allerletzte!«

»Ich liebe dich eben«, sagte Valeria weinerlich. »Ich will, dass Luna aus Stuttgart verschwindet! Oder zumindest vom Killesberg. Und das tut sie nur, wenn ihr die Kunden davonlaufen. Wenn ich meinen Teil zu dieser Entwicklung beitragen kann, dann ist es mein gutes Recht, dies zu …«

»Dein gutes Recht? Verflucht, Valeria, du zerstörst ihr die Lebensgrundlage!«

»Ja, aber nur, weil …«

»Hier gibt es kein ›ja, aber‹«, sagte er scharf. »Hast du nur eine Sekunde lang darüber nachgedacht, dass auch mein Sohn unter deinen blödsinnigen Aktionen leidet? Was ist, wenn Luna wirklich wegzieht? Weit weg?«

Valeria zuckte mit den Schultern. *Je weiter deine blöde kleine Familie von dir entfernt ist, desto besser,* dachte sie, hielt aber wohlweislich den Schmollmund.

Francesco stützte die Fäuste auf den Tisch und beugte sich zu ihr hinüber. »Ich sage dir, was dann ist: Ich werde jedes Wochenende weg sein, um Moritz zu besuchen. Jedes Wochenende. Zeit, die wir beide *nicht* zusammen verbringen werden, Valeria.«

Oh. So weit hatte sie gar nicht gedacht.

Und dass er dermaßen sauer werden würde, hätte sie auch nicht gedacht.

Blitzschnell unterzog Valeria ihre Verteidigungsstrategie einer Prüfung. Dass sie wegen Luna unglücklich war und aus reiner Liebe zu Francesco gegen ihre Rivalin kämpfte, schien ihn kein bisschen zu rühren. Romantik war wohl nicht sein Ding.

Sie seufzte. Na gut, dann eben das Übliche. War zwar nicht sehr originell, aber sie wusste wenigstens, dass es bei Francesco zuverlässig funktionierte. *Schließlich hat er das letzte Wochenende auch lieber damit verbracht, mit mir herumzuturnen,* dachte sie spöttisch, *als der ehrenvollen Aufgabe nachzukommen, Papi zu spielen.*

Sie erhob sich vom Sofa und ging um den Tisch herum zu ihm. Er schien zu ahnen, was sie vorhatte, denn er wich – im heldenhaften Versuch, ihr zu widerstehen – einen Schritt zurück. Doch Valeria war schneller, und vor allem war sie entschlossener. Sie umschlang ihn mit ihren Armen, zog ihn mit einem Ruck zu sich heran und presste ihr Becken gegen seins.

Sein zorniger Blick wurde unsicher.

Sie lächelte innerlich, während sie langsam anfing, ihr Programm abzuspulen.

Sein unsicherer Blick wurde gierig.

Dann verschleiert.

Und als Valeria eine halbe Stunde später in seinen Armen auf dem weichen Teppich lag, hatte Francesco ihr nicht nur verziehen, sondern ihr sogar ein weiteres Mal gesagt, dass er sie liebe.

Das machte Valeria glücklich. Fester denn je war sie entschlossen, ihren Mann zu verlassen und mit Francesco ein neues Leben anzufangen. In einer Woche würde der Alte heimkommen, doch diesmal würde ihn keine sehnsüchtige, vernachlässigte Gattin erwarten, sondern eine starke, verliebte Frau mit einer schlechten Nachricht. Als sie sich diese Szene ausmalte, seufzte sie zufrieden.

»Ich muss sie anrufen«, sagte Francesco schläfrig.

»Luna?« Valerias Glück bekam einen winzigen Sprung. »Warum?«

»Weil sie wissen muss, dass wir zusammen sind«, murmelte Francesco.

Da hatte er natürlich Recht; je früher die Fronten geklärt waren, desto besser.

»Sie wird sauer sein«, murmelte Francesco. »Sie wird eins und eins zusammenzählen. Du und ich, der verleumderische Artikel … sie wird ahnen, dass du der Presse das alles aus Eifersucht gesteckt hast. Weil du ihr schaden wolltest.«

Valeria schwieg träge. Was sollte sie auch sagen? Das mit der Eifersucht war natürlich peinlich, aber ob Luna sauer war oder nicht, war Valeria herzlich egal.

»Hoffentlich lässt sie mich Moritz weiterhin sehen«, sagte Francesco sorgenvoll. »Hoffentlich macht sie mich nicht dafür verantwortlich, dass ihr Geschäft den Bach runtergeht.«

Nun, dass Lunas Geschäft den Bach runterging, war ja Sinn der Sache gewesen. Um ehrlich zu sein, hatte Valeria es sogar als Wink des Schicksals angesehen, dass aus dem Nichts plötzlich diese Journalistin aufgetaucht war, um sie über Luna auszufragen.

»Ich könnte Luna sagen, dass es dir leidtut«, überlegte Francesco weiter. »Vielleicht würde sie dir verzeihen. *Uns* verzeihen. Kein Streit, keine Eskalation. Dann ist Luna vielleicht eher bereit, mir weiterhin den Kontakt zu Moritz zu erlauben.«

Alarmiert hob Valeria den Kopf. Doch bevor ihr ein heftiges »Es tut mir aber nicht leid!« entschlüpfen konnte, biss sie sich auf die Zunge. Nur nicht erneut Francescos Zorn entfachen! Hauptsache, er schlug sich nicht wieder auf Lunas Seite.

Wenn man es nüchtern betrachtete, war Valeria sowieso die Gewinnerin: Die kurze Schmach einer Entschuldigung würde sie überleben; Lunas Karriere hingegen war zerstört, da war Valeria sich sicher. Jede einzelne von Valerias Freundinnen hier auf dem Killesberg las die Zeitung, in der der vernichtende Artikel erschienen war, und die Freundinnen ihrer Freundinnen lasen sie auch, und die Freundinnen der Freundinnen ihrer Freundinnen auch. Luna war am Ende. Was machte es da schon aus, wenn sie erfuhr, dass Valeria zu Eifersucht neigte? Und dass diese Eifersucht sie bisweilen zu Handlungen trieb, die moralisch nicht ganz einwandfrei waren?

Eigentlich, dachte Valeria jetzt, war es sogar ganz gut, wenn sowohl Luna als auch Francesco von dieser Untugend wussten. Sollten sie nur immer schön daran denken, wozu Valeria fähig war! Dann würden sie sich hüten, in einem schwachen Moment doch noch was miteinander anzufangen.

Valeria ließ den Kopf wieder auf Francescos Brust sinken. »Einverstanden. Sag Luna, dass es mir leidtut. Aber wenn sie dir verziehen hat und dich Moritz sehen lässt, beschränkst du den Kontakt zu ihr auf die Zeiten, in denen du Moritz holst oder bringst.«

»Und wenn sie Ausflüge …«

»Keine Chance!«, sagte Valeria fest. »An unseren Regeln hat sich nichts geändert. Du erinnerst dich doch an unsere Regeln, Francesco?«

Francesco brummte ein »ja«, seine Hand verharrte unentschlossen auf ihrer Hüfte. Einige Sekunden lang schwieg er. Dann sagte er leise: »Alles kann man wohl nicht haben, hm?«

»Nein«, sagte Valeria, und ihre Stimme wurde sanfter, »das kann man nicht. Nicht einmal du, Francesco.«

Sie meinte ihn leise seufzen zu hören. Nun, er würde sich schon noch daran gewöhnen, von nun an mit Haut und Haaren der ihre zu sein. Sie würde ihm die Gefangenschaft mit allem versüßen, was sie aufzubieten hatte, und das war nicht wenig. Er würde es genießen – meistens jedenfalls.

Francescos Hand glitt nun wieder über ihre Haut, und Valeria interpretierte dies als Zeichen dafür, dass er sich mit dem Entzug seiner Freiheit abzufinden begann.

Lächelnd schloss sie die Augen. Ihre Wimpern streiften die glatte Haut seiner durchtrainierten Brust, und ein Schauer der

Glückseligkeit durchrieselte sie, als ihr bewusst wurde, dass dieser schöne, starke Oberkörper nun ihr gehören würde.

Ihr ganz allein.

Für immer.

## 25.

»Jacobs.«

»Ilona? Warum bist du denn nur auf dem Handy zu erreichen?«, keifte meine Mutter. »Weißt du eigentlich, wie teuer das ist, so ein Gespräch vom Festnetz ins Mobilnetz? Wir finden das Geld auch nicht auf der Straße! Wir sind Rentner, da muss man schauen, wie man mit dem bisschen haushaltet, was der Staat einem …«

»Hallo, Mutti«, unterbrach ich sie müde. »Was gibt es denn?«

»Was es gibt? Nichts gibt es, ich darf ja wohl noch meine Tochter anrufen, mein eigen Fleisch und Blut, um zu hören, wie es geht!«

Ich atmete tief durch. »Natürlich.«

»Was ist denn das für ein Geräusch bei dir im Hintergrund?«, fragte meine Mutter misstrauisch. »Das klingt ja wie auf der Baustelle bei dir!«

»Das ist ein Traktor. Ich bin …«

»Ist ja auch egal, Bagger, Traktor, jedenfalls ist es laut, das dröhnt einem ja in den Ohren! Und das am Morgen des heiligen Sonntag! Du könntest zur Abwechslung mal ein bisschen Rücksicht nehmen und woanders hingehen!«

Ich schloss die Augen, biss die Zähne zusammen und zählte stumm bis zehn. Ganz langsam.

»Wie geht's Moritz?«, fragte meine Mutter. »Setzt du das arme Kind etwa auch diesem schrecklichen Krach aus?«

*… acht, neun, zehn. Alles ist gut.*

»Ilona? Willst du unsere Telefonkosten noch mehr in die Höhe treiben, indem du jetzt gar nichts mehr sagst? So schwierig war die Frage doch nicht, oder?«

»Nein«, sagte ich und zählte weiter. *Elf, zwölf, dreizehn. Ich schaffe das. Ich schreie nicht.*

»Ich muss aufhören, Ilona. Du sagst ja eh nichts, und dein Vater wartet auf sein zweites Frühstück. Der Mann ist mit seinen siebzig Jahren immer noch unfähig, sich selbst ein paar Eier in die Pfanne zu hauen!«

»Grüß Vati von mir.«

»Wenn ich's nicht vergesse.«

Der Geruch der Septemberwiesen stieg mir warm und tröstlich in die Nase, und ich atmete tief ein. Es war so verzaubert schön hier, dass ich hätte heulen können. Na ja, nicht nur, weil die Wiesen, die dunkelgrünen Tannen und das Bächlein so schön waren, sondern auch wegen meiner Mutter. Und wegen David und dem Zeitungsartikel und weil meine Existenz in Trümmern lag.

Ich schluckte die Tränen hinunter, steckte mein Handy wieder in die Hosentasche und ging quer über die Wiese zu meinem Sohn. Zarte Dunstschleier lagen über dem Gras, Tautropfen funkelten im Morgenlicht. Hubert, ein ruhiger Vierzigjähriger mit feuerrotem Haar, fuhr knatternd mit dem Traktor an mir vorbei und winkte mir zu. Arbeit gab es hier eben immer, auch am heiligen Sonntag – ob es Mutti passte oder nicht. Ich bemühte mich um ein Lächeln und winkte zurück.

Moritz streichelte eine imposante, schwarzweiß gefleckte Kuh, die gutmütig still hielt und sich die unbeholfenen Zärtlichkeiten meines Sohnes brav gefallen ließ. Sie hieß Bianca und hatte sich in Todesangst losgerissen, als sie zum Schlachthof hatte gefahren werden sollen. Tierfreundliche Nachbarn, die das Ganze mitbekommen hatten, hatten den Gnadenhof »Arche now« alarmiert, und so war die völlig durchgedrehte Kuh von Hubert und Michi, den beiden Hauptamtlichen, eingefangen und später freigekauft worden.

Moritz hielt Bianca eine Handvoll Gras hin. Das wuchs zwar sowieso im Umkreis von mehreren Kilometern in Hülle und Fülle, aber Bianca tat Moritz den Gefallen und ließ sich von ihm füttern. Ich beobachtete die beiden, und für einen Moment machte das Gedankenkarussell, das seit unserer Abreise in meinem Kopf rotierte, Pause.

Es war so friedlich hier. Nichts als schräg fallende Sonnenstrahlen, die sich durch weichen Morgendunst schoben, nichts als das Sprudeln des Bächleins und das Muhen, Wiehern und Blöken der Tiere. Kein Verrat, keine üble Nachrede, kein Mann, der einem das Herz brach.

Ich wollte nicht zurück nach Stuttgart.

Bei »Arche now« anzurufen und die begeisterte Einladung zu bekommen, für Kost und Logis zwei Wochen lang mitzuarbeiten, war eine Sache von wenigen Minuten gewesen. Auf dem mit Tieren hoffnungslos überfüllten Hof im Kinzigtal war man für jede helfende Hand dankbar, und wenn diese helfende Hand auch noch Krankheiten lokalisieren und heilen konnte, war sie doppelt willkommen.

Ich hatte mich also noch am Samstagvormittag mit Moritz in den Zug gesetzt und war in den Schwarzwald gefahren – in die Heimat des roten Bollenhutes, der Trachtengruppen und der historischen Bauernhöfe. Sehr traditionell, das alles, sehr althergebracht. Und doch hatte ich das Gefühl, dass hier die Lösung, der Schlüssel für meine Zukunft lag – wenn ich denn noch eine hatte. Denn hier gab es genau das, wovon ich immer geträumt hatte: einen Gnadenhof, auf dem Hunde, Katzen, Pferde, Esel, Schafe, Schweine und die Kuh Bianca ein besseres Leben führen durften als je zuvor.

Natürlich würde ich nicht hierbleiben können. Der Hof finanzierte sich mehr schlecht als recht durch Spenden, den einen oder anderen Nachlass und die Unterstützung zweier ortsansässiger Handwerksbetriebe, die ihr Herz für Tiere entdeckt hatten. Das Wichtigste aber war der unermüdliche finanzielle und zeitliche Einsatz von Hubert, Michi und dessen Frau Rosalie, die den Hof gegründet hatten und ihn nun von einem Tag in den anderen hinüber retteten. Zwei Wochen lang mitzuarbeiten war erwünscht. Aber hier auf Dauer ein Auskommen zu finden, das meinen und Moritz' Lebensunterhalt sichern würde, war unmöglich.

Trotzdem wusste ich instinktiv, dass es richtig gewesen war, hierher zu kommen. Warum, war mir auch nicht klar. Ich wusste es einfach. Und was blieb mir auch anderes übrig, als auf mein Bauchgefühl zu hören? Okay, ich hätte zu Hause bleiben, den Zeitungsartikel auswendig lernen und am Telefon eine Absage nach der anderen entgegennehmen können. Aber dazu hatten mir sowohl die Lust als auch die seelische Kraft gefehlt.

Also war ich nach meiner überstürzten Packerei zu Harriet hinübergegangen. Ich hatte ihr meinen Planer mit Terminen und Adressen in die eine Hand gedrückt, die Zeitung in die andere, und dann hatte ich sie gebeten, zum ersten und letzten Mal im Leben Sekretärin für mich zu spielen und alle meine Termine für die nächsten zwei Wochen abzusagen.

»Schick meine Kundinnen einfach zu David«, hatte ich durch die seltsame Eisschicht hindurch gesagt. »Ja, verweise sie alle auf ihn. Soll er bekommen, auf was er aus war, ich geb's ihm freiwillig – meine ganze Kundschaft. Soll er sich in Grund und Boden schämen.«

Harriet hatte mir mit gerunzelter Stirn zugehört. Sie hatte von meinem bleichen Gesicht auf die Zeitung geschaut und wieder zurück.

»Seite siebzehn«, hatte ich tonlos gesagt. »Bitte, Harriet, tu das für mich. Ich muss weg, zur Ruhe kommen, hab mir einen Gnadenhof im Schwarzwald gesucht, die Adresse hab ich dir in den Planer geschrieben, aber bitte, bitte, bitte gib sie niemandem! Und die Nummer meines Privathandys auch nicht. Niemandem, wirklich niemandem, verstehst du?«

Harriet hatte angesichts meines wirren Gestammels nur den Kopf geschüttelt, und dann hatte sie mich in den Arm genommen. »Ich weiß zwar nicht, was los ist, aber mir scheint, da musst du alleine durch?«

Ich hatte genickt.

»Dann fahr«, hatte sie schlicht gesagt. »Verlass dich auf mich und fahr.«

Und ich war gefahren.

Ich strich meinem Sohn über den Kopf. Seine dunklen Locken erinnerten mich an Francesco. Ob der sich je wieder melden, auf meine Nachrichten auf seinem AB reagieren würde? *Er* hatte meine private Handynummer, seit wir uns so oft an den verschiedenen Ausflugsorten getroffen hatten. Aber er schien keinen Wert darauf zu legen, den Kontakt zu mir und vor allem zu Moritz zu halten. Wie sollte ich Moritz das bloß erklären? Er fragte immer öfter nach seinem Papa.

Noch eines dieser Probleme, die zu lösen ich offensichtlich nicht imstande war.

Ein Berg von Problemen, und ich war so müde.

»Können wir die Bianca nach Sstuttgart mitnehmen?«, fragte Moritz jetzt. Er schaute der Kuh nach, die zum Bach trottete, um zu saufen.

»Bianca möchte hier bleiben«, sagte ich und hoffte, dass meine Stimme einigermaßen unbeschwert klang. »Sie fühlt sich wohl hier.«

»Wie iss«, sagte er.

»Jeder fühlt sich wohl hier, nicht wahr?«

Er nickte. »Und wie!«, sagte er feierlich.

Obwohl wir erst eine Nacht hier verbracht hatten, war Moritz bereits zu einem glühenden Gnadenhof-Fan geworden. Die vielen verschiedenen Tiere, die hier in großzügigen Stallungen und auf weitläufig eingezäunten Weiden lebten, hatten es ihm angetan. Er staunte darüber, wie zutraulich und angstfrei sie alle waren, und ich staunte nicht minder, hatte jedes einzelne Tier doch Erfahrungen gemacht, die nicht gerade für uns Menschen sprachen.

Da war Bobo, ein ehemaliger Tierversuchshund, oder die Katze Goldi, die von einem Auto überfahren worden war, ohne dass der Unglücksfahrer sich die Mühe gemacht hätte, zu halten und sie zu retten. Da waren die Pferde Jona und Chiara: Jona war nach einem langen, beschwerlichen Leben als Zirkuspferd zur Schlachtung freigegeben worden, und Chiara hatte das gleiche Schicksal gedroht, als sie nach fünfzehn Fohlen, denen sie das Leben geschenkt hatte, nicht mehr trächtig geworden war. Da waren die Schafe, die ohne Betäubung hätten geschächtet werden sollen. Da war der Esel, der mit etlichen Narben und frischen Verletzungen hierher gebracht worden war und um dessen Vertrauen Hubert und Michi viele Monate lang hatten kämpfen müssen.

Und das waren noch die weniger schlimmen Fälle.

Ich tat, was ich konnte, um all diesen Tieren zu helfen. Bereits gestern, an unserem Ankunftstag, hatte ich zwölf Tiere untersucht, etlichen von ihnen eine Akupressur angedeihen lassen, andere homöopathisch behandelt, und manchen hatte ich auch eine gute Gesundheit bescheinigen dürfen. Es war anstrengend gewesen.

Aber auch sehr befriedigend. Als ich in der Nacht in meinem kleinen Gastzimmer gelegen, den ländlichen Geräuschen und Moritz' regelmäßigen Atemzügen gelauscht und nachgedacht hatte, war mir klar geworden, dass meine Arbeit sich schon seit Monaten nicht mehr so gut und richtig angefühlt hatte wie bei den Behandlungen dieser Tiere, die mich wirklich brauchten. Sogar mein privater Jammer war dabei in den Hintergrund getreten. Ich war zwar unglücklich und müde, und ich weinte, sobald ich sicher war, dass mich niemand dabei beobachtete. Aber immerhin fing die Eisschicht an zu schmelzen.

Tränenwasser statt Eis.

Tja, man musste auch für kleine Fortschritte dankbar sein.

Langsam ging ich mit Moritz an der Hand zum Hof zurück. Michi und Rosalie erwarteten uns mit dem Frühstück, und danach würde ich mir die nächsten Tiere vornehmen. Ja, ich würde ackern bis zum Abend. Das war ein guter Tagesplan, fand ich: überschaubar, klar, heilsam. Viel, viel Arbeit, aber immerhin kaum mehr Eis zwischen mir und der Welt.

Meine Stuttgarter Probleme konnten warten, dachte ich, als wir den Hof betraten. Sie *mussten* warten. Ich würde einen Schritt nach dem anderen tun, und dann würde sich alles fügen. Irgendwann, irgendwie.

Hoffentlich.

## 26.

»Ich vermisse Luna so sehr«, sagte Peng Cui.

»Soll i des deim Fraule sage?«, blitzte Simone ihm zu. Die telepathische Verbindung klappte tadellos – Peng Cui antwortete sofort.

»Besser nicht«, sagte er ängstlich. »Sie ist nicht mehr gut auf Luna zu sprechen. Hat sie sogar bei dieser Frau von der Zeitung angeschwärzt. Dabei bin ich doch schuld! Ich ganz allein.« Er fing an zu schluchzen.

»Warum winselt Peng Cui schon wieder rum?«, fragte Frau Singer wütend. »Nie kann man es diesem Tier recht machen! Mir steht es langsam bis hier, Frau Schäfer, das können Sie mir glauben!«

Simone ignorierte sie. »Warum denkscht du, dass du schuld dran bisch, dass dei Fraule Luna nemme mog?«, blitzte sie Peng Cui zu.

»Weil ich nicht gesund werde! Ständig habe ich was … dabei will ich so gerne genauso stark und wild sein wie die anderen Hunde! Aber ich brauche *sie*«, panischer Blick zu Frau Singer, »bloß anzuschauen, und schon gerät alles in meinem Körper durcheinander.«

»Also?«, fragte Frau Singer drohend.

»Tja«, machte Simone ausweichend.

Wie brachte man es einer zahlungskräftigen Neukundin bei, dass ihr Hund und sie einfach nicht zusammenpassten? Frau Singer hätte einen Rottweiler gebraucht, oder einen Mastiff. Einen robusten Hund, der sich nicht davon abschrecken ließ, dass sein Frauchen den Charme eines Schlachtschiffes ausstrahlte.

Simone strubbelte sich ratlos durch die Zotteln. Nicht zum ersten Mal in dieser Woche dachte sie, dass ihr unerwarteter Erfolg auch seine Schattenseiten hatte. Erstens natürlich das schlechte Gewissen Luna gegenüber; denn obwohl Simone kein einziges böses Wort über sie verloren hatte, kam das in diesem Artikel doch eindeutig so rüber. Und zweitens litt Simone darunter, dass die Realität des Arbeitsalltags deutlich weniger strahlend war als die Phase, in der man nur plante und träumte.

An den Tieren lag das nicht: Sie waren kooperativ und redselig, und Simone hatte keinerlei Probleme damit, sie zu verstehen. Aber dass die Frauchen dermaßen zickig sein würden, hätte Simone nicht für möglich gehalten.

Auch die Tatsache, dass die psychischen Probleme der Tiere mitunter gravierend waren, machte Simone zu schaffen. »Psychoanalyse für Tiere« klang super, aber eigentlich war es nur traurig. Belastend. Desillusionierend.

Immerhin war es lukrativ, und das rief Simone sich jetzt energisch ins Bewusstsein. War es nicht besser, ab und zu ein Tränchen wegen eines Hundes oder einer Katze zu vergießen, als bis ans Lebensende von der Stütze abhängig zu bleiben?

Doch, zweifellos. Simone trug heute ein T-Shirt mit der für ihre Verhältnisse dezenten Aufschrift »Neckarperle«, und sie war fest entschlossen, nicht nur eine Perle zu sein, sondern sich auch bald welche leisten zu können. Da musste man eben das eine oder andere Opfer bringen.

Sie hob den Kopf und sagte zu Frau Singer: »Sie solltat in Erwägung zieha, für Peng Cui an andre Platz zu finda.«

Frau Singer stemmte die fleischigen Finger in die Hüften. »Was denn noch alles? Jetzt ist dem kleinen Herrn hier nicht mal mehr sein Plätzchen genehm?«

»Sie verstehat mi offensichtlich net«, sagte Simone würdevoll und strich sich ihr T-Shirt über dem Bauch glatt.

»Ach ja? Bin ich zu dumm für Ihre Dienste?«, keifte Frau Singer.

Mann, war die Frau anstrengend.

»I sprech net von einem andre Liegeplatz«, sagte Simone. »Sondern von einem neua Zuhause.«

Frau Singer starrte sie an.

Jetzt hält sie wenigstens mal ihr Gosch, dachte Simone.

»Sie …«, fing Frau Singer mit zitternder Stimme an. »Sie … Sie …«

Beunruhigt registrierte Simone, dass Frau Singer nicht nur überrumpelt wirkte, sondern völlig fassungslos. Kacke! Hatte Simone eine ihrer ersten Kundinnen etwa schon wieder verloren?

»Sie … Sie …«, stammelte Frau Singer wieder.

»Ich?«, half Simone ihr auf die Sprünge. Das Gestammel ging ihr auf die Nerven, und was gesagt werden musste, konnte auch gleich gesagt werden.

»Sie …«, hauchte Frau Singer, »… sind ein Genie!«

Simone verschluckte sich an ihrer Spucke und hustete.

»Sie, Frau Schäfer, halten nicht mit der Wahrheit hinterm Berg«, hauchte Frau Singer. »Sie sehen Peng Cui, erkennen seine Probleme und präsentieren die richtige Lösung, alles in Minutenschnelle. Ich kann es nur wiederholen: Sie sind ein Genie!«

Auch Frau Zumsteinen hatte sie als Genie bezeichnet, und Simone musste gestehen, dass man sich an eine solche Zuschreibung gewöhnen konnte. Sie hörte auf zu husten. Eine tolle Sache, dieser Job als Tierkommunikatorin.

»Mr tut, was mr kann«, sagte sie bescheiden.

»Von Anfang an war dieser Hund eine Enttäuschung«, sagte Frau Singer mit Tränen in den Augen. »Wissen Sie, wie oft ich mir gewünscht habe, ihn einfach zurückzugeben? Aber das habe ich nicht gewagt. Monika, sagte ich mir, was werden deine Freundinnen sagen, wenn du ein unschuldiges Hündchen ins Tierheim bringst? Aber wenn sogar Sie mir dazu raten, Frau Schäfer, Sie, ein Profi, dann …«

»Augablick«, unterbrach Simone sie alarmiert. »Vom Tierheim war net die Rede!«

»Oh doch. Ich soll Peng Cui weggeben, oder nicht? Und wohin sollte ich ihn sonst schaffen, wenn nicht ins Tierheim? Ich sage einfach, ich habe eine Allergie. Denken Sie etwa, ich ruiniere meinen guten Ruf und gefährde meine soziale Stellung, indem ich irgendjemandem dieses kränkliche Vieh verkaufe? Nicht mal geschenkt würden meine Freundinnen den kleinen Schwächling haben wollen!«

Frau Singers Tränen versiegten so rasch, wie sie gekommen waren. Abfällig musterte sie das zitternde Hündchen, das mit großen Augen zu ihr aufsah.

»Gleich heute«, sagte sie zu Peng Cui, »bringe ich dich weg. Aber vorher bekommen Sie Ihren Lohn, liebe Frau Schäfer. Den haben Sie sich redlich verdient! Wissen Sie was?« Gönnerhaft legte sie Simone eine Hand auf den Arm. »Ich lege sogar noch fünf Euro drauf! Na, was sagen Sie dazu?«

*Au, des isch jetzt bled glaufe,* dachte Simone zerknirscht. *Der arme kleine Köter!*

Andererseits – fünf Euro waren fünf Euro. Mit den dreißig Euro, die Simones Beratung kostete, machte das eine hübsche Stange Geld. Um den Hund tat es ihr zwar aufrichtig leid, aber schließlich musste jeder selbst sehen, wo er blieb.

»Danke, des isch sehr großzügig«, sagte sie deshalb höflich zu Frau Singer. »Werdat Sie mich weiterempfehla?«

»Worauf Sie sich verlassen können«, sagte Frau Singer feierlich.

Peng Cui machte seltsame kleine Geräusche. Simone erkannte, dass er weinte.

»Was will er?«, fragte Frau Singer mit mäßigem Interesse.

Simone hörte den Schopfhund verzweifelt schluchzen, dachte an die fünfunddreißig Euro und ihren Status als Genie und sagte sich, dass die Welt von einer kleinen Lüge mehr nicht untergehen würde.

»Er freut sich aufs Tierheim«, sagte sie, ohne Peng Cui anzusehen.

## 27.

Seit einer knappen Woche waren wir nun auf der »Arche now«, und es fühlte sich an, als hätten wir schon immer hierher gehört. Moritz streunte frei wie ein Bullerbü-Kind auf dem Hof herum und war glücklich, wie ein »Großer« behandelt zu werden. Dass alle hier wie selbstverständlich ein Auge auf ihn hatten, fiel ihm nicht auf; mir aber gab es das beruhigende Gefühl, ihm nicht ständig hinterherdackeln zu müssen.

Ich konnte also in Ruhe meine Wunden lecken – und das hieß für mich, ein Mindestmaß an innerer Ruhe und Selbstachtung wiederzufinden, weit weg vom Ort meiner Niederlage. Hier im Schwarzwald gab es nur mich und meinen Sohn, die Tiere, meine Arbeit und die netten Menschen, die mir so schnell zu Freunden geworden waren.

Und es gab David, tief eingeschlossen in diesem rohen, verletzten Klumpen Fleisch, der einmal mein Herz gewesen war.

»Luna? Kommst du mal zu Flecki rüber?«, rief Rosalie. »Ich glaube, ihr Herz macht wieder Probleme.«

Ich ging durch das Hundezimmer – einen großen, hellen Raum in einem der Nebengebäude des Hofes – zu Rosalie und Flecki. Die Beagle-Hündin lag seitlich auf dem Boden, sah aber alles andere als entspannt aus. Sie schien an Atemnot zu leiden. Flecki war schon seit längerem herzkrank; sie bewegte sich nur noch wenig, war meistens müde und hustete viel. Zwar war sie in schulmedizinischer Behandlung, aber es gab Tage, an denen ihre Herzschwäche schlimmer war als sonst.

Ich kniete mich neben sie und streichelte ihr sanft über das kurze Fell. Während ich leise mit Flecki redete, glitten meine Finger über ihren Bauch, bis ich ihren Herz-Alarmpunkt gefunden hatte. Als ich darauf drückte, zuckte sie zusammen und winselte leise.

»Schlimm?«, fragte Rosalie und strich sich durch das dunkelblonde Haar, das von grauen Strähnen durchzogen war. Rosalie war fünfzig Jahre alt, sah mit ihrem runden, rosigen Gesicht aber jünger aus – und sehr mütterlich, vor allem, wenn sie so besorgt dreinschaute wie gerade eben.

Ich wiegte den Kopf und sah zu ihr hoch. »Das Herz scheint heute besonders schwach zu sein. Ich muss den Alarmpunkt massieren, um ihn wieder mit Energie zu füllen. Das ist nicht angenehm für Flecki. Aber nötig.«

Rosalie nickte. »Wird's ihr danach besser gehen?«

»Ja. Allerdings sollten wir Flecki zusätzlich Crataegus D4 geben. Weißdorn-Globuli«, setzte ich erklärend hinzu.

Rosalie legte mir eine Hand auf die Schulter. »Wie haben wir es bisher nur ohne dich geschafft?«, sagte sie lächelnd. »Danke.«

Ich lächelte zurück. »Gern geschehen. Mir tut es auch gut, hier zu sein.«

Sie schwieg kurz, ihre klugen, warmen Augen musterten mich. »Willst du darüber reden, Luna?«

Flecki winselte nicht mehr, lag mit geschlossenen Augen auf der Seite und ließ es zu, dass ich weiterhin ihren Herz-Alarmpunkt behandelte. Das Vertrauen des alten Beagles rührte mich.

Und Rosalies Gesprächsangebot auch.

Trotzdem schüttelte ich den Kopf. »Lieber nicht. Es nützt nichts, weißt du? Superman hat mir das Herz gebrochen, und jetzt warte ich darauf, dass es heilt. So einfach ist das.«

Ich hatte betont flapsig gesprochen und schob zur Sicherheit noch ein schiefes Grinsen hinterher. Ich wollte kein Mitleid. Vor allem aber wollte ich Rosalie nicht belasten. Sie hatte so viele Sorgen mit all den Tieren, für die sie, ihr Mann und Hubert verantwortlich waren, dass ich ihr nicht auch noch meinen Liebeskummer aufbürden wollte.

Außerdem fürchtete ich, dass ich gar nicht mehr aufhören würde zu reden, wenn ich erst einmal angefangen hätte. In mir tobten die widersprüchlichsten Gefühle, überraschende Erkenntnisse, zahllose Fragen und erste Ahnungen von Antworten – ein riesiges, inneres Knäuel, das ich noch nicht entwirren konnte. Und die verschiedenen Fadenenden dieses Knäuels führten nicht nur zu David, sondern zu allen Dingen, die mir in meinem bisherigen Leben wichtig gewesen waren.

Zum Beispiel zu meiner Arbeit. Erst hier, auf diesem um sein Überleben kämpfenden Schwarzwaldhof, war mir bewusst geworden, was ich die ganzen letzten Wochen verdrängt hatte: dass ich mich nicht damit abfinden konnte, verhätschelte, gesunde Tiere zu behandeln. Ich wollte eine Arbeit tun, die ich als nötig und sinnvoll empfand.

Das ließ nur einen Schluss zu, und der erschütterte mich bis ins Mark: Harriet hatte Recht gehabt, meine Arbeit auf dem Killesberg war nicht meine Bestimmung gewesen. Der Zeitungsartikel, der das Todesurteil für meine bescheidene Karriere gewesen war, hatte nur vorweggenommen, was sowieso irgendwann passiert wäre: Ich hätte gemerkt, dass ich in den vornehmen Häusern meiner Kundinnen fehl am Platze war.

Hätte ich dann meine Arbeit aufgegeben und mir eine neue, echte Herausforderung gesucht?

Hätte ich also genau das getan, was ich David unterstellt hatte?

Ach, David … Warum nur dachte ich so viel an ihn? Er hatte mich verraten, mir das Messer in die Brust gestoßen, und ich wollte ihn hassen, hassen, hassen! Inbrünstig und unversöhnlich.

Stattdessen sehnte ich mich so sehr nach ihm, dass ich langsam an meinem Verstand zu zweifeln begann. Es konnte doch nicht normal sein, dass mir in jeder Pause zwischen zwei Behandlungen sein Gesicht vor Augen stand! Wenn ich spazieren ging, stellte ich mir vor, er wäre neben mir und würde sich mit mir über die Krankheiten der Tiere unterhalten. Wenn ich mit Moritz, Rosalie, Michi und Hubert an ihrem großen, grob geschnitzten Esstisch saß, fragte ich mich, ob David sich in unserer Runde wohl willkommen fühlen würde. Wenn ich im Bett lag, versuchte ich mir einzuhämmern, dass er mich nie gemocht, geschweige denn geliebt hatte, da er mich sonst nie, nie, nie verraten hätte. Wenn ich dann eingeschlafen war, träumte ich trotzdem von ihm, von seinen Küssen, seinen Husky-Augen, seinen Armen, die sich tröstend um mich legten. Und wenn ich mit Tränen in den Augen aufwachte, hatten sich meine Gefühle für ihn kein bisschen geändert: Ich liebte ihn noch genauso verzweifelt wie eh und je.

Jeden verdammten Morgen das Gleiche, und keine Besserung in Sicht.

Nach fast einer Woche, in der mein Handy bis auf den Anruf meiner Mutter still geblieben war, klingelte es am nächsten Tag gleich zweimal.

Misstrauisch warf ich einen Blick auf das Display. Nein, mit Mutti würde ich heute *nicht* sprechen. Das letzte Wochenend-Telefonat hatte mir gereicht!

Doch es war gar nicht meine Mutter, die mich beim mittäglichen Ausmisten unterbrach.

Ich machte Michi, Rosalies Mann, der seit einer Stunde mit mir im Pferdestall arbeitete, ein Zeichen und ging mit dem Handy nach draußen. Ich blinzelte in die warme Septembersonne, holte tief Luft und wappnete mich für den ersten Kontakt mit der Realität meines alten Lebens.

»Hi, Francesco«, sagte ich.

»Luna, gut, dass ich dich erreiche. Bei dir zuhause springt immer nur der AB an. Bist du im Urlaub?«

»Könnte man so sagen. Ehrlich gesagt eher auf der Flucht.«

»Oh.« Er klang schuldbewusst. »Wegen dieses Artikels?«

»Du hast ihn gelesen?«

»Ich habe ihn Valeria um die Ohren gehauen. Bildlich gesprochen, natürlich.«

»Was hast *du* denn mit Valeria Zumsteinen zu schaffen?« Ich runzelte die Stirn. »Ach so, stimmt, sie ist ja deine Kundin.«

»Auch.« Er klang noch schuldbewusster. »Luna, Valeria und ich … wir sind ein Paar.«

Uff. Das musste ich erst mal verdauen.

»Herzlichen Glückwunsch«, sagte ich schließlich lahm.

»Du und ich«, er klang nervös, »das hat doch eh nicht funktioniert. Du willst mich nicht, auch wenn ich nicht kapiere, warum. Andere Frauen lecken sich die Finger nach mir!«

Na, an Selbstbewusstsein mangelte es ihm jedenfalls nicht. Ich lächelte. Ich mochte ihn, diesen eingebildeten Macho – wenn auch nicht auf die Art, die er sich gewünscht hatte.

»Doch, ich will dich«, sagte ich. »Als Freund. Und als Vater für Moritz.«

»Darf ich Moritz weiterhin sehen?«, fragte er zaghaft.

»Aber klar. Wieso denn nicht?«

»Na ja, Valeria hat dich schließlich bei dieser Journalistin angeschwärzt. Und gleichzeitig ist Valeria meine ... hm ... meine ...«

»Geliebte?«, schlug ich vor. »Sie ist doch verheiratet. Mit diesem Börsenmakler, den man nie zu sehen bekommt. Oder hat sie den nur erfunden?«

»Natürlich nicht. Aber sie will sich scheiden lassen. Um ehrlich zu sein, sie möchte sobald wie möglich wieder heiraten.«

»Dich?«

»Mich«, sagte er, und es klang, als knirsche er mit den Zähnen. »Valeria macht keine halben Sachen.«

Ich lachte. »Offensichtlich. Dann lag ich ja gar nicht so falsch mit meinem ›herzlichen Glückwunsch‹!«

»Wie man's nimmt«, sagte er. »Du bist mir also nicht böse?«

»Dir nicht. Valeria Zumsteinen schon.«

»Sie hat es aus Liebe getan!«

»Wie süß.«

»Ehrlich«, sagte er. »Sie will mich halt ganz für sich allein. Das berührt mich sehr.«

»Schön für dich. Mich berührt eher, dass ich keine Ahnung habe, womit ich in Zukunft meine Brötchen verdienen soll! Wahrscheinlich muss ich aus Stuttgart wegziehen. Irgendwo ganz neu anfangen. Oder wieder in der Bibliothek arbeiten. Oder es doch noch einmal probieren – jeder verdammten Kundin einzeln beweisen, dass ich keine Scharlatanin bin. Ach, ich weiß auch nicht.« Ich seufzte. »Das kommt mir im Moment alles so unwirklich vor. Ich glaube, ich brauche einfach noch ein bisschen Zeit, bevor ich eine Entscheidung treffe.«

»Schick doch eine Bitte ans Universum«, schlug er vor. »Das könnte helfen. Das Universum löst alle Probleme, weißt du?«

Ich verzichtete auf eine Antwort. Francesco war spiritueller Berater. Er musste an so etwas glauben.

»Luna?«

»Ja?«

»Du bist eine tolle Frau. Schade, dass es mit uns nicht geklappt hat.«

»Schade, dass so vieles nicht geklappt hat«, sagte ich leise. »Ich melde mich bei dir, wenn ich wieder in Stuttgart bin, okay?«

»Okay. Ruf aber lieber nicht auf dem Handy an, sondern zuhause. Es wäre nicht so gut, wenn Valeria mitkriegen würde, dass wir telefonieren.«

???

Ängstlich setzte er hinzu: »Wie gesagt, sie neigt zur Eifersucht.«

*Vielleicht hätte ich vorhin ja doch nicht »herzlichen Glückwunsch« sagen sollen,* schoss es mir durch den Kopf. *Sondern »herzliches Beileid«.*

Als wir das Gespräch beendet hatten, blieb ich noch ein Weilchen draußen stehen und hielt mein Gesicht mit geschlossenen Augen in die Sonne. Francesco und Valeria. Wer hätte das gedacht! Aber ich gönnte ihm sein Glück, wenn es denn eines war. Hauptsache, er kümmerte sich weiterhin um Moritz. Dass er seinen Sohn nicht aufgeben wollte, ließ mir ganze Felsbrocken vom Herzen plumpsen. Vielleicht würden wir es ja wirklich schaffen, eine Freundschaft aufzubauen. Wenn Valeria das zuließ … wozu sie imstande war, wenn sie ihre Liebe bedroht wähnte, hatte sie ja bewiesen. Plötzlich war ich ganz froh, dass ich ihre Michelle nicht mehr behandeln sollte. Sonst hätte sie mir eines schönen

Tages noch mit einem langen, scharfen Fleischmesser in ihrer Designer-Küche aufgelauert.

Von Valeria wanderten meine Gedanken zu der Journalistin, mit der sie über mich gelästert hatte. Mir war noch immer schleierhaft, wie diese Pressetante überhaupt auf mich gekommen war. Hatte mich jemand angeschwärzt? Hatte sie wegen des Sommerlochs unbedingt eine Story gebraucht? War ich aus reinem Zufall ihrer boshaften Recherche zum Opfer gefallen?

Aber es war müßig, darüber zu grübeln. Es war geschehen, und ich konnte meinen ruinierten Ruf nicht wiederherstellen. Ich konnte nur … ja, was?

Was, verdammt noch mal, konnte ich bloß tun?

Mit unerbittlicher Wucht fielen meine Probleme über mich her.

Mühsam schaufelte ich mich frei. Natürlich konnte ich etwas tun. Ich konnte zum Beispiel zurück zu Michi in den Pferdestall gehen.

Mit dem Ausmisten weiterzumachen, war doch schon mal ein Anfang.

Wenig später klingelte mein Handy zum zweiten Mal. Michi grinste und machte eine despektierliche Bemerkung über techniksüchtige Städter, und ich verzog entschuldigend mein Gesicht und ging wieder aus dem Stall hinaus. Tja, so kam man auch zu seinen Pausen.

Diesmal war es Harriet.

»Luna, *love,* ich habe es nicht mehr ausgehalten«, sagte sie. »Ich wollte dich eigentlich in Ruhe lassen, aber ich musste einfach wissen, wie es dir geht. Dieser grässliche Zeitungsartikel! Ich träume jede Nacht davon.«

»Ehrlich?« Ich grinste schwach. »Und ich von David, dem elenden Verräter.«

Ich verließ den Hof und wanderte in Richtung der Weiden. Wenn ich mit Harriet telefonierte, wollte ich keine Mithörer.

Sie räusperte sich. »Äh, ja, das wäre der zweite Grund meines Anrufes. Da gibt es etwas, das ich dir sagen muss. David …«

»Du brauchst nichts zu sagen. Ich träume zwar von ihm, aber ich weiß, dass es aus ist. Na ja, was heißt ›aus‹, es war ja nie was zwischen uns. Das sollte es mir eigentlich leichter machen, was?«

Mein bemüht lockerer Ton hatte leider eine unverkennbar klägliche Färbung. Immerhin hörte mich niemand außer Harriet, da ich jetzt inmitten saftig grüner Wiesen stand. Das war einer der Vorteile eines Schwarzwaldhofes: In Nullkommanix war man allein, und niemand hörte einen jammern oder heulen.

»Wie geht's Simone?«, wechselte ich das Thema. »Ihre Tierkommunikation boomt nach diesem Zeitungsartikel sicherlich.«

»Ja. Sie ist in dieser Woche ziemlich durchgestartet, hatte einen Termin nach dem anderen. Aber ob das von Dauer ist … egal. Wichtig ist was ganz anderes.«

»Meine untreuen Kundinnen zum Beispiel«, sagte ich grimmig. »Hast du allen abgesagt? Waren sie froh, dass sie das nicht selbst erledigen mussten? Ist ja viel weniger peinlich für sie, wenn *ich* absage, als wenn …«

»Luna, hör mir doch mal zu!«, rief Harriet. Sie klang fast panisch. Verwundert hielt ich inne. So kannte ich Harriet gar nicht.

Ich hörte sie tief Luft holen. Dann sagte sie mit erzwungener Ruhe: »Du hattest mir verboten, irgendjemandem deine Adresse zu geben. Stimmt's?«

»Stimmt.«

Pause.

»Und?«, fragte ich.

»*Well,* es ist so, ich habe mich natürlich daran gehalten.«

»Natürlich«, sagte ich. »Ich weiß doch, dass ich mich auf dich verlassen kann.«

»Äh, ja. Die Sache ist die: David ist hier aufgetaucht und wollte …«

»Aufgetaucht? Bei dir?«

»Er hat dich überall gesucht! Der Arme hatte ja keine Ahnung, wie und wo er dich erreichen konnte! Deine private Handynummer hat er ja nicht, richtig?«

»Richtig«, brachte ich mühsam heraus. Hatte Harriet gerade »der Arme« gesagt?

»Er hatte schon alles probiert: dir x-mal auf den AB gesprochen, bei dir geklingelt, dir E-Mails geschrieben. Als du dich trotzdem nicht bei ihm gemeldet hast, hat er in seiner Verzweiflung eben bei mir geläutet. Du hattest ihm wohl von mir erzählt?«

David war verzweifelt gewesen???

Mein Herz setzte aus, fing wieder an zu schlagen, setzte wieder aus. Vielleicht brauchte ich ja auch Crataegus-Globuli in D4, wie Flecki.

»Er war so unglücklich«, fuhr Harriet fort, als ich nicht antwortete, »du hättest seine Augen sehen sollen, dieser Blick …«

»Ich kenne seinen Blick zur Genüge«, schnitt ich ihr zittrig das Wort ab. »Harriet! Was willst du mir mit deinem Gestammel sagen? Doch nicht etwa, dass du …«

Abrupt verstummte ich und hob die freie Hand über meine Augen, um sie gegen die Nachmittagssonne zu schützen.

Etwas kam über die Wiese.

»Wusstest du«, sagte ich ungläubig, »dass es im Schwarzwald Fata Morganas gibt?«

»Was? Quatsch. Jetzt lenk doch nicht ständig ab. Ich habe …«

»Eine Fata Morgana von David«, sagte ich, und mein Herz, das gerade noch ausgesetzt hatte, raste plötzlich in meiner Brust. »Ist das möglich? Oder werde ich jetzt doch noch verrückt? Du bist die Psychoanalytikerin, sag du's mir: Ist man am Überschnappen, wenn man den gemeinen Menschen, den man so sehr liebt, als Fata Morgana auf einer Schwarzwaldwiese sieht?«

»Das ist es doch, was ich die ganze Zeit versuche, dir beizubringen!«, sagte Harriet ungeduldig. »Ich habe David deine Adresse gegeben!«

Ich ließ langsam das Telefon sinken, während er auf mich zukam. Mit großen, raschen Schritten. Mit goldbraunem, zerzaustem Haar, das in der Sonne glänzte. Und mit sehr entschlossenem, sehr dunklem Blick – das sah ich sogar auf die Entfernung.

Ich schluckte trocken. Denken konnte ich nicht mehr. Mich bewegen auch nicht. Sprechen schon gar nicht.

»Luna?«, hörte ich Harriet schwach aus dem Handy. Ich schaltete das Gerät ab, ohne die Fata Morgana aus den Augen zu lassen.

Dann war er da, blieb ganz dicht vor mir stehen. Er sagte nichts, gab mir keine Erklärung. Stattdessen legte er mit einem tiefen Aufseufzen seine Arme um mich, zog mich dicht zu sich heran. Und ich, die ihn so gerne hassen wollte, ließ mich einfach in diese Umarmung fallen. Schloss die Augen. Drückte mein Gesicht an Davids Hals. Und atmete seinen wunderbaren, herben Geruch in so gierigen Zügen ein, als hinge mein Leben davon ab.

# V. Teil | *FEUER*

*»Eh du von der Liebe sprichst*
*Laß sie erst im Herzen leben,*
*Eines holden Angesichts*
*Phosphorglanz dir Feuer geben.«*
Johann Wolfgang von Goethe, *»Grundbedingung«*

## 28.

He, warum verschwand der Duft aus meiner Nase? Warum ließ David mich los? Warum schob er mich von sich weg, anstatt mich leidenschaftlich und endlos lang zu küssen?

Ach, stimmt, wir waren ja zerstritten. Mist.

Unsanft plumpste ich zurück in die Wirklichkeit. Wir standen voreinander, wortlos, verlegen, und keiner von uns schien zu wissen, was da gerade passiert war und wie es nun weitergehen sollte. Als ich endlich beschloss, dass feiges Aufschieben keinen Sinn machte, gehorchte meine Stimme mir nur widerwillig.

Ohne Umschweife sagte ich: »Du hast mich verraten, David.« Meine Stimme klang wie das Krächzen eines kranken Raben.

Er fixierte mich unter halb gesenkten Lidern, und mir wurde heiß. Seine Stimme klang so klar, dunkel und sexy wie immer, als er sagte: »Nein, habe ich nicht. Aber du hast mit meinen Gefühlen gespielt, Luna.«

Ich starrte ihn an.

David schob das Kinn vor. »Du hast mir vorgegaukelt, du würdest etwas für mich empfinden. Dabei warst du die ganze Zeit über gebunden. *Das* nenne ich Verrat.«

Mir blieb der Mund offen stehen. Während ich noch nach einer Antwort suchte, fügte David sanfter hinzu: »Aber ich bin nicht gekommen, um dir Vorwürfe zu machen, sondern um klarzustellen, dass Ramona in diesem Zeitungsartikel gelogen hat. Ich habe nie, hörst du, niemals solche Dinge über dich gesagt!«

Moment.

»Ramona?«, sagte ich langsam. »Hat sie etwa … diesen Artikel … Ramona?!«

»Natürlich. Hast du nicht das Kürzel gesehen? rvh – Ramona Ventario-Herren.«

Ich schwieg, während mein Gehirn die Puzzleteile dieses Spiels auseinanderriss und neu sortierte. »Aber warum?«, war alles, was ich schließlich hervorbrachte.

»Sie hat dich in der Alten Kanzlei gesehen.« David schaute an mir vorbei in die Ferne. »Sie hat mich nach dir gefragt und hat dann wohl«, er räusperte sich, »ihre Schlüsse gezogen. Sie, äh, mag dich nicht besonders.«

»Diese Frau«, sagte ich ungläubig, »*diese Frau* ist auf jemanden wie mich eifersüchtig? Das ist nicht dein Ernst!«

»Warum erstaunt dich das so?« David richtete seinen Blick auf mich und lächelte schwach. »Du hast wirklich keine Ahnung, wie schön du bist, hm?«

Er fand mich schön? Der attraktivste Mann des ganzen Universums fand mich, Luna Jacobs, schön?

Meine Fingerspitzen begannen zu kribbeln. Vielleicht fand er mich schön, nett und anziehend? Sehr anziehend? Unwiderstehlich anziehend? Vielleicht mochte er mich tatsächlich? Aber durfte ich ihm so schnell wieder vertrauen, nach allem, was passiert war?

Während meine Gedanken durcheinandersprangen wie eine Horde unerzogener Welpen, blieb Davids Gesicht undurchdringlich wie eine Maske. Offenbar bereute er es schon, mir einen Teil seiner Gefühle gestanden zu haben. Na ja, Gefühle – er fand mich schön, mehr nicht. Das war nicht gerade eine Liebeserklärung. Trotzdem, Ramona war auf mich eifersüchtig. Das musste doch einen Grund haben, oder? Obgleich Valeria Zumsteinen ja auch grundlos eifersüchtig war. Ach, verdammt, wer sollte da noch durchsteigen?! Und wie sollte ich mich, bitte schön, konzentrieren, wenn Davids Schlafzimmerblick so intensiv auf mir ruhte und mich spontan an Liebe, Leidenschaft und wilden Sex denken ließ?

Himmel, ich war vollkommen durcheinander.

David natürlich nicht. Sachlich sagte er: »Ramona hat ihre Kontakte zu dieser Zeitung spielen lassen, deshalb durfte sie als Gastautorin einen Artikel veröffentlichen.«

Ich holte tief Luft. Okay, erst mal das Geschäftliche. Ich verbannte Liebe, Leidenschaft und wilden Sex auf die hinteren Ränge meines Bewusstseins und sagte so gelassen wie möglich: »Die haben Ramona einfach so machen lassen? Spricht nicht für die Zeitung.«

»Sie war vor Jahren mal mit dem Chefredakteur zusammen«, sagte David unbewegt. »Er hat sie wohl in guter Erinnerung. In jeder Hinsicht.«

»Oh.«

»Luna, du musst mir glauben, Ramona hat mir Worte in den Mund gelegt, die ich niemals benutzt habe. Jedenfalls nicht in Bezug auf dich.« Er brach ab und fuhr sich verlegen durch die Haare. »Kann sein, dass ich so was in der Art mal in Berlin gesagt habe – du weißt ja, dass ich nicht viel von Tierheilpraktikern gehalten habe, bevor ich dich kennengelernt habe. Aber das aus dem Zusammenhang zu reißen und mich zu zitieren, als hätte ich es über dich gesagt … das war nicht nur skrupellos und gemein, sondern auch journalistisch absolut unehrenhaft!«

Ich sah den Zorn auf Ramona, der seinen Blick verdunkelte, und langsam, ganz langsam begriff ich, dass es wahr war: David hatte nie die Absicht gehabt, mich zu vernichten.

Er hatte mich nicht verraten.

Vor Erleichterung wurde ich ganz schwach.

Nur um sicher zu sein, hakte ich nach: »Du denkst also nicht schlecht über mich? Du findest mich nicht«, ich schluckte, »verbrecherisch?«

Er schüttelte heftig den Kopf. »Du weißt doch, wie sehr ich dich als Kollegin schätze! Und das habe ich Ramona auch gesagt. Am liebsten hätte ich sofort bei der Zeitung angerufen und eine Gegendarstellung verlangt. Du hast es nicht verdient, dass man dir die Karriere zerstört, nur um dir eins auszuwischen.« David hob die Hand, als wolle er mich zu sich heranziehen, doch dann ließ er die Hand wieder sinken. »Ich wollte erst mit dir persönlich sprechen, bevor wir zur Schadensbegrenzung übergehen. Ich wollte keine Entscheidungen über deinen Kopf hinweg treffen.«

Schadensbegrenzung? Entscheidungen? Mir schwirrte der Kopf. Ruhig Blut, sagte ich mir. Erst einmal die Fakten sortieren.

Die da wären:

David hatte nichts Schlimmes über mich gesagt, hatte es nicht auf meine Kundinnen abgesehen, hielt mich nicht für eine Betrügerin. (*Halleluja!*, seufzte der rohe Fleischklumpen in meiner Brust und nahm zögernd wieder die Gestalt meines Herzens an.)

Ramona hatte mich fertigmachen wollen, damit aber ein Eigentor geschossen. Na ja, sie *hatte* mich fertiggemacht, aber immerhin hatte sie David mit dieser üblen Aktion nicht zurückbekommen. Im Gegenteil. (*Ätsch!*, zischte mein Herz. Die Zeit als Fleischklumpen hatte es entschieden gehässiger gemacht.)

David wollte mit mir zusammen gegen die Verleumdungen vorgehen. Möglicherweise war ich also doch nicht dazu verdammt, mein berufliches Glück fortan bei der Müllabfuhr zu suchen. (Mein Herz hüpfte jubelnd über imaginäre Blumenwiesen.)

Und last, but not least: David fand mich schön, und er schätzte meine beruflichen Fähigkeiten. (Liebte er mich auch? Mein Herz hörte auf zu jubeln und zu hüpfen, stattdessen begann es stürmisch zu klopfen. *Liebt er mich? Liebtermichliebtermichliebtermich???*)

Ich kämpfte gegen den unwiderstehlichen Drang an, David genau das zu fragen und mich dabei in seine Arme zu werfen. Nur die Tatsache, dass er eben jene Arme vor der Brust verschränkt hatte, hielt mich davon ab. Verdammt, warum war er so zurückhaltend? Wie sollte man aus diesem Mann schlau werden?

Mühsam beherrscht sagte ich: »Schadensbegrenzung also. Wie soll die denn aussehen?«

»Da gäbe es verschiedene Möglichkeiten«, sagte David, und seine Husky-Augen begannen mordlustig zu funkeln. »Ich habe Tom mitgebracht, um alles zu besprechen.«

Wie auf einen geheimen Befehl hin kam mit federnden Schritten der Drahtige über die Wiese auf uns zu. David wandte den Kopf und sah ihm entgegen. »Tom ist mein Agent. Er war mit mir an jenem Abend in der Alten Kanzlei, vielleicht ist er dir aufgefallen.«

»Mir ist alles, ausnahmslos alles, aufgefallen, was an jenem Abend an deinem Tisch vor sich gegangen ist«, lag es mir auf der Zunge, doch im letzten Moment hielt ich mich zurück. Ich nickte nur. Es war ja auch nicht jener Abend, der mich beschäftigte.

Sondern eine Sache, die ich unbedingt klarstellen musste, solange David und ich noch alleine waren.

»Übrigens«, sagte ich nervös, »was Francesco und mich betrifft …«

»Du brauchst dich nicht zu rechtfertigen«, unterbrach David mich bestimmt, schaute mich dabei aber nicht an. Stattdessen beobachtete er immer noch Tom, der stetig näher kam. So nahe, dass mir nur noch wenige Atemzüge bleiben würden, um das Missverständnis um Moritz' Vater aufzuklären. Warum ließ David mich bloß nie ausreden, wenn die Rede auf Francesco kam? Ich musste ihm doch sagen, dass er sich irrte! Dass er, David, mich haben konnte, sofort und vollständig, mit Haut und Haaren, Leib und Seele, Herz und Verstand, für jetzt und alle Ewigkeit …

»Ihr seid eine richtige Familie, du, dein Sohn und Francesco«, drang Davids Stimme in meine hitzigen Gedanken. »Welches Recht habe ich, das zu zerstören? Okay, du warst vielleicht eine Zeitlang von mir, hm, angetan. Aber Liebe …« Er warf mir einen flüchtigen Blick zu. »Ja, ich war verletzt, und ja, ich war sauer.

Das gebe ich zu. Aber ich war im Unrecht. So, und jetzt kümmern wir uns um deine Karriere. Hey, Tom, du kommst genau im richtigen Augenblick!«

Nein, er kam nicht im richtigen Augenblick! Überhaupt nicht! War ich David so unwichtig? War ich nur sein kleines Spielzeug gewesen, das er nun großmütig Francesco überließ? Wozu hatte sich mein Herz gerade erst erholt, wenn David es umgehend wieder in Fetzen riss? Oder tat er nur so cool, um es mir nicht noch schwerer zu machen? Um eine Familie zu schützen, die es in Wirklichkeit gar nicht gab? Herrgott, ich wollte mit ihm *reden!* Ich wollte endlich, endlich, endlich erfahren, woran ich bei David war!

»Da haben wir ja den kleinen Unglücksraben«, schnarrte der Drahtige und griff nach meiner Hand, um sie kräftig zu schütteln. »Üble Sache, das mit dem Artikel, was? Aber das kriegen wir schon gebacken. Hab da schon ein paar Ideen. Viele Ideen. Soll ich sie mal kurz skizzieren?«

»Hallo, Tom«, sagte ich schwach.

David lachte. »Lass Luna erst mal Luft holen, bevor du loslegst, Tom. Am besten gehen wir zurück, setzen uns irgendwo zusammen und trinken einen Kaffee. Dabei können wir dann Pläne schmieden.«

Tom sah aus, als könne er sich kaum zurückhalten, uns in den rauschenden Fluss seiner Ideen hineinzuziehen. Er wippte mit den Fußsohlen auf und ab, rückte seine Brille gerade und sagte ungeduldig: »Dann mal los. Wir haben eine ganze Woche verloren, bis wir dich in dieser Einöde gefunden haben, Luna. Die Zeit drängt!« Er rieb sich die Hände.

Ich seufzte. Wie es aussah, würde mein Herz sich noch ein wenig gedulden müssen.

Die beiden Männer flankierten mich, als wir zurück zum Hof gingen.

Doch während ich Toms Anwesenheit körperlich kaum spürte, schossen mir auf der Seite, an der David ging, ununterbrochen elektrische Stöße durch den Leib. Die Luft knisterte vor Spannung. Ich fühlte die Kräfte zwischen uns pulsieren, wirbeln, aufeinander prallen. Ich hatte zwar schon immer ein besonderes Gefühl für Energien gehabt – aber *das* musste David doch auch spüren?

Ich warf ihm einen kurzen Seitenblick zu, und unsere Blicke trafen sich.

Liebe. Leidenschaft. Wilder Sex.

Mein Atem stockte, als er mich so ansah, dann ruckten unsere Gesichter gleichzeitig nach vorne, und wir schauten beide stur auf den Hof, auf den wir zugingen. *Mein Gott,* schoss es mir durch den Kopf, *ich halte das nicht aus.*

Ich musste mit ihm sprechen. Und wenn ich mich komplett zum Affen machte – es war mir gleichgültig.

Ich musste es einfach schaffen, für ein paar Minuten mit David allein zu sein.

Doch in der nächsten Stunde sah es nicht so aus, als sollte mir dieses Vorhaben jemals glücken. Tom blieb so beharrlich an Davids Seite wie ein Koala-Baby bei seiner Mutter, und irgendwann fragte ich mich missmutig, ob sie wohl auch zusammen aufs Klo gingen. Taten das sonst nicht nur Frauen? Tja, wieder ein Klischee widerlegt.

Wir saßen alle zusammen um den klobigen Tisch in der Bauernstube herum: Hubert, Michi und Rosalie, Tom und David, Moritz und ich. Das heißt, Moritz saß weniger als dass er herumsprang, von der Eckbank auf den Boden, zum Kühlschrank, hinaus zu den Tieren, wieder rein und zurück auf die Eckbank. Zwischendurch blamierte er mich mit Fragen wie »Warum guckst du den Mann so an, Mama?«, »Kämmt der sich nie?« und »Findest du den ssön?«. Mein Vorschlag, zum Spielen doch rauszugehen, quittierte er mit der empörten Bemerkung »Iss bin sson groß! Iss will bei euss bleiben!«, und zum ersten Mal in meinem Leben wünschte ich mir die Hilfe einer Super Nanny herbei.

David beobachtete meinen aufgedrehten Sohn mit einer Mischung aus Zuneigung und Traurigkeit. Ich musste mich extrem zurückhalten, um David nicht von seinem Stuhl zu zerren, ihn an einen einsamen Ort zu schleifen und ein für alle Mal klarzustellen, dass Moritz' Vater und ich kein Paar waren, niemals eines gewesen waren und niemals eines sein würden.

Aber dann hörte ich wieder Davids sachliche, gelassene Stimme, bemerkte, wie konzentriert er sich mit meinen beruflichen Problemen befasste, und fühlte mich – bei aller Dankbarkeit – verunsichert. Vielleicht hatte er ja doch nur ein schlechtes Gewissen. Sah mich als prima Kumpel an, die Art Frau, die er bei seiner nächsten Hochzeit als Trauzeugin wählen würde. Oder, schlimmer noch: Ich tat ihm einfach bloß leid. Die arme, gedemütigte, für immer auf die unterste Sprosse der Erfolgsleiter verdammte Luna – der musste doch mal jemand hilfreich unter die Arme greifen.

Bei diesem unerfreulichen Gedanken runzelte ich die Stirn, biss die Zähne zusammen und beschloss, mich von nun an wie eine smarte Geschäftsfrau zu verhalten. Arme Luna? Ha! Ich würde es ihnen schon zeigen. Allen.

Und deshalb tat ich es David endlich nach und richtete meine gesamte Aufmerksamkeit auf die Möglichkeiten, meinen guten Ruf wiederherzustellen.

»… gemeinsame Serie in einer Tierzeitschrift«, schnarrte Tom gerade und trank seine dritte Tasse Kaffee aus.

»Das ist langfristig okay«, sagte David, »aber fürs Erste brauchen wir was anderes. Es muss sofort wirken, versteht ihr? Was ist denn mit der Gegendarstellung, Tom?«

»Sind wir zu spät dran«, meinte Tom. »Das würde wirken, als hätten wir uns unsere Argumente mühsam zusammensuchen müssen. Wäre mehr Schuldeingeständnis als Schadensbegrenzung.«

Mir fiel auf, dass beide Männer beständig von »uns« sprachen, und ein warmes Gefühl der Zusammengehörigkeit durchrieselte mich.

»Wie wäre es mit einem Artikel in der Konkurrenz-Zeitung?«, schlug ich im Bemühen vor, mich auch mal nützlich zu machen.

David nickte. »Keine schlechte Idee. Aber wir bräuchten einen guten Aufhänger.«

»Quatsch, Zeitung. Regional-Fernsehen!«, warf Tom ein, der es offensichtlich nicht gewöhnt war, mit David kleine Brötchen zu backen. »Das wäre doch der Hammer: David Herrens Rückkehr ins Rampenlicht, mit der übersinnlich begabten Luna Jacobs an seiner Seite. Klasse!«

»Ich bin nicht übersinnlich begabt«, stellte ich hastig klar. »Ich kann nur Energien besser wahrnehmen als andere Menschen. Das ist alles.«

»Das ist alles?« Hubert, der bis jetzt geschwiegen hatte, strich sich lachend durch seinen Rotschopf. »Du brauchst drei Minuten und deine Zauberhände, um eine Diagnose zu stellen, für die ein Tierarzt ein Ultraschallgerät und etliche Bluttests braucht! Und du findest, das sei nichts Besonderes?«

Verlegen lächelte ich. »Dann ist David aber mindestens so übersinnlich begabt wie ich. Wenn er sie behandelt, werden die Tiere aus reiner Hingabe an ihn gesund!«

»Was für ein Paar!« Tom strahlte. »Das wird *die* Sensation, Kinder!«

»Wir sind kein Paar«, sagte David scharf, und Tom zuckte erschrocken zusammen.

Auch ich zuckte zusammen, aber aus anderen Gründen als Tom. Natürlich hatte David Recht: Wir waren kein Paar. Aber musste er das so betonen? War ihm die Vorstellung, mit mir zusammen zu sein, so widerlich?

Tom murmelte betreten: »Ein berufliches Paar, meinte ich.«

»Dann pass bitte auf, Tom, dass du das in deinem Eifer nicht vermischst«, sagte David kühl. »Luna muss schließlich auch an ihre Familie denken.«

Mann, ich hatte doch gar keine Fa…

»An miss und Papa?«, krähte Moritz.

Arrrrrgh!

»Genau«, sagte David freundlich zu Moritz, während ich mich nach den alten Zeiten sehnte, in denen Kinder im Beisein Erwachsener den Mund zu halten hatten. Eigentlich eine super Regel. Vor allem, wenn Mami in einen Star-Tierarzt verliebt war, der ihr gegenübersaß und nicht ahnte, wie sehr sie sich nach ihm statt nach dem Vater des ungezogenen Kindes verzehrte.

Ich spürte, wie Rosalie ihren Blick zwischen David und mir hin- und herschweifen ließ, und riss mich zusammen. Rasch setzte ich eine unbeteiligte Miene auf. Später, sagte ich mir. Später würde ich mit David reden. Ruhig, freundschaftlich und offen. Danach würde alles geklärt sein. Und ich wäre entweder im Himmel oder ich läge mit zerschmetterten Knochen in dem Abgrund, in den David mich gestürzt hätte.

Bei dieser Aussicht wurde meine unbeteiligte Miene wohl ein wenig furchtsam, denn Rosalie beugte sich zu mir rüber und flüsterte: »Du brauchst nichts zu sagen. David ist der Superman, der dir das Herz gebrochen hat, stimmt's?«

»Wie kommst du denn darauf?«, zischte ich.

Sie schaute mich nur an, voller Wärme, Klugheit und Verständnis.

»Hey, Luna, was sagst du dazu?«, rief Tom, der schon wieder zu seiner alten Form zurückgefunden hatte.

Dazu? Wozu?

»Die Dokumentation«, schnarrte er ungeduldig. »Wäre das nicht der Bringer? Du und David müsstet als Pa… äh, als Team auftreten. Ich sehe es schon vor mir: ›Der Super-Doc und die Heilerin‹. Wunderbar, wunderbar!« Aufgeregt rückte er seine Brille zurecht. »Das können wir ganz groß aufziehen. Nix Regional-Fernsehen. Das wird eine bundesweite Sache. Ja, genau so hatte ich mir Davids Comeback vorgestellt, und …«

»Tom«, unterbrach David seinen Agenten ruhig. »Hier geht es nicht um mich. Es geht um Luna.«

»Es geht um *euch!*«, sagte Tom eifrig. »Wenn wir zwei Fliegen mit einer Klappe schlagen können – dein Comeback, Lunas Rehabilitation –, warum sollten wir es dann nicht tun?«

Bedächtig meldete Michi, Rosalies bärenhafter Mann, sich zu Wort. »Also ich halte nichts von einer bundesweiten Sache. In Stuttgart ist Luna verleumdet worden, in Stuttgart muss ihr Ruf rehabilitiert werden. Das ist meine Meinung.«

Ich schaute ihn an, und ein Knoten in meinem Inneren löste sich.

Denn in diesem Moment wusste ich es.

Warum hatte ich nur so lange dafür gebraucht?

»Was, wenn ich gar nicht zurück nach Stuttgart will?«, fragte ich.

Perplexe Stille folgte meinen Worten.

Tom fasste sich als Erster. »Wie jetzt!«, stieß er hervor.

»Vielleicht hat alles genau so kommen müssen«, sagte ich, und plötzlich sprudelten die Worte nur so aus mir heraus. »Ich habe viel nachgedacht in den letzten Tagen. Und ich glaube, ich muss einen Neuanfang machen. Einen wirklichen Neuanfang. Meine Fähigkeiten bei Tieren einsetzen, die es auch brauchen. Nicht auf dem Killesberg, sondern an einem anderen Ort.«

David lehnte sich zurück. Er sah mich schweigend an, seine Miene war unergründlich.

»Und der Gegenschlag?«, fragte Tom enttäuscht.

Ich zuckte mit den Schultern. »Kann ja trotzdem stattfinden. Es ist sicher hilfreich, wenn mein Neuanfang mit unbeflecktem Ruf erfolgt. Aber wieder mit David durch die Villen touren … nein, ich glaube, dieses Kapitel ist abgeschlossen.«

»Keine Dokumentation?« Tom verzog das Gesicht.

Ich zuckte wieder mit den Schultern. »Jedenfalls nicht über eine Tierheilpraktikerin, die reichen Stuttgarter Hausfrauen die Zeit vertreibt.«

»Was möchtest du denn stattdessen machen?«, fragte Michi. »Hierbleiben geht nicht, auch wenn wir uns das alle wünschen würden. Aber wir können dich nicht bezahlen.« In seinem Blick lag echtes Bedauern. »Wir kommen ja so schon kaum über die Runden.«

Tja, das war der Knackpunkt. Was ich nicht mehr wollte, wusste ich. Aber was ich wollte … das stand auf einem anderen Blatt. Nach wie vor war mein großer Traum Nummer 1 (selbst einen Gnadenhof zu eröffnen) ungefähr so realistisch wie mein aktueller großer Traum Nummer 2 (David mit meinen Fähigkeiten als Sexgöttin um den Verstand zu bringen).

»Ich weiß, dass ich nicht hierbleiben kann«, sagte ich unsicher. »Aber vielleicht klappere ich einfach ein paar Gnadenhöfe ab und schaue, ob sich irgendwo eine Möglichkeit auftut.«

»Klingt nicht nach einem ausgereiften Plan«, versetzte Tom missmutig.

»Ist es ja auch nicht. Dieser Plan ist eine halbe Minute alt«, gab ich zu. Ich seufzte und stand auf. »Jetzt brauche ich erst mal frische Luft.«

Keine Lösung, aber eine Verschnaufpause.

Kurz bevor ich hinausging, drehte ich mich noch einmal um. Alle, sogar mein Sohn, starrten mich schweigend an.

Offensichtlich hielt mich nun ausnahmslos jeder auf diesem Hof für bekloppt.

## 29.

Ich stand verloren im Pferdestall herum – dem einzigen Ort auf dem Hof, der um diese Zeit ganz sicher einsam und verlassen war –, und betrachtete die leeren Boxen, tief in Gedanken versunken. Alle Pferde waren noch auf der Koppel, und das war gut so. Wahrscheinlich hätte ich ihnen sonst ihre großen Ohren vollgeheult. Es reichte schon, dass ich bei den Menschen hier unten durch war – da musste ich nicht auch noch die Tiere gegen mich aufbringen.

Ich ließ die Schultern hängen. Was hatte ich mir nur dabei gedacht, dieses fruchtbare, zielführende Brainstorming mir nichts, dir nichts zu sprengen? Ich hatte keinen Plan, keine vernünftige Idee, was meine Zukunft anging, nur das diffuse Gefühl, dass ich eine sinnvolle Arbeit tun wollte. Und dass Stuttgart nicht der richtige Ort dafür war.

Ich ärgerte mich über mich selbst, gleichzeitig wusste ich, dass ich das einzig Richtige getan hatte: Ich hatte mich offen gegen eine Rückkehr in mein altes Leben entschieden. Wann, wenn nicht jetzt, sollte ich zu neuen Ufern aufbrechen? War es nicht besser, endlich meiner tiefsten Sehnsucht zu folgen, statt ständig auf die gähnende Leere meines Bankkontos zu schielen?

Aber was war meine tiefste Sehnsucht?

Zwei Träume, die nie realisierbar sein würden.

*Dann geh halt auch nach Tibet und heile kranke Yaks*, giftete es in mir. *In Tibet ist das Leben wenigstens billig.*

Tja, das war so ein Punkt. In Deutschland war es *nicht* billig. Wovon würde ich leben? Und Moritz? Lebenssinn hin oder her, ich musste meinen Sohn kleiden und ernähren. Verdammt, ich war eine verantwortungslose Rabenmutter. Das war die bittere Wahrheit. Mein Gott. Mein Gott. Mein Gott!

Ich schlug die Hände vors Gesicht.

»Warum bist du weggelaufen?«, fragte David leise hinter mir.

Ich fuhr herum. Da stand er, an die Futterkiste gelehnt, und schaute mich unter halb gesenkten Lidern an.

Ich öffnete den Mund, schloss ihn wieder. Suchte nach Worten.

»Ich bin so durcheinander«, flüsterte ich schließlich. »Ich weiß überhaupt nicht, was jetzt werden soll.«

Er lächelte schief. »Du gehst nach Hause und lässt dich von Francesco trösten. Und dann sehen wir weiter. Wir müssen nicht sofort mit unseren Aktionen loslegen, weißt du? Wenn du Zeit brauchst, bekommst du sie.«

Seine sanften Worte trieben mir die Tränen in die Augen. Langsam ging ich zu ihm hinüber. Staubflocken tanzten in den Strahlen der Abendsonne, die durch die Stallfenster fielen. Es roch nach Heu, nach altem Leder und nach Pferd, nach Spätsommer und Glück.

Eigentlich war sie doch so schön, diese verrückte Welt.

Und David und ich waren allein.

Ganz allein.

Jetzt oder nie.

»Sag mir«, presste ich hervor, ehe mich der Mut verlassen konnte, »woran ich bei dir bin.«

Zack, Rollladen runter.

»Du hast ein Kind und einen Partner«, sagte David barsch. »Ich werde deine Familie nicht zerstören.«

»David!« Meine Stimme zitterte, als ich meine Bitte wiederholte. »Sag mir, woran ich bei dir bin!«

Doch er schüttelte den Kopf. »Nein. Ich kann mich nicht an meine Eltern erinnern, und ich hatte es gut bei meiner Tante. Aber glaub mir: Ich hätte alles, wirklich alles dafür gegeben, Mutter und Vater zu haben.« Eindringlich setzte er hinzu: »Mutter *und* Vater, Luna.«

Mit unnatürlicher Ruhe sagte ich: »Ich liebe Francesco aber nicht.«

»Das denkst du jetzt«, entgegnete David. »Weil du verwirrt bist. Aber wenn wir beide … wenn ich Moritz den Vater wegnehme …« Er stockte, dann seufzte er tief. »Irgendwann wirst du mich dafür hassen.«

»Woher willst du das wissen?« Schluss mit der unnatürlichen Ruhe. Stattdessen gewannen Wut und Verzweiflung die Oberhand. »Bedeute ich dir denn gar nichts, David?«

»Das werde ich dir nicht sagen.« Er schob das Kinn vor und entzog mir seinen Blick. Mit schmalen Augen fixierte er einen imaginären Punkt an der Stallwand, den er offensichtlich viel interessanter fand als mich.

Und da riss mir endgültig der Geduldsfaden.

»Schau mich an, Herrgott!«, schrie ich. »Schau mich an und sag es mir ins Gesicht!« Wie der Blitz hatte ich den letzten Meter überbrückt, der uns noch voneinander trennte. Mein Herz raste wie nach einem Marathon, meine Hände machten sich selbstständig, griffen grob und verzweifelt in Davids schöne, zerzauste Haare.

Sie fühlten sich noch viel fantastischer an, als ich geglaubt hatte. Meine Finger wurden reine Empfindung, vollkommen durchlässig für David, wurden SamtGlanzBegehrenDuftLiebe-Gold. Und dieses Gefühl war es, das mich auch noch den letzten Rest meiner Vorsicht über Bord werfen ließ.

»Sag mir ins Gesicht, dass ich dir egal bin!« Meine Stimme war heiser. Ich hielt David fest, ließ sein Haar nicht los, zwang ihn, sich mir zu stellen. »Sag mir, dass ich dir nichts bedeute und dass du mir nur hilfst, weil du wegen Ramonas Aktion ein schlechtes Gewissen hast. Sag es mir, na los, ich halte das aus. Sag's mir! Aber hör verdammt noch mal auf, für mich Entscheidungen zu treffen und den edlen Ritter zu spielen! Ich! hasse! Ritterspiele!«

Davids Husky-Augen, so nah an meinen, wurden schwärzer und abgründiger denn je.

»Wie du willst«, stieß er rau hervor. »Wie du willst, Luna. Zur Hölle mit dem edlen Ritter!«

Plötzlich lagen seine Arme um meinen Körper, seine Hände glühten auf meinem Rücken, und er zog mich eng an sich. Ich spürte seinen Atem stoßweise an meinen Lippen, und als ich unterdrückt stöhnte, presste er meinen Körper noch fester an seinen.

O ja, das hier war ungleich besser als blöde Ritterspiele. Küss mich, David, küss mich, küss mich, küss mich … Endlich! Mit der Zunge öffnete er meinen Mund, und ich schloss die Augen.

Lange, so lange hatte ich hiervon geträumt – aber auf das, was dann kam, war ich trotz all meiner Träume nicht vorbereitet. Konnte es nicht sein, weil ich etwas Ähnliches noch nie erlebt hatte.

Nicht ansatzweise.

Ich schlinge meine Arme um ihn wie eine Ertrinkende. Davids Hände ziehen brennende Spuren auf der Haut unter meinem T-Shirt, auf meinem Rücken, meinem Bauch, meinen Brüsten. Unsere Küsse rauben uns den Atem, aber wir brauchen keine Luft. Wir brauchen einander.

Ich dränge ihm entgegen, drücke mein Becken an ihn, spüre seine Erektion. So viel störender Stoff … weg damit, schnell! Eine Naht reißt, es ist mir egal. Kompromisslos verlangt mein Körper nach David, will ihn überall spüren. Überall und sofort.

»Wenn du nur mit mir spielst«, flüstere ich an Davids Mund, um einen Rest Selbstbeherrschung ringend, »wirst du es bereuen, Viehdoktor, das schwöre ich dir!«

Als Antwort hebt er mich hoch, als würde ich nichts wiegen, und setzt mich auf etwas Kaltes, Metallisches. Ich öffne die Beine, er schiebt sich dazwischen, nah, aber nicht nah genug, und ich könnte schreien vor Ungeduld und Lust.

»Ich spiele nicht«, knurrt David, und beinahe erwarte ich, dass er nach mir schnappt. »Über das Alter bin ich hinaus.«

So viel Begehren – und kein Fitzelchen störenden Stoffes mehr zwischen Davids Härte und meiner Feuchtigkeit.

»Ernst?«, stöhne ich. Zu anspruchsvolleren Sätzen bin ich nicht mehr fähig.

»Liebe«, raunt er und wühlt seine Hände in meine Locken. »Liebe!«

*Ein-Wort-Sätze können so wunder-, wunderschön sein,* denke ich noch, und dann dringt David in mich ein.

Meine Selbstbeherrschung verabschiedet sich, ohne zu zögern.

## 30.

»Gott, wie peinlich. Wir haben es auf der Futterkiste getan!«

Ich schüttelte beschämt den Kopf und wünschte mir, mein Verstand hätte seinen Urlaub noch ein wenig ausgedehnt. Aber leider hatte er ziemlich schnell wieder eingesetzt – um genau zu sein, kurz nach meinem zweiten Höhepunkt.

»Warum peinlich? Wir sollten es öfter auf der Futterkiste tun«, sagte David grinsend. »Es war ziemlich gut.«

Ich knuffte ihn gegen die Schulter, doch dann kuschelte ich mich rasch wieder an ihn. Wir saßen auf dem Stallboden und lehnten eng umschlungen an der Futterkiste, eingehüllt in eine kratzende Pferdedecke. Keiner von uns brachte es fertig, sich jetzt schon anzuziehen.

Langsam wurde es dunkel. Nach dem Abendessen würden Michi und Hubert die Pferde in den Stall bringen, das wusste ich. Doch noch war nichts zu hören außer Fliegenbrummen und fernem Hundegebell.

David wickelte sich eine Strähne meines Haars um den Finger. »Bereust du es schon?«

»Ich werde es niemals bereuen«, sagte ich bestimmt.

»Francesco …«

»Glaubst du es mir immer noch nicht? Wir sind kein Paar! Sind nie eins gewesen. Ich habe ihn zufällig wiedergetroffen, nachdem ich ihn nicht mehr gesehen hatte seit … äh … seit der …« Okay, das war jetzt doch ein bisschen peinlich. »… seit der Zeugung. Moritz ist aus einem One-Night-Stand entstanden. Dem einzigen meines Lebens!«, betonte ich hastig.

David sagte nichts.

O je, o je.

Aber jetzt hatte ich angefangen – jetzt musste er sich mein Geständnis auch bis zu Ende anhören.

Tapfer fuhr ich fort: »Ich hatte mit dem Gedanken gespielt, es Moritz zuliebe mit Francesco zu versuchen, aber es ging nicht.«

David wandte mir sein Gesicht zu. Ernst fragte er: »Und warum nicht?«

»Weil ich dich liebe, David«, sagte ich leise. »Nur mit dir will ich zusammen sein. Nur du sollst neben mir liegen, wenn ich aufwache.« Ich machte eine Pause, dann fügte ich hinzu: »Eine Frau ist nie einsamer, als wenn der falsche Mann neben ihr im Bett liegt, weißt du?«

David musste lächeln. »Sehr poetisch.«

»Ist von Ally McBeal«, gestand ich. »Aber nichtsdestotrotz wahr. He, lach nicht über mich!«

Er zog mich noch enger an seine Brust, nackte Haut auf nackter Haut. Himmel, war ich glücklich! Selbst wenn er sich über mich lustig machte.

»Ich lache nur, weil alles so schön ist«, flüsterte David an meinem Ohr. »Wer hätte das gedacht? Du und ich, zusammen im Stall …«

»Und wenn man es recht bedenkt, haben wir das alles Ramona zu verdanken.« Ich konnte mir ein hämisches Grinsen nicht verkneifen. »Das würde ihr jetzt nicht gefallen, was?«

»Kaum. Aber da ihr sehr wenig von dem gefallen hat, was ich ihr nach Erscheinen des Artikels an den Kopf geworfen habe, kommt es darauf auch nicht mehr an.«

»Du hättest ihr halt keine Hoffnungen machen sollen«, versetzte ich spitz.

David zog fragend eine Augenbraue hoch.

»Ach komm«, sagte ich wegwerfend, »tu doch nicht so! Du warst schon sehr, sehr freundlich zu ihr, als sie dich nach unserem Besuch bei Valeria Zumsteinen angerufen hat!«

»Hä?«, machte David.

»Nachdem Simone mit Michelle kommuniziert hatte!«, sagte ich ungeduldig. »Erzähl mir jetzt nicht, du könntest dich nicht daran erinnern! Du warst stinksauer auf mich und total abweisend, und Ramona hat dich angerufen, um dir zu sagen, dass sie am nächsten Tag mit dem Flieger ankommt. Du hast etwas von Ideen gefaselt, die du mit ihr besprechen willst, das klang sehr nach einer gemeinsamen Zukunft, und ich war so verdammt eifersüchtig, weil ich dachte, ihr probiert es nochmal zusammen, und sie wollte bei dir schlafen, und …«

»Aber das war nicht Ramona«, unterbrach er meinen Redestrom. »Das war Tom!«

»Tom?«, fragte ich schwach.

David nickte. »Ich hatte dich kurz vorher mit Francesco im Schwimmbad gesehen, er hatte dich umarmt, und da«, er räusperte sich, »na ja, da hat irgendwas bei mir ausgesetzt. Ich stand total neben mir, wollte auf Teufel komm raus etwas verändern. Weglaufen vor der Realität, schätze ich.« Er verzog das Gesicht. »Ich habe Tom gesagt, ich hätte es mir anders überlegt und das Leben in der Anonymität sei doch nichts für mich. An jenem Wochenende wollten wir über mögliche neue Projekte sprechen.«

»Die Yaks in Tibet«, murmelte ich.

Verständnislos sah er mich an.

»Ach, egal.« Langsam dämmerte mir, dass ich da wohl einiges falsch verstanden hatte. »Dann hat Ramona gar nicht bei dir übernachtet?«

»Nein, wie kommst du denn darauf? Nur Tom.« Er grinste. »Aber keine Angst, der hat auf dem Sofa geschlafen.«

»Warum war Ramona dann an jenem Abend in der Alten Kanzlei dabei?«, beharrte ich störrisch.

»Sie hatte sich an Tom rangehängt und ist mit ihm nach Stuttgart geflogen, ohne mich groß zu fragen, ob mir das recht sei. So ist sie halt. Sie dachte wohl, es sei einer Rückkehr in unsere Ehe förderlich, wenn sie mit uns beiden alte Zeiten heraufbeschwört.«

Schlagartig stand mir das schmerzhafte Bild vor Augen. Tom, Ramona und David in ausgelassener Stimmung, sie greift ihm ins Haar, in das wunderschöne SamtGlanzBegehrenDuft-LiebeGold-Haar, und er entzieht sich ihr lachend, während ich versuche auszurechnen, wie oft sie schon zusammen geschlafen haben.

Giftig durchzuckte mich die Eifersucht.

»Und? Habt ihr …?«, fragte ich möglichst cool.

»Nein.«

»Sie hat es nicht mal versucht?« Irgendwie konnte ich das nicht glauben. Es passte nicht zu dem, was ich von Ramona wusste. »Echt nicht?«

»Hm, na ja …« David wand sich.

»Wenn *ich* ehrlich sein kann«, sagte ich streng, »dann kannst du das auch.«

Er seufzte. »Es ist nichts zwischen uns passiert, Luna, rein gar nichts. Weil ich nur an dich denken konnte. Nicht gerade die beste Voraussetzung, um mit einer anderen ins Bett zu gehen, oder? Zumal ich innerlich schon längst mit ihr abgeschlossen hatte.« Nach einer kleinen Pause fügte er hinzu: »Ist es da wichtig, ob sie es versucht hat?«

Ich beschloss, David diesen Rest an Loyalität gegenüber seiner Ex-Frau zu lassen. Ich ahnte ja nun, wie alles abgelaufen war: Ramona hatte ihn verführen wollen, war abgeblitzt und hatte aus Rachsucht diesen Artikel geschrieben – nach dem Motto: »Wenn ich ihn nicht wiederhaben kann, möchte ich die andere wenigstens zu Staub zertreten.«

Aber es war ihr nicht gelungen.

Denn David liebte mich.

Ich war kein Häuflein Staub – sondern so lebendig und stark wie noch nie.

Bei alldem durfte ich die Gedanken an meine Zukunft natürlich nicht völlig verdrängen. Im Moment war ich einfach nur begeistert davon, dass mein großer Traum Nummer 2 sich erfüllt hatte – und doch wollte ich meinen großen Traum Nummer 1 nicht vergessen.

»Müssen wir nicht wieder zu den anderen?«, fragte ich deshalb einige Küsse später. »Brainstormen und so.« Mit schlechtem Gewissen setzte ich hinzu: »Außerdem hat Moritz bestimmt Hunger. Ob sie schon beim Essen sitzen?«

»Du hast Recht, lass uns zurückgehen.« David strich mir sanft über die Innenseite meines Armes. »Auch wenn ich mir nichts Schöneres vorstellen kann, als die Nacht mit dir im Stall zu verbringen.«

Er erhob sich geschmeidig. Nackt stand er vor mir im Dämmerlicht und griff nach seiner Jeans, und ich dachte mit trockenem Mund, was für eine Sünde es doch war, diesen umwerfenden Männerkörper unter Pferdedecken oder Kleidung zu verstecken.

Widerwillig tat ich es ihm nach und zog mich an. An meiner Jeans fehlte der Knopf, und mein Oberteil war an der Seite eingerissen. Peinlich.

»David?«

»Hm?«

Er zog sich sein T-Shirt über den Kopf, und er sah so erotisch dabei aus, dass ich augenblicklich vergaß, was ich ihn hatte fragen wollen. Sex tat meinem Gehirn ganz offensichtlich nicht gut.

Ich riss meine Augen von ihm los und heftete sie an die neutrale Stallwand. Konzentration! Klappe, die zweite.

»David?«

»Hm?«

»Was sagen wir denen, wo wir waren? Und was wir so schrecklich lange gemacht haben?«

»Mach dir darüber mal keine Sorgen. Wir sagen einfach, wir hatten unglaublich guten Sex im Stall.«

Ich musste lachen und warf einen Socken nach ihm. »Hey, ich meine das ernst!«

David kam lässig auf mich zu, reichte mir den Socken und zupfte mir einen Strohhalm aus den Haaren. »Na gut. Wir sagen, wir haben ganz viel nachgedacht und eine Lösung für dein Problem gefunden. Dann sind sie so erstaunt, dass sie nicht weiter fragen werden. Und sich auch nicht wundern, warum wir uns nun ständig küssen.« Zur Bekräftigung drückte er seine Lippen auf meine.

Ich lächelte an seinem Mund, umarmte ihn und konnte es immer noch nicht recht fassen, dass er wirklich mein war.

»Wie süß du schmeckst«, murmelte er. Dann schob er mich ein kleines Stück von sich weg. »Bist du gar nicht neugierig, wie die Lösung aussieht, die wir gleich präsentieren werden?«

»Es gibt keine Lösung. Jedenfalls keine, von der ich wüsste.«

»Aber ich weiß von einer.«

»Vorsicht!« Drohend hob ich den Zeigefinger. »Ich hatte dir gesagt, du sollst keine Entscheidungen für mich treffen! Schon vergessen?«

»Du hast dich doch längst entschieden. Du ganz allein.«

Ich runzelte die Stirn. »Habe ich das?«

»Ja. Du willst einen Gnadenhof.« Seine Lippen kamen schon wieder in gefährliche Nähe von den meinen.

Er roch so gut … und dieser Schlafzimmerblick…

»So kann ich nicht denken«, protestierte ich halbherzig.

David küsste mich trotzdem. Funken sprühten, mein Denkvermögen machte einen spontanen Kurzurlaub.

»Was ist jetzt mit dem Gnadenhof?«, fragte ich atemlos, als er mich wieder freigab.

»Wir eröffnen einen. Du und ich. Und meine Bekanntheit wird uns dabei helfen, ihn zu finanzieren. Dann ist meine Prominenz endlich mal zu was nütze.«

Mir blieb die Spucke weg.

»Einen … eigenen? Gnadenhof? Wir? Wie soll das denn gehen? Weißt du eigentlich, wie viel Geld das kostet? Das ist selbst für jemanden wie dich zu viel, viel zu viel, und …«

Seine Augen blitzten, als er mich mit den knappen Worten unterbrach: »Hättest du Lust?«

»Ob ich Lust hätte?« Immer noch stand ich da wie vom Donner gerührt. »Ob ich Lust hätte?!?«

Sehr langsam begriff ich, was da gerade geschah: David bot mir die Chance meines Lebens. Mein Traum Nummer 1 war zum Greifen nah, und ich brauchte nur die Hand auszustrecken, um ihn wahrzumachen.

Ungläubig schüttelte ich den Kopf, konnte nicht verhindern, dass ich anfing, breit zu lächeln – und dann zu lachen. Die Knoten in meinem Inneren wurden zu schillernden Seifenblasen, einer nach dem anderen, und mein Herz wurde weit – so weit, dass es schon nicht mehr gesund sein konnte. (*Schüssler Salz »Calcium fluoratum« besorgen*, notierte ich mir im Geiste. Dieses Salz half bei Herzerweiterung so gut wie immer.)

Ich verschränkte meine Hände in Davids Nacken. »Ich habe zwar keine Ahnung, wie du das hinkriegen willst, Superman. Aber ich bin dabei.«

»Nichts anderes habe ich von dir erwartet.« Zärtlich streichelte er meinen Rücken.

»Warum tust du das?«, fragte ich leise.

»Dich streicheln? Weil dein Rücken sehr hübsch ist, und weil …«

»Nein, warum willst du einen Gnadenhof mit mir eröffnen?«

»Hm, wo fange ich da am besten an? Lass mich überlegen.« Er zog mich noch enger an sich. »Also, einmal möchte ich es machen, weil ich die Idee faszinierend finde. Ich habe von den reichen Hausfrauen genauso die Schnauze voll wie du, Luna, und nicht erst seit heute. Du bist nicht die Einzige, die auf der Suche nach einem sinnvollen Job ist, weißt du?«

»Ja, das ist mir klar«, sagte ich und war froh, dass die Tibet-Idee vom Tisch war.

»Außerdem mache ich es, weil es sich gut mit meiner Arbeit als Tierarzt verbinden lässt. Und mit deiner als Tierheilpraktikerin.« David grinste. »Aber der wirkliche, der ausschlaggebende Grund ist der, dass wir eine eigene Futterkiste haben werden.«

»Ach ja?«, sagte ich, zugegeben wenig eloquent. Ich war vollauf damit beschäftigt, die Empfindungen zu ignorieren, die das harmlose Wort »Futterkiste« zwischen meinen Beinen auslöste.

»Ja.« Davids Grinsen wurde unanständig. »Und diese Futterkiste, Luna, wird uns Tag und Nacht zur Verfügung stehen.«

Noch nie hatte ich mich so sehr auf einen Gebrauchsgegenstand aus Metall gefreut.

Wenig später hörten wir die anderen in der Bauernstube mit Besteck und Gläsern klappern.

Ich ging unwillkürlich langsamer. Alle waren da, saßen beim Abendessen, würden uns anstarren, und alle würden wissen, was wir getan hatten. Na ja, alle außer Moritz, der für derlei Gedanken noch zu klein war.

»Da kommen wir ja gerade richtig«, sagte David. »Ich habe einen Mordshunger.«

Der hatte Nerven! Unbekümmert stieß er die Tür auf und schob mich vor sich her in die Stube.

Das Klappern, Schmatzen und Reden verstummte, und es war genauso schlimm, wie ich es mir vorgestellt hatte: Alle starrten uns an.

»Ist noch was übrig?«, fragte David und legte mir den Arm um die Schultern.

»Mama, wo warst du?«, krähte Moritz.

»Äh«, sagte ich.

»Im Pferdestall«, sagte David.

Rosalie lächelte. Michi legte ihr seine Pranke auf die Hand. Beide betrachteten uns gerührt.

»Im Stall?« Hubert kratzte sich am Kopf. »Die Pferde sind doch alle noch auf der Koppel. Was habt ihr denn da im Stall gemacht?«

Rosalie kicherte.

»Ich glaube, das möchten wir lieber nicht wissen«, sagte Tom indigniert, nahm seine Brille ab und putzte sie umständlich.

Rosalie und Michi gluckten, und auch bei Hubert fiel nun der Groschen. Wäre in diesem Moment eine gütige Fee herbeigeschwebt, ich hätte mir nur eines gewünscht: ein Mauseloch. So groß und gut ausgestattet, dass David und ich uns getrost die nächsten paar Jahre darin hätten verstecken können.

Doch David blieb völlig gelassen. »Ich glaube schon, dass du das wissen willst, Tom«, sagte er. »Du bist doch so scharf auf meine Rückkehr ins Rampenlicht, oder? Du wirst sie bekommen. Luna und ich sind da nämlich auf etwas Geniales gekommen.«

Der Agent starrte David verwirrt an. »Im Stall? Ist es was Erotisches? Ich weiß nicht, ob das so gut für deinen Ruf ist.« Er schüttelte den Kopf. »Mensch, David, das würde ich mir aber noch mal gut überlegen!«

Ich begann zu kichern, und es klang ein bisschen hysterisch. Keine Frage, die Ereignisse dieses Tages waren zu viel für mich gewesen.

David drückte beruhigend meine Schulter. »Pfeif deine Fantasie zurück, Tom, es ist nichts Erotisches. Aber aufregend ist es trotzdem. Sogar sehr.« Er schaute lächelnd in die Runde der neugierigen Gesichter. »Und jetzt erklären wir euch, was wir vorhaben.«

## 31.

»Ist das zu fassen?«

Missmutig ließ Valeria die Zeitung sinken.

»Was denn, Schatz?«, fragte Francesco begütigend. In letzter Zeit sprach er immer begütigend mit Valeria; sie war so empfindlich geworden. Nah am Wasser gebaut und stets in Gefahr, bei einem falschen Wort von ihm zu explodieren.

Er ließ seinen Blick über das großzügige Wohnzimmer schweifen und fühlte trotz allem ein Gefühl von Zufriedenheit und Behagen. Die schweren Vorhänge waren geschlossen, um Novemberregen und Düsternis auszusperren. Drinnen war es hell, warm und schön, und noch schöner war es, seit ein paar seiner eigenen Möbelstücke der Eleganz der Zumsteinen'schen Villa seine persönliche Note hinzugefügt hatten.

Es war ein Genuss, hier zu leben, und Francesco hatte seine Wohnung ohne zu zögern aufgegeben, als Valeria ihn gebeten hatte, zu ihr zu ziehen. Herrn Zumsteinens frühere Anwesenheit in diesem Haus war kaum mehr zu spüren, nicht einmal für einen sensitiven Menschen wie Francesco, der sich das nur damit erklären konnte, dass Valerias Mann fast nie zuhause gewesen war.

Herr Zumsteinen hatte es ihnen leicht gemacht, und dafür war Francesco ihm dankbar. Als Valeria ihren Mann damit konfrontiert hatte, zukünftig mit Francesco zusammenleben zu wollen, hatte Herr Zumsteinen völlig anders reagiert als erwartet: weder aggressiv noch am Boden zerstört, sondern von Herzen froh und erleichtert.

Das hatte Valeria ziemlich verdrossen, und ihre Empörung hatte sich noch gesteigert, als ihr Mann ihr gestanden hatte, selbst seit Jahren ein außereheliches Verhältnis zu unterhalten.

»Ich hatte solche Angst, dich zu verletzen«, hatte er freundlich gesagt. »Aber jetzt ist ja alles gut. Wir können uns endlich trennen, und wir werden beide glücklich.«

Valeria hatte eine chinesische Vase nach ihm geworfen und noch am gleichen Tag die Türschlösser auswechseln lassen.

Herrn Zumsteinens Taktgefühl und finanzieller Spielraum waren groß genug gewesen, um Valeria ohne Diskussionen das Haus überlassen zu können. Seine Geliebte lebte sowieso in London, was also sollte er jetzt noch in Stuttgart?

Und deshalb saß Francesco nun im Wohnzimmer der Villa, die nach Valerias Scheidung offiziell ihr allein gehören würde – und nach der Hochzeit mit Francesco ihnen beiden. Da nahm man ein bisschen Gereiztheit doch gerne in Kauf, dachte Francesco. Zumal die Nächte immer noch phänomenal waren.

Valeria tippte mit ihrem roten Fingernagel auf die Zeitung. »Da steht's!«, jammerte sie. »Hast du davon gewusst?«

»Wovon, Schatz?«, fragte Francesco geduldig.

»Davon, dass *sie* berühmt wird!«

»Wer?«

»Die Mutter deines Sohnes!«, sagte Valeria anklagend.

»Luna? Zeig mal her.«

Valeria warf die Zeitung auf den Boden. »Natürlich, das willst du jetzt wieder sehen! Reicht es nicht, dass du mit ihr telefonieren darfst?«

»Darf ich doch gar nicht.«

»Doch! Wenn ihr ausmacht, wann du Moritz abholst!« Sie schniefte. »Also, hast du davon gewusst?«

Francesco seufzte. »Wenn ich nicht lese, worum es geht, kann ich dir auch nicht verraten, ob ich davon gewusst habe.«

Valeria zog einen Schmollmund, hob die Zeitung aber wieder auf und reichte sie Francesco.

Er lächelte sein väterlichstes Lächeln – das beruhigte sie meistens –, dann vertiefte er sich in den Zeitungsartikel.

Interessant, ging es ihm durch den Kopf. Luna und David machten also tatsächlich Ernst mit der verrückten Idee, von der sie ihm im September erzählt hatte.

Seine Gedanken schweiften zurück zu jenem freundschaftlichen Treffen.

Sie war gerade aus dem Schwarzwald zurück gewesen, und Francesco hatte sich (ohne Valerias Wissen, versteht sich) mit ihr getroffen, um ganz in Ruhe darüber zu sprechen, wann und wie oft er Moritz in Zukunft würde sehen dürfen.

»Vorerst kannst du ihn sehen, so oft du möchtest«, hatte Luna gelächelt. »Aber nächstes Jahr – tja, da wirst du etwas mehr Auto fahren müssen. Wir drei ziehen nämlich auf die Schwäbische Alb.«

»Mein Gott, warum das denn?« Entsetzt hatte Francesco an die ärmlichen Dörfer und die karge Landschaft gedacht, die er mit der Schwäbischen Alb verband. »Und warum ihr drei? Moritz und du, ihr seid nur zwei, wenn mich nicht alles täuscht.«

Sie war errötet, so reizend, dass er einen Stich des Bedauerns gespürt hatte – in diesem Moment hätte Valeria seine Gedanken eindeutig nicht lesen dürfen.

»Moritz, ich und David«, hatte sie gesagt. »David und ich sind jetzt ein Paar. Und wir wollen gemeinsam einen Gnadenhof eröffnen, mit angeschlossener schulmedizinischer und tierheilkundlicher Praxis.«

Luna hatte gestrahlt vor Glück und Aufregung, und er hatte seinen Neid auf diesen Tierarzt mit den Brusthaaren unterdrückt und sie großmütig beglückwünscht. Verwegen fand er ihre Pläne zwar schon – aber sollte sie es ruhig versuchen. Wahrscheinlich war alles besser, als vor ihren wankelmütigen Kundinnen auf dem Bauch rutschen zu müssen, um sie zurückzugewinnen.

»Und, hast du davon gewusst?«, drang Valerias Stimme in Francescos Gedanken.

»Wie? Ja«, sagte er zerstreut. »Von der Idee hatte Luna mir erzählt. Allerdings keine Einzelheiten. Die sind genauso neu für mich wie für dich.«

Er konzentrierte sich wieder auf die Zeitung. Rasch überflog er die Zeilen. Aha, ein geeigneter Hof auf der Alb war offenbar schon gefunden. »Um den Hof kaufen und einen Gnadenhof und die Praxis einrichten zu können, verkauft David Herren sogar sein riesiges Haus auf dem Killesberg«, las Francesco halblaut vor. Er hob den Kopf. »Der Typ riskiert ja wirklich alles für diese Idee! Na ja, wahrscheinlich eher für Luna.«

»Der tauscht den Killesberg gegen einen dreckigen Bauernhof ein?« Valeria rümpfte die Nase. »David Herren ist ja sehr attraktiv, aber er scheint nicht alle Tassen im Schrank zu haben.«

Ohne Valerias Worten Beachtung zu schenken, las Francesco weiter. »Die laufende Finanzierung soll hauptsächlich durch die Praxiseinnahmen und durch Medienarbeit gesichert werden. Aber auch durch Spenden, einen Förderverein, Mitgliedschaften …« Er ließ die Zeitung sinken. »Ich glaub's nicht! Die schreiben, David Herren habe einen eigenen *Fanclub!* Und die meisten Mitglieder dieses Clubs – der übrigens nur aus Frauen bestehe –, seien voller Begeisterung Fördermitglieder des neuen Gnadenhof-Vereins geworden.«

Valeria warf den Kopf zurück. »Pffff, Fanclub. Wenn du wolltest, könntest du auch einen Fanclub haben, Francesco.«

»Das bezweifle ich«, sagte Francesco, konnte aber nicht verhehlen, dass ihre Worte an ihm runtergingen wie Öl. Die Mutter seines Sohnes an einen Mann verloren zu haben, der nicht nur schön, berühmt und voller Tatkraft war, sondern der auch noch einen Fanclub voller weiblicher Mitglieder besaß, das war schon bitter.

»Oh doch, das könntest du«, sagte Valeria. Sie setzte sich neben ihn, legte ihren Kopf auf seine Schulter und hatte ihren Groll wegen Lunas zukünftiger Prominenz offensichtlich bereits vergessen. Ihre Stimmungen wechselten in letzter Zeit so schnell, dass es Francesco fast unheimlich war.

»Viele meiner Freundinnen sind in dich verliebt, wusstest du das?«, schnurrte sie.

Francesco heuchelte Erstaunen – mit mehr als einer ihrer Freundinnen war er schließlich in der Vergangenheit im Bett gewesen –, und Valeria setzte mit Besitzerstolz in der Stimme hinzu: »Aber du bist mein. Und bald noch mehr als jetzt.«

Francesco drückte ihr einen Kuss auf das rote Haar. »Wenn wir geheiratet haben, hm?«

»Ja, und wenn das Baby da ist«, sagte Valeria und sah erwartungsvoll zu ihm auf.

Das Baby?

Das Baby.

Wie Schuppen fiel es ihm von den Augen. Ihre Unausgeglichenheit, die schnellen Tränen, ihr »Überlass das nur mir« in den seltenen Momenten, in denen er mit ihr über Verhütung hatte sprechen wollen.

Alles so eindeutig, und er so blind.

Mit einem lauten »Klack« schlug die Käfigtür zu, und Valeria drehte lächelnd den Schlüssel herum.

## 32.

Zum ersten Mal in ihrem Leben verbrachte Ramona Silvester zuhause. Allein. Ihr stand der Sinn nicht nach Feiern, und sie hatte auch keine Lust, mit Champagner und Konfetti das neue Jahr zu begrüßen.

Sie würde Silvester auf die einsamste aller Arten verbringen: Sie würde fernsehen.

Ramona hatte noch niemals ferngesehen, während die Welt um sie herum sich vergnügte, aber für alles gab es eben ein erstes Mal. Sie war ja auch zum ersten Mal geschieden. Und sie war zum ersten Mal in einer Beziehung ausgebootet worden – ausgestochen, übertrumpft, sie, Ramona, und das auch noch von einer Frau, die *süß* war. Zuckersüß.

Ramona verzog angeekelt das Gesicht.

Sollte David doch mit dieser süßen Blonden glücklich werden. Ramona würde einen anderen finden, einen, der viel besser zu ihr passte. Einen, der sich nicht mit selbst gestrickten Gutmensch-Problemen herumschlug. Der nicht seinen hirnverbrannten Tagträumen von einer besseren Welt nachhing. Der keine »sinnvollen« – wie sie dieses Wort hasste! – Projekte in Angriff nahm, die sowieso scheitern würden.

Nein, Ramona wollte David gar nicht mehr. Sie hatte die Schnauze voll von seiner moralischen Überlegenheit. Sie würde jetzt fernsehen, Punkt. Schlecht gelaunt zwar, aber was machte das schon? Sie hatte ihren Ehemann verloren, Ärger mit dem Deutschen Presserat bekommen (beruflich lief es sehr, sehr mäßig seitdem), und zu allem Übel hatte sie auch noch drei Kilo zugenommen.

O ja, dieses beschissene Jahr musste angemessen beendet werden: mit einer beschissenen Silvesternacht, in der sie in einen beschissenen Januar rutschen würde.

Mit einem kalten Bier und einer Packung Paprika-Chips – wenn schon prollig, dann richtig! Die paar Kalorien machten den Kohl auch nicht mehr fett – machte Ramona es sich auf dem Sofa gemütlich. Grimmige Verachtung stieg in ihr auf, als sie mit der Fernbedienung die Kiste anschaltete. Sie zappte durch die Programme, und fast genoss sie es, sich mit den einfältigen Sendungen zu quälen. Nun, fragte sie sich und schob sich eine Handvoll Chips in den Mund, sollte sie lieber den Berlinern beim Feiern am Brandenburger Tor zuschauen oder sich einen drögen Jahresrückblick zu Gemüte führen? Sollte sie mit einem drittklassigen Entertainer und seinen hässlichen Gästen Polonaise tanzen oder sich die zweimillionste Wiederholung des »Dinner for one« anschauen? Oder …

Nein. War das wirklich … nein!!!

Die Tüte fiel Ramona aus der Hand und die Chips verteilten sich auf dem Teppichboden. Kein Zweifel, sie waren es: David und Luna.

*Mit mir hat er nie so glücklich ausgesehen,* war das Erste, was Ramona durch den Kopf schoss, und das Zweite war: *Die Schlampe war beim Friseur!*

Mit zitternden Fingern wählte Ramona »Info« auf der Fernbedienung. Am unteren Bildschirmrand erschien der Name der Sendung: »Tierisch, tierisch – Silvester auf dem Wacholderhof.«

*Mach den Fernseher aus!,* flüsterte eine warnende Stimme in Ramonas Kopf. *Quäl dich nicht!*

Aber es ging nicht. Sie musste es anschauen – getrieben von einem inneren Zwang, der es Ramona weder gestattete umzuschalten noch die Augen auch nur für eine Sekunde vom Bildschirm zu lösen.

»… viele Ideen gehabt, aber von keiner war ich wirklich überzeugt«, sagte David gerade zu dem Moderator der Sendung. Er sah so umwerfend aus wie immer, und es schmerzte Ramona, dass sein Sex-Appeal immer noch imstande war, sie aus der Fassung zu bringen. »Erst Luna hat mir den richtigen Weg gewiesen. Sie müssen wissen, es war ihr großer Traum, einen Gnadenhof zu eröffnen.«

Er legte Luna, die neben ihm stand, den Arm um die Schulter, und sie lächelte verlegen und biss sich auf die Lippen. Gott, dieses Blondchen sah aus, als würde es sich am liebsten hinter dem nächsten verschneiten Busch verstecken! Selbstbewusstsein im Umgang mit den Medien war etwas anderes. Sie, Ramona, hatte dieses Selbstbewusstsein besessen. Mehr als das: Sie hatte an Davids Seite *geleuchtet*.

Luna hingegen machte sich nichts als lächerlich.

Diese Feststellung tröstete Ramona ein wenig und ermöglichte es ihr, dem Rest der Sendung zu folgen, ohne ihre Bierflasche auf den Fernseher zu schleudern. Sie sah Bilder des halb renovierten Wohnbereichs des Wacholderhofes, und sie ertrug die kurzen Filmchen, die den bisherigen Werdegang des Hofes dokumentierten. Sie sah David und Luna, die mit Plänen in der Hand mit dem Architekten sprachen. David und Luna, die über die Einrichtung der verschiedenen Bereiche – Hunde, Katzen und sonstige kleine Tiere, die Ramona sofort wieder vergaß –

diskutierten. Und David und Luna, die der Kamera erzählten, dass sie noch gar nicht auf dem Hof wohnten, dass vieles noch auf seine Fertigstellung wartete und dass erst im Frühjahr der Startschuss fallen würde. Bei dieser Gelegenheit betonte der Moderator, dass das Interesse der Medien bereits jetzt enorm sei, und Ramona biss die Zähne zusammen.

Danach gab Luna eine widerlich rührende Geschichte von einem chinesischen Hund zum Besten, der seit einigen Wochen bei ihr lebte und der Ehrenbewohner des neuen Hofes sein würde. Ramona spürte, wie ihr Chips und Bier wieder hochkommen wollten.

Und als der Moderator zum Schluss die Selbstlosigkeit des »schönen Paars« lobte, das alles aufgab, um »leidenden Kreaturen ein besseres Leben zu ermöglichen«, war es endgültig um Ramonas Selbstbeherrschung geschehen. Brechreiz und Verachtung wichen tiefem Jammer, und ihr stiegen die Tränen in die Augen. Den doofen Tieren wollte David helfen, und ihr? Was war mit ihr? War sie etwa keine leidende Kreatur?

*Habe ich das gerade wirklich gedacht?*, fragte sie sich fassungslos. *Habe ich mich selbst als leidende Kreatur bezeichnet? O Gott, wie weit ist es mit mir gekommen!*

Jetzt weinte Ramona tatsächlich – zum ersten Mal seit ihrer Trennung. Sie, Ramona, weinte!

Das Silvester der ersten Male. Lauter scheußliche, demütigende, Hoffnung zerstörende erste Male.

Sie weinte noch lauter. Und lauter, und lauter. Sie schluchzte hemmungslos, schrie ihren Jammer an die Zimmerdecke, brüllte ihre Ohnmacht gegen die Wände.

Da klingelte es.

Tränenblind und erschöpft stand Ramona auf und wankte zur Tür. Chipsbrösel klebten auf ihrem Pullover, und ihre Nase lief. Es kümmerte sie nicht. Sie wusste, es würde abwärts gehen, unaufhaltsam, gnadenlos. Warum sollte sie die ersten Stufen in die Tiefe langsam gehen? Besser, sie fiel gleich die ganze Treppe hinunter. Dann war es wenigstens schnell vorbei.

Sie öffnete die Tür.

Vor ihr stand ein junger Mann, den sie noch nie gesehen hatte. Groß und blond, grüne Augen, entwaffnendes Lächeln.

»Hallo«, sagte der Mann. »Ich bin Ihr neuer Nachbar. Ich habe Sie schreien gehört und wollte bloß fragen, ob alles in Ordnung ist.«

»Klar. Alles bestens«, murmelte Ramona. Unwillkürlich klopfte sie sich die Brösel vom Pullover.

»Gut«, sagte er und zwinkerte ihr zu. »Ein Mord gehört nicht unbedingt zu den Dingen, die ich mir für mein erstes Silvester in Berlin gewünscht hatte.« Er grinste.

Ramona wünschte sich ein Taschentuch. »Warum sind Sie denn nicht beim Feiern?«, fragte sie und warf einen verstohlenen Seitenblick in den Garderobenspiegel. Verheult sah sie aus, das schon – aber nicht abstoßend. Eher wie die unglückliche Schöne, die dringend eine breite Schulter zum Ausweinen brauchte.

Der Mann sagte: »Ich bin neu in der Stadt. Kenne noch niemanden.« Er machte keine Anstalten, wieder zu gehen.

Ach, dachte Ramona, er war rührend. So jung, so allein im großen Berlin. Und dabei so männlich und gutaussehend!

Sie betrachtete ihn genauer. Seine Augen waren bestechend grün, und sein Körper wirklich sehr, sehr appetitlich.

Wie sie beide sich wohl zusammen in einem Hochglanzmagazin machen würden?

Sie schniefte ein letztes Mal, dann warf sie ihr Haar zurück.

»Kommen Sie doch rein«, sagte sie mit rauchiger Stimme.

## 33.

---

»Ilona? Ich bin's.«

»Oh, hallo, Mutti. Wie geht's?« Ich schlug mir die freie Hand um den Körper, um mich zu wärmen. Verdammt kalt hier auf der Alb, vor allem bei Schnee und Eis im Februar.

Unzufriedenes Schnaufen im Handy. »Wie es einem so geht, wenn man mit einem Mann verheiratet ist, der sich nicht mal selbst einen Kaffee kochen kann. Aber ich rufe nicht an, um zu jammern. Die Motzerei liegt mir nicht.«

Nee, schon klar.

»Ich rufe an, weil Frau Rieber dich im Fernsehen gesehen hat«, sagte Mutti.

»Welche Sendung?«, fragte ich und ging im Kopf ihre Bekannten durch. Frau Rieber, Frau Rieber … nie gehört.

»Woher soll ich das wissen? Irgendwas mit Tieren.«

Kunststück, dachte ich und grinste schief.

Dies war – abgesehen von dem bevorstehenden Abschied von Harriet und Rudi – der einzige Wermutstropfen meines neuen Lebens: Ich, die vor der Kamera ungefähr so eine gute Figur machte wie eine Seegurke, wurde an Davids Seite ständig geknipst. Und interviewt. Und gefilmt.

Aber was beschwerte ich mich – das gehörte nun mal zu unserem Konzept, ob es mir Spaß machte oder nicht. Wir mussten Davids Prominenz und Charisma nutzen, um auf den Wacholderhof aufmerksam zu machen, denn nur so würde Geld für den laufenden Betrieb in die Kassen fließen. Obwohl wir vorhatten, einen großen Teil der Einnahmen aus unserer gemeinsamen Praxis für die Tiere zu verwenden, würde das allein nicht ausreichen. Leben mussten wir schließlich auch von etwas. Die Alb war zwar nicht Stuttgart, was die Kosten für die Lebenshaltung betraf, aber Tibet war sie eben auch nicht.

Tom gefiel es natürlich außerordentlich, dass sein Star sich wieder auf ein öffentlicheres Leben einließ – wenn auch aus anderen Gründen als früher in Berlin –, und der rührige Agent sprudelte über vor großartigen Plänen für unsere Zukunft. Die Projekte, die er uns vorschlug, überschritten sämtliche Hemmschwellen: Exklusiv-Berichte, Doku-Soaps, DVDs. Spielfilme über den Wacholderhof, Kolumnen in großen Tageszeitungen, Patenschaften für einzelne Tiere. Ernsthafte Sachbücher, rührende Tiergeschichten und, für die Jugend, Comics – Toms Ideenreichtum kannte keine Grenzen.

Auch wenn David bei alldem natürlich im Mittelpunkt stand: Ganz vor dem Rummel drücken konnte auch ich mich nicht. Wir würden den Wacholderhof gemeinsam führen, also wurden wir gemeinsam vermarktet. Meine Schweißausbrüche bei Interviews und mein schier unbezwingbarer Drang zu fliehen, wenn ein Fernsehteam in der Nähe war, waren der Preis, den ich für die Verwirklichung meines großen Traumes bezahlen musste. Tja, einen Tod musste man eben sterben, und David hatte schon Recht: Mein Tod hätte grausamer ausfallen können. (Außerdem starb ich ja nun wirklich für einen guten Zweck!)

Muttis Stimme durchschnitt meine Gedanken. »Ich hoffe nur, du hast in dieser Sendung nicht wieder gestottert!«, sagte sie missmutig. »Ich habe es ja nicht gesehen, aber ich will *nicht* wissen, was Herr und Frau Rieber hinter meinem Rücken über mich sagen, wenn meine einzige Tochter vor laufenden Kameras stottert!«

Ich atmete tief durch. Dann fragte ich ruhig: »Was will Frau Rieber denn nun von mir?«

»Na, was wohl?«, fragte Mutti gereizt zurück.

»Die Adresse einer Selbsthilfegruppe für Stotterer!«, schlug ich vor.

Mutti lachte nicht. Natürlich lachte sie nicht. Meine Mutter hatte noch nie über meine Scherze gelacht, nicht mal, als ich fünf Jahre alt gewesen war und ihr Lachen über meine kindlichen Späße dringend gebraucht hätte.

»Frau Rieber will ein Autogramm«, blaffte Mutti.

»Von David?«

»Nein, von dir.«

Oh. Da blieb mir nun doch die Luft weg.

»Das ist ja sehr … schmeichelhaft.«

Mutti lachte freudlos. »Ich versteh's auch nicht. ›Das ist doch nur die Ilona, Frau Rieber!‹, habe ich zu ihr gesagt. ›Die ist nichts Besonderes! Von der brauchen Sie doch kein Autogramm!‹ Aber sie wollte nicht auf mich hören. Ich gebe dir mal ihre Adresse, dann kannst du ihr was schicken. Leg doch ein Buch von deinem David bei. Ist ja peinlich, nur so eine Unterschrift, und dann noch in deiner krakeligen, unansehnlichen Schrift!«

»Danke«, sagte ich trocken.

»Wofür?«, fragte Mutti verständnislos.

Ruhig bleiben. Lieb sein. Gute Tochter.

Durch den hohen Schnee, der den Innenhof bedeckte, stapfte ich zur Praxis hinüber. Das heißt, zu den Räumen, die mal unsere Praxis werden sollten; noch waren sie eine Baustelle.

Und da spürte ich Davids Blick. Er stand innen am Fenster, hatte die Hände aufs Fensterbrett gestützt und beobachtete mich. Als ich ihn ansah, lächelte er unter halb gesenkten Lidern, und die Kälte wich aus meinen Gliedern.

Warum regte ich mich eigentlich über Mutti auf? Ich war glücklich – mit David! Wir liebten uns, wir lebten unseren gemeinsamen Traum, und nichts und niemand konnte mehr zwischen uns stehen. Kein Missverständnis, keine verpfuschte Kindheit, keine Angst vor Zurückweisung, nichts.

Absolut nichts.

Hell strahlte das Glück in mir auf, als ich Davids Lächeln erwiderte. Er zeigte auf mein Handy und hob fragend die Augenbrauen. »Mutti«, formte ich mit den Lippen, und er rollte mit den Augen. Ich lachte lautlos, und vor meinem Mund bildeten sich weiße Rauchwölkchen.

»Ilona? Vergiss nicht, das Buch beizulegen!«, hörte ich Mutti keifen. »Ich will mich nicht schon wieder für dich schämen müssen. Das musste ich in meinem Leben wahrlich schon oft genug! Ach, was mir in dem Zusammenhang einfällt – wovon lebst du denn im Moment? Doch nicht etwa von Sozialhilfe?«

»Nein, ich …«

»Jetzt erzähl mir nicht, dass du dich von David aushalten lässt, mein Fräulein! So habe ich dich nicht erzogen!«

»Mutti! Bis wir umziehen, arbeite ich als Aushilfe in der Stadtbücherei. Und ich behandle weiterhin ein paar Haustiere.« Frau Wenningers Katze zum Beispiel.

»*Behandeln* kann man das ja nicht nennen, was du da machst«, sagte Mutti abfällig. »Sei froh, dass du bald mit diesem David zusammenarbeitest. Der hat wenigstens studiert! Im Gegensatz zu dir.« Sie seufzte. »Aber das wäre ja auch zu viel verlangt, eine Tochter, die sich zur Abwechslung mal auf ihren Hintern setzt und lernt. Wahrscheinlich hast du die Faulheit von deinem Vater geerbt. Den interessiert ja auch nix außer der Sportschau.«

Wie sehr sie mit allem haderte. Mit mir, mit Vati, mit sich selbst – mit der Welt.

*Eigentlich*, dachte ich erstaunt, *tut sie mir leid.*

Aber nur ein bisschen.

»Weißt du was, Mutti?«, sagte ich freundlich. »So möchte ich mich nicht mit dir unterhalten. Ruf wieder an, wenn du einen Gute-Laune-Tag hast. Oder noch besser: Such dir endlich einen fähigen Therapeuten. Ich glaube, das würde dir helfen.«

Ich hörte, wie Mutti nach Luft schnappte.

»Bis bald«, sagte ich und legte auf.

Dann ging ich zu David ins Warme.

## 34.

Die hohe Birke im Innenhof des Friedrich-Ebert-Baus war über und über mit Blütenkätzchen behängt, als ich bei strahlendem Frühlingssonnenschein die letzten Vorbereitungen für mein Abschiedsfest traf. David, Harriet, Rudi und Simone hatten mir geholfen, Bierbänke auf dem Rasen aufzustellen, außerdem lange Tische, über die ich weiße Papiertischdecken geworfen hatte. Tulpen in vielen schmalen Vasen sorgten für fröhliche Farbtupfer.

Und Fröhlichkeit hatte ich nötig, denn dies war mein allerletztes Fest hier. Nächste Woche würde ich umziehen, weg aus Stuttgart, weg aus dem Friedrich-Ebert-Bau. Weg von Harriet, von Rudi, von meinen Freunden und Bekannten, hinaus aus dieser Gemeinschaft, in der ich seit so vielen Jahren verwurzelt war.

Immerhin hatten Harriet und Rudi mir versprochen, mich so oft wie möglich zu besuchen.

»Ich lasse mir doch die Entwicklung meines Patenkindes nicht entgehen, *my dear*«, hatte Harriet gesagt und Moritz an sich gedrückt. Da hatte ich schon schwer schlucken müssen.

Aber nur eines meiner Augen weinte. Das andere lachte vor Glück: Ich konnte es kaum erwarten, mit David zusammenzuziehen – ihn Tag und Nacht um mich zu haben. Und nicht nur ich freute mich auf unser Zusammenleben, sondern auch Moritz.

Nach anfänglicher Skepsis fand mein Sohn es inzwischen klasse, dass er, der so lange gar keinen Papa gehabt hatte, in Zukunft gleich zwei haben würde. »Die anderen haben alle nur einen«, pflegte er abfällig zu sagen, und dann lächelte ich mütterlich (obwohl mir diese Bemerkung ein wenig peinlich war). Ich war heilfroh, dass David und Moritz sich so gern hatten – auch wenn Moritz nach wie vor der Meinung war, der ssöne Mann müsse sich öfter kämmen.

Da Francesco sich weiterhin um Moritz bemühte und versprochen hatte, ihn regelmäßig von der Alb nach Stuttgart zu holen, um das Wochenende mit ihm zu verbringen, sah Moritz dem Umzug nun mit kindlicher Unbeschwertheit entgegen. Seine kleine Welt war in Ordnung: Er würde mehr Hunde und Katzen haben als alle anderen Kinder, mehr als die Kinder, deren Eltern Bauern waren, ja sogar mehr, als er zählen konnte! Wir hatten nämlich beschlossen, einen Gnadenhof speziell für kleine Tiere zu eröffnen – und dass er sich bald füllen würde, daran zweifelten wir keine Sekunde lang.

Auf dem weitläufigen Gelände, das David gekauft hatte und auf dem der Wacholderhof stand, hätte es zwar auch für Großtiere Platz genug gegeben. Aber David war kein Großtierarzt, und weder er noch ich hatten Erfahrung mit Pferden, Kühen oder Schweinen. Michi, Rosalie und Hubert, die uns in allen Phasen der Planung mit ihrem Wissen unterstützt hatten, fanden es ebenfalls besser, wenn wir nur kleinere Tiere aufnahmen. Alle Geschöpfe dieser Welt konnte man sowieso nicht retten – da wollten wir es wenigstens bei denen, deren wir uns annahmen, von Anfang an richtig machen. (Blöd war nur eins: keine Großtiere, keine Futterkiste! Aber David und ich hatten uns mit dem Kauf eines schönen, stabilen Bettes mit unzähligen Kissen und einem wunderbaren Himmel aus Leinen getröstet.)

In den letzten Monaten waren die drei aus dem Schwarzwald nicht nur zu meinen, sondern auch zu Davids Freunden geworden. Wir waren froh, dass unser Hof die »Arche now« ein klein wenig entlasten würde: Ausgemacht war, dass David und ich die Hunde und Katzen mit den schwersten Krankheiten auf unseren Hof übernahmen. Und auch in Zukunft durften Michi, Rosalie und Hubert neue Tiere, die auf kontinuierliche medizinische Betreuung angewiesen waren, auf den Wacholderhof bringen. Im Gegenzug würden die erfahrenen Schwarzwälder uns bei den Anfangsschwierigkeiten, die ziemlich sicher auftauchen würden, mit Rat und Tat zur Seite stehen. Ihren ersten Besuch auf dem Wacholderhof würden uns Michi, Rosalie und Hubert bereits kurz nach unserem Einzug abstatten, und sie würden einen unserer ersten Bewohner mitbringen: Flecki, die herzkranke Beagle-Hündin, die ich schon im September in mein Herz geschlossen hatte.

Ein anderer zukünftiger Bewohner des Hofes sprang mir gerade zwischen den Beinen herum.

»He, Michelle, du siehst ja gar nichts«, lachte ich, doch bevor ich ihr die sandfarbenen Haare hochstecken konnte, war Michelle schon wieder weg.

Seit Michelle bei uns lebte, weigerte sie sich beharrlich, sich die gewohnten Schleifchen und Spängchen anlegen zu lassen. Lieber rannte sie halbblind durch Hof, Wald und Wiesen, stieß gegen Baumstämme und mähte andere Hunde um. Ich beschloss, ihr in der ersten ruhigen Minute nach dem Fest endlich mal die Haare zu schneiden. Das war zwar für einen Lhasa Apso eigentlich nicht standesgemäß, aber ich war mir ziemlich sicher, dass Michelle auf die unpraktischen Insignien ihrer tibetischen Adelswürde pfiff.

Sie teilte meine winzige Wohnung, seit Francesco mit schuldbewusstem Gesichtsausdruck gefragt hatte, ob ich mir nicht vorstellen könnte, sie vielleicht, eventuell, nur wenn es mir nichts ausmache …

»Warum will Valeria sie denn nicht mehr haben?«, hatte ich entgeistert gefragt, und er hatte etwas von »unhygienisch« und »schädlich fürs Baby« gemurmelt und dabei ausgesehen, als fürchte er sich selbst vor dem eisernen Besen der schwangeren Valeria. Nun, ihn würde Valeria bestimmt nicht abgeben, das hörte man aus jedem einzelnen Wort heraus, das Francesco über ihre Beziehung verlauten ließ. Valeria würde ihn behalten, ob ihm das nun recht war oder nicht. Nach ihrer schnellen Scheidung wollte sie Francesco im Wonnemonat Mai heiraten und ihn im Juli zum Vater machen. Wie es aussah, hatte sie ihn fest an die Leine gelegt. Und diese Leine war kurz.

Michelle jedenfalls schien der Besitzerwechsel gut zu bekommen. Sie war jetzt ganz Hund – und es störte sie nicht die Bohne, dass sie in ihrem neuen Zuhause nicht mehr auf einem Ledersofa schlief, sondern auf einem Fleckenteppich von Ikea.

Auch Peng Cui war in den letzten Monaten regelrecht aufgeblüht. Simone hatte mir im Herbst erzählt, dass dem kleinen Schopfhund der Umzug ins Tierheim bevorstünde – aus unerfindlichen Gründen hatte sie ein sehr schlechtes Gewissen deshalb –, und ich hatte sofort David angerufen und ihn gebeten, bei Frau Singer vorbeizuschauen. Mich hätte die Dampfwalze nicht mehr empfangen, und ich hatte nach dem Zeitungsartikel auch keine Lust mehr gehabt, sie wiederzusehen. Aber David, der Star, war bei Frau Singer natürlich immer willkommen, und sie hatte ihm Peng Cui ohne zu zögern überlassen. Dass sie ihn hatte abgeben wollen, hatte sie damit begründet, dass er eine unzumutbare Aversion gegen die Golfbälle ihres Mannes entwickelt habe. Mir war das Lachen im Halse steckengeblieben, als David es mir erzählt hatte.

So wie Michelle bei mir wohnte, lebte Peng Cui nun bei David. Die zwei Kleinhunde stürzten sich aufeinander, so oft sie sich sahen, aber nicht aus Aggression, sondern aus Begeisterung. (Ehrlich, ich war froh, dass Peng Cui kastriert war!) Auch jetzt tollten sie wieder gemeinsam über den Rasen, pinkelten in die gleiche Ecke und sprangen zusammen in den großen Sandkasten, ein Spaß, den ich ihnen streng verboten hatte.

»Raus da!«, rief ich erbost, und sie fegten wie der Blitz hinter den nächsten Busch.

»Wenn sie keine Hunde wären, könnte ich schwören, dass sie mich auslachen«, sagte ich zu Simone, die mir half, Teller und Besteck zu decken.

»Oh, des machet die au«, sagte Simone und grinste.

Sie trug ihr Dekra-Käppi und ein T-Shirt, auf dem kurz und knapp stand: »Frechheit siegt«. Tja, da war was dran, zumindest in Simones Fall. Ihr Geschäft boomte, und sie war trotz ihres Käppis und der geschmacklosen Motto-T-Shirts zum hofierten Liebling aller reichen Hausfrauen auf dem Killesberg aufgestiegen.

Ich schaute sie misstrauisch an.

»Des kannsch du mir ruhig glauba«, sagte sie selbstbewusst. »I ben hier schließlich die Tierkommunikatorin, oder?«

»Ah, Miss Mozart und Miss Dolittle beim Tischdecken«, hörte ich Davids neckende Stimme hinter mir.

Ich drehte mich um und schlang ihm die Arme um den Hals. »Hilf uns lieber, statt dumme Bemerkungen zu machen«, sagte ich streng, konnte aber nicht verhindern, dass ich beim Blick in seine Husky-Augen ganz schwach wurde.

Ob das je aufhören würde? Dieses Herzklopfen, wenn er mich mit seinem abgründigen Blick ansah. Diese Gedanken an zerwühlte Laken, sobald ich meine Hand in seinem Haar vergrub. Würde ich mich je daran gewöhnen, mit dem *sexiest man alive* zusammen zu sein? Und ab nächste Woche sogar Tisch und Bett mit ihm zu teilen?

Er küsste mich, und ich wusste, dass die Antwort »nein« lautete. Daran konnte man sich nicht gewöhnen!

»Hach, ihr kleine Turteltäuble!«, feixte Simone neben uns. »Da kriegt der Typ von der Presse aber a romantisches Foto!«

Presse?!

Ruckartig löste ich meine Lippen von Davids und schaute zum Hofeingang. Tatsächlich, da stand einer dieser Männer, die ich früher ganz naiv für ambitionierte Hobby-Fotografen gehalten hatte. Was hatte der Kerl hier zu suchen? Ich hatte ihn jedenfalls nicht bestellt. Und David konnte es auch nicht gewesen sein, denn er hatte mir für die letzten Tage in Stuttgart eine Verschnaufpause versprochen. Obwohl der Umgang mit Journalisten, Fotografen und Kameramännern für ihn etwas so Natürliches war, dass ich zwischen Bewunderung, Besitzerstolz und kleinlichen Neid-Anfällen schwankte, hatte er es sofort verstanden, dass ich in Ruhe Abschied nehmen wollte. Und in Ruhe bedeutete, dass ich das keinesfalls vor den Objektiven irgendwelcher Kameras tun würde.

»Keine Ahnung, was der hier will«, sagte David und schaute stirnrunzelnd zu dem Fotografen hinüber.

Gerade versuchte der Typ, Moritz in ein Gespräch zu verwickeln. Was erlaubte der sich eigentlich? Sich verbal an einem wehrlosen Kind zu vergreifen! Mit Löwenmutter-Miene machte ich mich auf, Moritz vor dem gewissenlosen Heini zu beschützen. David folgte mir.

»… sooo viele Tiere in meinem neuen Zuhause, und ganz viele Bäume«, krähte Moritz fröhlich, als wir die beiden erreicht hatten. »Außerdem habe iss jetzt zwei Papas. Toll, gell?«

Der Fotograf grinste. Das Grinsen verging ihm jedoch, als er einen Blick auf mein Gesicht geworfen hatte.

»Kann ich Ihnen helfen?«, knurrte ich.

»Das wäre sehr nett«, sagte der Fotograf höflich. »Ich komme von den ›Stuttgarter Neuigkeiten‹. Soll Ihr Abschiedsfest fotografieren. Mein Kollege müsste auch jeden Moment hier sein.«

Ich stemmte die Hände in die Hüften. »Hören Sie, wir wollten eigentlich nicht …«

»Nur zwei, drei Fotos«, bat er. Ganz offensichtlich war er nicht nur höflich, sondern auch beharrlich. »Und ein klitzekleines Interview. Mit Spendenaufruf am Ende des Artikels.«

Spendenaufruf? Hm. Wieder ein paar Säcke Hundefutter gesichert … Ich schwankte.

»Na, wäre das ein Angebot?«, drängte er.

»Eines, das man nicht ablehnen kann«, sagte ich seufzend und fügte mich in mein Schicksal.

Viel, viel später lag ich in Davids Armen in meinem schmalen, alten Bett. Obwohl es kalt war, waren wir nackt; wir hielten uns an die stillschweigende Übereinkunft, dass kein Mensch etwas so Störendes wie Nachtwäsche brauchte, wenn man sich auch gemeinsam unter eine warme Decke kuscheln konnte.

Im Kinderzimmer schlief Moritz tief und fest zwischen Umzugskartons, und auch meinem Wohn-Schlaf-Arbeitszimmer sah man den bevorstehenden Abschied an: Die Bilder waren abgehängt, die Bücher eingepackt. Doch es machte mich nicht traurig. Nach der ausgelassenen, fröhlichen und zeitweise tränenfeuchten Feier war nun alles ruhig und friedlich, und genauso fühlte ich mich auch.

»Du wirst langsam ein richtiger Medien-Profi«, sagte David sanft.

»Ach nein, das werde ich nie sein«, murmelte ich an seiner Brust. »Ich fange höchstens an zu akzeptieren, dass deine Prominenz nicht nur Nachteile für uns hat.«

Er lachte leise. »Das beruhigt mich aber.«

»Solange ich die Presse nicht in unser zukünftiges Schlafzimmer lassen muss …«

»Keine Angst. Das schöne neue Bett wird uns allein gehören. Vor öffentlicher Erotik schreckt sogar Tom zurück.«

»Und das wiederum beruhigt *mich.*«

Ein paar Atemzüge lang schwiegen wir beide.

»Das Fest war schön, nicht wahr?«, sagte ich schließlich. »Sie sind alle gekommen. Sogar Francesco hat Ausgang gekriegt.«

»Du hast Abschiedsschmerz«, stellte David fest.

Ich dachte kurz darüber nach. »Nein«, sagte ich dann ehrlich. »Nicht mehr. Es war ein guter Abschluss – und jetzt kann es losgehen.«

Ich spürte, dass David in der Dunkelheit lächelte. »Ja, jetzt kann es losgehen«, sagte er, und ehe ich mich versah, hatte er mich rittlings auf sich gezogen.

Was ich unter mir spürte, verscheuchte jegliche Gedanken ans Abschiednehmen. Stattdessen füllte sich mein Kopf mit Bildern und Ideen, die eindeutig nicht jugendfrei waren; sie alle in die Tat umzusetzen, erschien mir eine verlockende Alternative zu zärtlichen Gesprächen zu sein. Davids Hände strichen meinen nackten Rücken hinab, und ich spürte, wie die Hitze sich rasant in meinem Körper ausbreitete – glühende, knisternde, lodernde Liebe in jeder Zelle, jeder Faser, überall. Warum nur hatte ich jemals Angst vor dem Feuer gehabt? Es gab nichts Schöneres, als mit David zusammen zu brennen.

»Bereit für den großen Traum, Miss Mozart?«, raunte er.

»Bereit für beide großen Träume, Viehdoktor«, flüsterte ich und schob meine Hände in Davids Haar.

# Danksagung

Ich danke ganz herzlich den folgenden Menschen, die mir alle auf die eine oder andere Weise bei der Arbeit an diesem Buch geholfen haben:

Nele, die mich auf die Idee gebracht hat, meine Heldin im Friedrich-Ebert-Bau wohnen zu lassen, und die mir bereitwillig Tür und Tor geöffnet hat.

Kerstin Jaworski vom Silberburg-Verlag, die genauso lektoriert hat, wie eine Autorin es sich wünscht: mit scharfem Auge für Fehler jedweder Art und mit viel Gespür für meine ganz persönliche Art zu schreiben.

Dem gesamten Silberburg-Team, weil die Arbeit mit diesem Verlag einfach Spaß macht.

Marc, der sich den Kopf über Titel für mein Buch zerbrochen hat, weil Titel-Suchen so gar nicht meine Stärke ist.

Olaf, dem der schwäbische Charme im Buch zu verdanken ist, weil er Simone Schäfers Hochdeutsch übersetzt hat.

Susanne, die das Manuskript nicht nur aufmerksam gelesen und treffsicher kritisiert hat, sondern die mir vor allem immer wieder Mut macht, wenn mich die schriftstellerischen Selbstzweifel überfallen.

Und am meisten danke ich, wie immer, meinem Mann, ohne den ich niemals so hemmungslos zuversichtlich über die große Liebe schreiben könnte.

*Julie Leuze*

# Unsere Bestseller

In Ihrer Buchhandlung

## Elisabeth Kabatek

## Laugenweckle zum Frühstück

**Roman**

Pipeline Praetorius (31) lebt in Stuttgart. Sie ist Single. Und arbeitslos. Zwischen Bewerbungsstress und Scherereien mit der Arbeitsagentur stolpert Line auf der Suche nach Mister Right von einer Katastrophe in die nächste.

*320 Seiten.*
*ISBN 978-3-87407-809-2*

## Elisabeth Kabatek

## Brezeltango

**Roman**

Die quirlige Beziehungskomödie geht in die nächste Runde – flott, frech und romantisch. Auch im zweiten Roman rund um Pipeline Praetorius schlägt das Katastrophen-Gen wieder zu und schickt Line und Leon auf eine turbulente Achterbahn der Gefühle.

*336 Seiten.*
*ISBN 978-3-87407-984-6*

Silberburg-Verlag

www.silberburg.de

# Julie Leuze

In Ihrer Buchhandlung

## Julie Leuze · Olaf Nägele

## Gsälz auf unserer Haut

### Roman

Kann aus dem zaghaften Geplänkel zwischen Sabine Wierokat und Martin Pfänder Liebe werden? »Biene« ist dabei, sich mit einem Bio-Catering-Service eine Existenz aufzubauen, Martin kämpft gegen sein Image als zynischer Frauenheld, gegen seinen Chef und nicht zuletzt mit sich selbst. Ein launiger Liebesroman, mitten aus dem Leben gegriffen und aus zwei Perspektiven erzählt.

*276 Seiten. ISBN 978-3-87407-983-9*

## Julie Leuze

## Schwäbische Geisterstunde

### Schaurig-schöne Geschichten

Mal gruselig und düster, mal witzig und mal nachdenklich sind die Erzählungen in diesem Buch. Sie ranken sich alle um traditionelle schwäbische Sagen, verleihen ihnen eine zeitgemäße Form – lustvoll ausgesponnen und auch mal gegen den Strich gebürstet.

*140 Seiten, fester Einband.*
*ISBN 978-3-87407-847-4*

Silberburg-Verlag

www.silberburg.de

# Zum Weiterschmökern

In Ihrer Buchhandlung

**Thomas Lang**

## Endstation Kuschelparty

**Roman**

Endstation Kuschelparty ist der kabarettistische Monolog von Hannah, Mitte 40, die alles besser weiß, aber nur wenig besser macht. Eine sarkastisch-schräge Lebensbeichte.

*120 Seiten.*
*ISBN 978-3-8425-1147-7*

**Petra Klotz**
**Susanne Schönfeld**

## Zwetschge sucht Streusel

Die aufgeweckte Zeitungsmitarbeiterin Sina, ständig bemüht, ihren Singlestatus abzulegen, »findet« in der Ulmer Friedrichsau die etwas biedere Hausfrau Nathalie. Dieses ungewöhnliche Kennenlernen endet für beide im Krankenhaus und mündet in einer turbulenten Freundschaft. Und das trotz oder gerade wegen der unterschiedlichen Lebenssituationen. Eine hinreißende Komödie, die herzhafte Lacher garantiert.

*180 Seiten.*
*ISBN 978-3-8425-1182-8*

**Silberburg-Verlag**

www.silberburg.de